W0217386

Thierry Bizot a créé avec Emmanuel Chain, Éléphant et Cie, une société de production à qui l'on doit en particulier l'émission *Sept à huit* et la série télévisée *Fais pas ci, fais pas ça*. Il a publié sept romans, dont *Catholique anonyme*, qui a connu un grand succès et a été adapté au cinéma sous le titre *Qui a envie d'être aimé ?*

DU MÊME AUTEUR

Nous n'irons plus chez elle
Seuil, 1987

Ambition et Cie
Seuil, 2002

Tout à coup, le silence
Seuil, 2006

Catholique anonyme
Seuil, 2008
et « Points », n° P2263

Premiers Pas d'un apprenti chrétien
Bayard, 2013

Sauf miracle, bien sûr
Seuil, 2013
et « Points », n° P3274

Par ordre d'apparition
Seuil, 2016

Thierry Bizot

UN PETIT COUP DE JEUNE

ROMAN

Éditions du Seuil

ISBN 978-2-7578- 8032-6
(ISBN 978-2-02-142590-1, 1re publication)

Pour Anne, ma femme

En mémoire de Véronique Froehly

2001

24 septembre

Éric Sadge n'était pas malheureux.

Il affirmait même à qui voulait l'entendre qu'il était le plus satisfait des hommes. Cela agaçait ses amis parce qu'à trente-cinq ans, il déclarait avec un brin d'arrogance qu'il avait réussi sa vie.

Dix ans plus tôt il avait épousé Catherine et n'avait jamais regretté sa décision. Il n'en revenait pas qu'elle ait pu reconnaître en lui l'élu de son cœur et jugé qu'il était digne de partager sa vie.

Catherine lui offrait chaque jour le spectacle d'une beauté douce, sans cesse renouvelée, qu'il savait regarder. Quand il était tombé amoureux de cette jeune femme, il avait essayé de la séduire discrètement, par touches légères et successives. Ils s'étaient fréquentés un moment sans qu'il ose jamais faire le premier pas. Jusqu'au jour où, dans la rue, Catherine s'était retournée et l'avait délibérément embrassé à pleine bouche, le laissant tout étourdi de bonheur. Elle avait contemplé son air ébloui avec un attendrissement amusé, avant de tourner les talons, le laissant seul sur le trottoir.

Sadge n'avait jamais connu pareil accomplissement. Certes, il ne pouvait se rappeler la première fois où il avait marché, du haut de ses quatorze mois ; il avait dû être envahi alors par un grisant sentiment de puissance. Il n'avait pas non plus le moindre souvenir des premiers mots qu'il avait prononcés l'année suivante et qui l'avaient libéré du frustrant mutisme auquel il était condamné depuis sa naissance. Ces deux événements fondateurs avaient sans doute provoqué en lui une euphorie au moins aussi bouleversante que ce premier baiser.

En revanche il se souvenait avec précision du jour béni où il avait mis un but, dans la cour de l'école, à Yves Bransteffer, le molosse imbattable de la classe. Ce vif bonheur l'avait comblé comme peu d'autres.

Il avait aussi en mémoire l'honneur qu'il avait ressenti en consolant son grand frère Alain, de quatre ans son aîné, le jour où leur père l'avait giflé devant toute la famille, à la fin du repas de Noël, parce qu'il avait osé se moquer de leur grand-père qui était dur d'oreille.

Et, bien sûr, il ne pouvait pas non plus oublier son dépucelage avec Linda, la fille de la concierge de la rue de Bourgogne, une petite brune délurée à la lourde poitrine qui avait accepté sans trop se faire prier de lui dévoiler les mystères de son corps. Il se rappelait comme si c'était hier la douceur de sa peau, le volume flasque de ses seins, qui tanguaient comme deux ballons remplis d'eau à chaque secousse, et l'odeur inédite, aussi inquiétante qu'envoûtante, qui émanait de cet endroit secret, broussailleux, onctueux, dans lequel il était entré comme dans un beurre et qui allait devenir pour lui l'objet d'une durable fascination.

Voilà. Il n'y avait, dans toute la jeunesse de Sadge, pas d'autre événement suffisamment marquant pour valoir la peine d'être noté, en dehors de ce baiser tout simple, donné par la femme qui faisait palpiter son cœur, et qui avait constitué l'un des épisodes cruciaux de son existence. C'était arrivé par surprise, comme un éclair dans la nuit noire, de ceux qui vous renseignent, de leur blancheur brève et sinistre, sur le chemin qu'il faut suivre.

De ce jour, il avait compris qu'il ne serait plus seul, retrouvant ainsi une sensation enivrante de sa petite enfance quand il vivait dans l'illusion d'une histoire d'amour éternelle avec sa maman.

Deux ans plus tard, il se mariait avec Catherine. Puis leur était né un garçon, un bébé avec de gros pieds et de grandes mains.

L'accouchement, annoncé comme un moment d'émotion inégalable, ne lui avait pas laissé de grand souvenir. Il faut préciser qu'il avait été éloigné du champ de bataille à l'instant final en raison d'une césarienne inopinée. Il se souvenait du distributeur de boissons qui ronronnait gentiment dans la salle d'attente et d'un vieil Arabe assis en silence dans un coin. À quoi pouvait bien songer ce vieux sage ? Sadge avait admiré son imperturbable tranquillité.

Quand on lui avait présenté son fils, celui-ci était rose, lavé, habillé, nourri, comme si, désormais, par une loi surnaturelle, les enfants ne venaient plus au monde dans la sueur, les hurlements, le sang, les encouragements, les injures et toutes sortes de substances peu ragoûtantes.

Jusqu'à l'âge de sept ans, Nicolas avait grandi sagement, sans que ses agréables proportions soient jamais remises en question. Sadge n'avait rien fait pour obtenir ce résultat remarquable. Nicolas était pour lui l'objet d'une admiration sans bornes. Parfois, en le regardant simplement jouer, il ressentait une envie de pleurer. Lui qui s'était si souvent moqué de ses amis, quand ceux-ci s'extasiaient inutilement devant les exploits minuscules de leurs mouflets, les comprenait à présent. Il faisait cependant très attention à ne jamais exprimer le contentement béat que lui inspirait son fils pour ne pas infliger aux autres ce qu'il avait lui-même critiqué de si nombreuses fois. Mais intérieurement, il ne se privait pas d'exulter de fierté en pensant à ce petit garçon fanfaron qui lui procurait une telle joie.

Catherine et lui avaient essayé d'avoir d'autres enfants, mais la césarienne, mal cicatrisée, avait sonné le glas de leurs espoirs. Quand ils faisaient l'amour, trois à quatre fois par mois, Catherine étouffait ses cris pour ne pas réveiller le petit, et Sadge savourait ses soupirs contrariés comme un plaisir d'une suave subtilité.

De même que la plupart des hommes, il lui arrivait d'admirer la silhouette spectaculaire d'une beauté dans la rue ou d'une mannequin famélique, à moitié dénudée, sur le papier glacé d'un magazine, mais le seul corps qui le faisait rêver était celui de sa femme. Il aimait ses gestes, ses caresses, l'odeur de sa peau, et toute la liste de ses pudeurs. Lui qui n'était pas un aventurier s'épanouissait dans cette vie intime, paisible, agréable.

Après des études d'histoire de l'art, il avait intégré une école de journalisme et trouvé un poste de chroniqueur dans l'émission *Culture ? Vous avez dit culture !* animée par Gilles Versini, qui passait le samedi sur Paris Première. Cette chronique lui apportait suffisamment de visibilité pour qu'il soit reconnu par ses commerçants et quelques chauffeurs de taxi. Cette notoriété infime ne lui déplaisait pas, même s'il faisait semblant de s'en contrefoutre. En complétant son salaire par l'écriture de critiques dans divers journaux, Sadge gagnait sa vie modestement, mais dans les dîners en ville, il se gargarisait à propos de son métier qu'il jugeait « intellectuellement passionnant ». Il pouvait se vanter d'avoir vu la plupart des films, pièces de théâtre, expositions et concerts. Par ailleurs il lisait au moins trois livres par semaine et connaissait personnellement tous les artistes qui provoquaient l'excitation du moment. Il prenait sa mission très au sérieux, donnant au public de vraies raisons d'aller se frotter à toute cette production culturelle, aussi foisonnante qu'inégale. C'était un critique apprécié parce qu'il ne manquait ni de bienveillance ni de bon sens, il ne souscrivait pas au snobisme de certains de ses collègues, pressés d'encenser ou de crucifier tel ou tel, au prétexte qu'il avait ou n'avait pas la carte.

Quand il avait trop bu, Sadge pérorait un peu et lâchait, avec une fausse parcimonie, quelques anecdotes confidentielles à propos d'un acteur connu, d'un réalisateur ou d'un romancier en vue, qu'il avait côtoyés lors de l'enregistrement de l'émission. L'un était « bête à manger du foin », l'autre ne pensait qu'au fric, un autre encore ne racontait que des blagues cochonnes… Ses amis en redemandaient, friands de détails croustillants. Catherine, qui connaissait toutes ces histoires par cœur, tentait en vain de changer de sujet de conversation et, en rentrant chez eux, c'est elle qui prenait le volant, en maugréant. Sadge se sentait alors tout penaud à l'idée d'avoir été pris, une fois encore, en flagrant délit du désir de briller. Ce n'était pas méchant, mais ce n'était pas bien glorieux non plus.

Au fond de lui, pourtant, il souffrait, sans l'avoir dit, pas même à Catherine, d'une frustration dévorante car il rêvait d'animer un jour son émission à lui. Par exemple un grand magazine intelligent et prestigieux dans lequel il pourrait enfin donner la pleine mesure de son talent, jusqu'ici inexploité. Il n'en parlait pas, mais ressentait toujours la brûlure irritante de la jalousie quand l'un des chroniqueurs de *Culture ? Vous avez dit culture !* était appelé à un destin plus personnel. Mais pourquoi ne pensait-on jamais à lui ? Était-il transparent ? Trop gentil ? Était-ce dû à un complexe d'infériorité qui transpirait de sa personne ou, au contraire, à son envie de réussir, inscrite trop visiblement sur sa gueule ? Lui manquait-il quelque chose ? Mais quoi, bon sang ?

Quelquefois il se relevait la nuit pour visionner son émission en essayant d'avoir un œil critique sur sa prestation. Même en cherchant bien, il ne décelait en lui aucun défaut rédhibitoire et finissait généralement par se trouver assez convaincant. Il faut dire qu'il était plutôt d'accord avec ce qu'il disait. Puis il retournait se coucher, vaguement rassuré, mais d'autant plus déçu de ne pas percer. Pour émerger du lot, devait-il intriguer, se montrer cynique, flatter les décideurs ? Pourquoi les autres, moins doués que lui, s'envolaient-ils vers des horizons éclatants ? Il était trop orgueilleux pour quémander quoi que ce soit. C'était peut-être là sa limite. Dans ce métier, il fallait déborder de culot et être cruellement dénué de pudeur.

À force d'attendre, Sadge était devenu le doyen des chroniqueurs de *Culture ? Vous avez dit culture !* Cette position n'était pas désagréable : la maquilleuse s'occupait de lui en priorité et Versini venait toujours le saluer dans sa loge avant l'émission pour lui demander son opinion sur tel ou tel spectacle, pareil à l'Empereur consultant son plus fidèle grognard. Sadge n'était pas insensible à ces infimes privilèges. Mais il ne pouvait s'empêcher d'écouter sa voix intérieure qui lui murmurait sans relâche : « Ne te laisse pas endormir, un jour toi aussi tu réussiras. » Cela confirmait une intuition profonde qu'il avait : dans son enfance, il avait été traversé par des rêves plus grands que lui, qui avaient déposé en passant une odeur délectable, inoubliable, comme celle des oignons frits, du pain chaud ou du poulet grillé. Ces songes qui l'avaient visité l'avaient marqué d'une empreinte indélébile et lui avaient laissé une impression de vécu indiscutable, avant de disparaître en silence.

Parfois, pour se consoler, il se comparait à son frère Alain, parce qu'il avait sans doute mieux réussi que son aîné. Mais dès qu'il se surprenait à mésestimer son grand frère, il se l'interdisait aussitôt, trouvant mille raisons d'éteindre son méprisable mépris : Alain avait des qualités singulières, comme, par exemple, vivre une vie d'insoumis, libéré des innombrables entraves qui corsetaient Sadge, lequel poursuivait son existence de petit-bourgeois en ayant renoncé un peu vite à sa soif d'absolu pour se contenter d'un confort certain.

Se rajoutait à cette navrante constatation l'impression confuse que le petit cocon protecteur dans lequel il s'était refugié n'allait pas résister longtemps à la déflagration qui venait de balayer le monde et de terrasser l'Amérique, le 11 septembre, deux semaines seulement auparavant.

Il ne savait pas à quoi il fallait s'attendre. Simplement, il sentait dans ses tripes que ce serait quelque chose d'important.

À part ça, Sadge n'était pas malheureux.

2017

12 mai

Sadge se réveille dans une chambre d'hôpital. C'est une pièce délabrée, surchauffée, traversée d'odeurs confuses, sucrées, enveloppantes. Son genou droit lui fait mal quand il bouge dans son lit.

Il y a des barreaux en fer à sa fenêtre. On aperçoit au loin un vieux clocher dont l'horloge indique douze heures quarante-sept. À cette heure-ci, il devrait être au bureau. Le bout de ciel qui entoure l'édifice est d'un bleu artificiel.

Nous sommes lundi, pense-t-il. Ils ont dû commencer la conférence de rédaction sans moi. Je les appellerai dès que je pourrai. Il n'est pas mécontent de manquer cette grand-messe, lors de laquelle Versini passe son temps à se pavaner. Versini est un homme intelligent et vif, qui aurait pu être un très bon animateur, s'il n'avait été aussi futile, paresseux et mondain. Il profite de son émission culturelle pour butiner à longueur de soirée, enchaînant avant-premières et visites privées, vernissages et défilés. Il se croit important parce qu'il fréquente le petit monde parisien de la culture, principalement composé de pique-assiettes, d'ambitieux en tous genres, d'impostures brillantes et de gloires fanées. Cette appartenance à ce qu'il appelle l'« intelligentsia » lui procure une indiscutable satisfaction, et cela amuse Sadge.

Une infirmière entre pour régler un appareil. C'est une femme maigre, aux cheveux longs et noirs, volumineux comme une crinière. Son visage est fermé mais elle a de grands yeux, sombres et brûlants. Ses hanches sont étroites, sa démarche légère. Sous sa peau mate on voit se dessiner les muscles de ses bras, et Sadge trouve ça beau. On dirait une squaw, ou tout du moins, elle correspond à l'idée qu'il se fait d'une squaw.

« Excusez-moi, madame, vous savez pourquoi je suis là ? »

L'infirmière, imperturbable, continue de s'affairer, le geste précis et résigné.

« Vous ne vous rappelez pas votre accident ?

– Non.

– Le médecin ne va pas tarder. »

Il n'a pas le temps de lui répondre quoi que ce soit que les pas feutrés de la femme s'éloignent déjà dans le couloir. Il l'entend qui s'adresse à un collègue : « Le patient de la 307 est réveillé, préviens Feigelson… Dis-moi, ces nouveaux plannings, c'est du grand n'importe quoi ! »

Il regarde de nouveau par la fenêtre : toujours douze heures quarante-sept.

Quelle heure est-il alors ? Et de quel accident parle-t-on ?

Son tout dernier souvenir remonte à ce matin, à la grille de l'école, avec Nicolas. Ils étaient pressés, car il avait mis du temps à retrouver le kimono de judo de son fils, qui passait sa ceinture jaune ce jour-là. Mademoiselle Toche, la directrice, s'était montrée compréhensive et les avait autorisés à entrer, malgré le règlement, très strict au sujet des retards. « Toi au moins, tu as l'âge de raison ! a-t-elle dit à Nicolas. Mais apparemment ton papa ne l'a pas encore atteint ! Comment a-t-il pu oublier un examen aussi important ? » Sadge a ri exagérément à cette plaisanterie pour se faire pardonner, puis il a regardé avec attendrissement son petit bonhomme traverser la cour déserte, en traînant son gros sac de sport trop lourd pour lui.

Après plus rien, hormis cette chambre d'hôpital impersonnelle et, dehors, l'horloge figée.

Un adolescent fait les cent pas dans le couloir. Sadge sourit devant cette esquisse d'homme. Toute la grâce de l'enfance est en train de s'évaporer pour faire place à un être nouveau, endurci. Ce jeune garçon lui rappelle un peu Alain. Il avait au même âge cet air gauche, un duvet ingrat au-dessus de la lèvre supérieure et l'air d'hésiter encore à devenir adulte.

À l'évocation de son frère, Sadge ressent au fond des tripes une décharge familière de stress : il vient de se souvenir de leur dernière conversation, samedi dernier, celle qui a suivi les messages lugubres qu'Alain lui avait laissés sur son répondeur. De toute façon, à chaque fois que son frère l'appelle, c'est pour un service, comme si c'était un dû : pourrait-il engager dans son émission le fils d'un de ses innombrables « meilleurs amis » ? Pourrait-il lui trouver deux places pour le concert des Stones ? C'est une urgence, il les a promises à son garagiste, « un type absolument génial, tu l'adorerais »...

Mais cette fois, Sadge avait deviné aux accents caverneux d'Alain que celui-ci allait lui demander de l'argent. Quelle histoire saugrenue s'apprêtait-il à inventer encore pour justifier son pressant besoin ? Un inspecteur des impôts pervers et jaloux du bonheur des autres, comme ils le sont tous, avait décidé de l'aligner par plaisir ? Ou bien Alain, attendri par le sort d'une pauvre femme abandonnée avec ses deux mioches, avait promis à celle-ci de les sauver de l'enfer de la rue ?

Dès qu'il entendait le son de la voix de son frère au téléphone, Sadge sentait inévitablement ses orteils se contracter dans ses chaussures.

« Écoute, Éric, il n'y a qu'à toi que je peux demander ça… »

Ça commençait mal.

« J'ai absolument besoin de cinq mille. »

En effet.

« Qu'est-ce qui se passe ?

– Je préfère ne rien te dire, c'est mieux pour toi. Mais si je les trouve pas d'ici une semaine, je serai dans la merde. Et là, c'est très sérieux. »

Cinq mille !

Que faire ? Après un rapide état des lieux, Sadge s'était dit qu'en raclant les fonds de tiroir, il pourrait se débrouiller pour réunir cette somme. Mais comment opérer sans en parler à Catherine ? Elle ne serait jamais d'accord pour prêter autant d'argent à Alain. Par le passé, il avait octroyé de petits « prêts » à son frère, mais il s'agissait de montants insignifiants. Dans le cas présent, dissimuler une telle somme à sa femme serait impossible. Et malhonnête. Après tout, cet argent lui appartient aussi.

Sadge soupire : il déteste les situations impossibles dans lesquelles Alain le met toujours. Le voilà de nouveau en porte-à-faux, pris entre un désir spontané de générosité, qui ressemble à s'y méprendre à de la lâcheté et l'incite, pour se débarrasser du problème, à lâcher le fric, avec la garantie, digne d'une banque suisse, de ne jamais le revoir, et l'envie de rassembler le courage nécessaire pour affronter le solide bon sens de Catherine, laquelle va fermement lui conseiller de ne pas souscrire aux caprices de son frère, ce qui instaurerait avec lui une relation biaisée et malsaine. C'est une équation insoluble…

Alors il a dit à Alain qu'il allait y réfléchir. Et depuis une semaine il n'a toujours pas répondu à son frère, ni rien dit à sa femme. Il a fait le mort en sachant que c'était la pire des attitudes. Pourquoi la vie se montre-t-elle si oppressante avec lui ?

Il en a marre de ce grand frère qui se comporte comme un enfant gâté et le prend pour un couillon en lui servant des excuses à dormir debout… Il pousse un soupir anxieux et regarde de nouveau par la porte. L'adolescent a disparu, et il demeure seul avec son énervement.

Un médecin entre. C'est un homme très jeune… Un interne, peut-être ? Il n'est pas bien beau, un grand nez lui mange le visage, mais il a le regard franc et sympathique.

« Bonjour, monsieur. Comment vous sentez-vous ?

– Ça va… »

Le médecin tient un formulaire à la main.

« Avant toute chose, je vais vous poser quelques questions. C'est une simple formalité… D'accord ?

– Bien sûr.

– Comment vous appelez-vous ?

– Éric Sadge.

– Parfait… Vous vous souvenez de votre accident de voiture ?

– Non.

– Ce sont les pompiers qui vous ont transporté ici. A priori les premiers examens ne montrent aucune lésion significative. On va toutefois vous garder en observation, c'est la procédure… Des questions ?

– Est-ce que j'ai blessé quelqu'un ?

– Pas que je sache.

– Et quelle heure est-il ?

– Il est… seize heures dix.

– Il faut absolument que vous appeliez ma femme pour qu'elle aille chercher notre fils à l'école. C'est moi qui devais le faire.

– On va regarder ça… Bon, je continue : quelle est votre profession ?

– Je suis journaliste.

– Quel âge avez-vous ?

– Trente-cinq ans. »

Le jeune homme lui jette un regard étonné.

« Quel âge m'avez-vous dit ?

– Trente-cinq ans.

– Vous êtes né en quelle année, monsieur Sadge ?

– En 1966, le 5 août.

– Bien. Si vous êtes né en 1966, faites le calcul…

– Eh bien, c'est simple : 1966 plus 35 ans, ça fait 2001. »

Le type commence à l'agacer, avec ses airs.

« Donc, selon vous, nous sommes en 2001 ?

– Ben oui ! Pas selon moi !

– Ah bon… Et quel jour ?

– Le 24 septembre. C'est l'examen de judo de mon fils. On en parle depuis des semaines. Excusez-moi, mais je me permets d'insister : il faut prévenir ma femme parce que mon fils sort à cinq heures… On parle, on parle et l'heure tourne… »

Le médecin réfléchit.

« Et quel jour de la semaine sommes-nous d'après vous ?

– Lundi. Le lundi 24 septembre 2001. »

Le médecin tripote son téléphone portable. Sadge n'en a jamais vu d'aussi fin. Qui est ce débutant, dans la fonction publique, capable de se payer un tel gadget, certainement importé des États-Unis ? Un fils à papa, sans doute… Et puis, quelle grossièreté de téléphoner en pleine consultation ! Le type reste plongé un moment sur son clavier, sans se décider à passer son coup de fil. Il finit par remettre le téléphone dans sa poche.

« Effectivement… le 24 septembre 2001 était bien un lundi. »

Sadge est satisfait de lui avoir cloué le bec.

« Bon, monsieur Sadge… Apparemment vous avez subi un traumatisme et votre mémoire instantanée en a été affectée. C'est courant lors d'un choc violent. »

Sadge s'énerve.

« Je ne comprends pas : l'accident, je l'ai oublié, ça, je ne le conteste pas. Mais sinon je me rappelle tout, et parfaitement ! Il y a quinze jours, deux avions ont percuté les Twin Towers ! Et la semaine dernière, l'usine AZF à Toulouse a explosé !

– Tout le monde sait ces choses-là, en effet…

– J'habite rue Lecourbe, vérifiez ! Ma femme s'appelle Catherine Sadge. Hier soir nous avons mangé indien en regardant un film que nous avions loué dans notre vidéoclub, *Sixième sens*… On l'avait raté quand il est sorti l'année dernière… Je vous le recommande, du reste !

– Je vous crois, monsieur.

– Tout de même ! »

Le médecin note quelque chose dans son dossier. On dirait qu'il se cherche une contenance.

« Je vais signaler au chef du service, le professeur Feigelson, de venir vous voir dès aujourd'hui… D'accord ? »

Sadge hausse les épaules.

Et s'il n'était pas d'accord ?

Sadge s'impatiente sérieusement. Personne ne vient. Qui va prévenir Catherine d'aller chercher Nicolas ? L'école, sans doute, s'ils ne sont pas trop empotés.

Finalement la porte de sa chambre s'ouvre sur un homme énergique et chauve, suivi d'un aréopage bruyant de blouses blanches. Sadge est rassuré que toutes ces intelligences se penchent enfin sur son cas.

On lui repose les mêmes questions, auxquelles il répond de la même manière en tâchant de ne pas s'agacer. Arrivé au problème de son âge, le professeur se gratte la tête et se met à réfléchir à voix haute.

« Bon… On peut d'ores et déjà écarter la piste d'un AVC, d'une épilepsie partielle ou d'une tumeur. Ce n'est pas non plus un Alzheimer, ni un Parkinson… A priori, on se dirige vers une amnésie globale transitoire due au choc. Mais il pourrait s'agir aussi d'une amnésie rétrograde focale. »

Il se retourne vers ses élèves.

« Messieurs, mesdemoiselles, écoutez s'il vous plaît, au lieu de bavasser ! Si c'est ce que je pense, il s'agit d'un cas peu ordinaire. »

Le grand ponte chausse ses lunettes et s'adresse à Sadge tout en consultant son dossier.

« Monsieur Sadge, nous sommes devant une situation inédite et ce que je vais vous dire risque de vous perturber… »

Un frisson parcourt Sadge.

« Nous ne sommes pas le lundi 24 septembre 2001.

– Non ?

– Non. Nous sommes le vendredi 12 mai… »

Sadge attend la suite.

« … et nous sommes en 2017. Vous me suivez ? »

Sadge ne comprend pas.

« Vous affirmez que nous sommes en 2001 et que vous avez trente-cinq ans… En réalité vous en avez cinquante et un. Ce qui, du reste, correspond à votre anatomie. »

C'est une mauvaise plaisanterie.

« Visiblement vous souffrez d'une amnésie partielle. Ne vous alarmez pas outre mesure, car les amnésies dites post-traumatiques sont pour la plupart réversibles, ce qui veut dire que la mémoire revient en quelques heures ou en quelques jours après l'événement déclencheur… Le cerveau a subi un choc, la mémoire se bloque momentanément et il faudra un certain temps – assez variable selon les individus – pour que les choses se remettent en place et que vos souvenirs resurgissent d'eux-mêmes. Dans votre cas, la perte de mémoire est assez spectaculaire puisque vos derniers souvenirs vous resituent il y a… un peu plus de seize ans. Ce premier diagnostic reste provisoire, bien sûr. De toute façon, nous allons procéder à des analyses plus poussées. Je demande un bilan sanguin complet et un scanner. Et dans un deuxième temps, si nécessaire, une IRM cérébrale. En attendant, je vais vous donner un léger décontractant pour vous permettre d'encaisser le choc… Essayez de vous reposer, entendu ? »

Quand le petit groupe finit par déserter sa chambre, Sadge se sent totalement abandonné.

Dans le silence retrouvé, il s'efforce de mettre de l'ordre dans ses pensées – celles-ci s'envolent comme un essaim de guêpes. Il n'est pas certain d'avoir saisi la situation. De quelle année a parlé le professeur ? 2017 ? C'est un chiffre abstrait, monstrueux, qui ne veut rien dire. Qu'est-ce que 2017 ? Un mirage, une idée, une promesse ? Il lui est impossible d'imaginer 2017, c'est un exercice absurde. Et pourquoi pas 2052 ? Comment cet homme péremptoire, resté dix minutes dans sa chambre, peut-il avoir raison ? Et s'il était plutôt victime d'une hallucination, dans laquelle de faux médecins lui affirmaient arriver de 2017 ?

Il est en train de devenir fou.

Les effets du tranquillisant se font sentir. Mais il n'a pas envie de se reposer, encore moins d'obéir ! Au contraire, il veut lutter, sortir de cette situation et régler son problème, tout de suite.

Il va appeler Catherine, elle est peut-être encore à la maison.

Il décroche le combiné en plastique blanc qui se trouve sur sa table de nuit, sans parvenir à obtenir de tonalité. Il finit par tomber sur un standardiste à la voix traînante, qui lui explique sans passion que s'il désire téléphoner, il devra d'abord s'abonner au service de l'hôpital, dont le secrétariat, situé au premier étage, bureau 102, est fermé jusqu'à demain matin, dix heures.

Il raccroche, terriblement fatigué.

13 mai

Quand il se réveille, il fait nuit.

Une clarté pleine de douceur illumine l'horloge du clocher, qui indique toujours douze heures quarante-sept. C'est presque rassurant, comme si le monde avait cessé de tourner pour attendre que Sadge reprenne ses esprits.

Il se souvient de ce que lui a annoncé le médecin. Il a la gorge sèche, la bouche pâteuse, et il transpire, les draps sont collants. Quand il essaye de les repousser avec ses jambes, son genou le fait souffrir.

Que s'est-il passé en seize ans ? Y a-t-il eu des guerres ? Les Chinois dominent-ils le monde à présent, comme on le prédisait ? Après les attentats du 11 septembre 2001, les États-Unis ont-ils été anéantis ? Où en est-on du chômage ? Et de la crise ? La France se porte-t-elle bien ? Y a-t-il eu des inventions et des découvertes extraordinaires ? Réussit-on désormais à vivre sur la Lune ? A-t-on marché sur Mars ? Et remplacé le pétrole ? Et en télévision, les choses ont-elles changé ? Michel Drucker, Jean-Pierre Pernaut et Claire Chazal sont-ils toujours là ? Non, ils ont dû disparaître depuis belle lurette avec le temps, cette machine qui avale tout.

Et David Bowie ? Il doit avoir… près de soixante-dix ans aujourd'hui. Quelle tête a-t-il ? Chante-t-il toujours ? A-t-il sorti de nouveaux albums depuis 2001 ? Sadge a-t-il raté des concerts importants ?

La porte de sa chambre est entrouverte. Il aperçoit le long couloir désert, éclairé par une lumière blafarde, dont on ne sait pas si elle est sinistre ou bien réconfortante.

Il appelle. Sa voix enrouée lui semble inhabituellement grave.

Pas un bruit, sauf le ronron d'une machine au loin.

Un couinement s'approche. C'est une grosse infirmière qui respire fort, comme si chacun de ses gestes lui coûtait un injuste travail. Sadge en est fatigué pour elle.

« Vous avez appelé ?

– J'ai très, très soif.

– Il suffit de tendre son bras, comme ça, et d'attraper son gobelet… »

Il boit avidement, comme s'il avait passé la journée dans le désert.

« Quelle heure est-il ? Est-ce qu'on a prévenu ma femme ?

– Il est trois heures du matin. Votre femme est venue tout à l'heure, mais vous dormiez. Les visites, c'est l'après-midi. Je vois que demain matin vous passez un scanner pour votre tête. Voilà voilà…

– Quel jour sommes-nous ?

– Le 13 mai. Tiens, le 13 ! Faut pas que j'oublie de jouer au Loto, moi ! »

Elle se met à glousser, comme si ce qu'elle venait de dire était particulièrement spirituel.

Il lui parle de son genou. Elle soulève le drap d'un geste sûr et observe sa jambe avec intérêt.

« Ça n'a pas l'air bien méchant, votre articulation n'est ni chaude, ni rouge, ni gonflée… Je vais quand même vous donner un petit sédatif. Le kiné viendra vous voir dans la matinée. »

Et elle s'en va mollement en soufflant comme un bœuf. Cela oppresse Sadge, qui ne sait plus lui-même comment respirer.

Il n'est pas mécontent de rester seul pour tâcher de comprendre ce qui lui arrive.

Il a cinquante et un ans. C'est difficile à croire.

Donc il est vieux. Il observe ses mains, c'est vrai qu'elles ont peut-être un peu vieilli : sa peau est légèrement ridée, comme la surface de la mer quand elle est caressée par la brise. Il note que le bord de ses pouces n'est plus écorché, alors qu'il l'était encore hier matin. A-t-il réussi, en 2017, à dominer ses angoisses ? Il remarque au passage qu'il ne porte ni alliance ni montre ; on a dû les lui retirer. Il glisse timidement ses doigts sous son drap et tâte son torse, qu'il trouve poilu. Il poursuit son voyage, choqué de découvrir le volume navrant d'un ventre de père de famille. Il écarte brutalement sa couverture et constate avec horreur qu'il possède désormais une gentille bedaine, aussi banale que ridicule. Il se demande soudain si depuis 2001 il n'a pas eu de maladies graves, ni d'autres accidents. A-t-il subi des interventions chirurgicales ? Il ne voit sur lui aucune cicatrice significative. Prend-il des médicaments ? Est-il devenu diabétique comme son père ? Est-il en danger ? Va-t-il mourir ?

Il empoigne son sexe, qui frémit, comme un chien fidèle. Rien à signaler de ce côté-là.

Alors Catherine aussi a cinquante et un ans. Elle aura changé physiquement… S'est-elle empâtée ? Est-elle couverte de rides ? S'habille-t-elle comme les dames que fréquente sa mère ? Leur couple a-t-il survécu ? Habitent-ils toujours rue Lecourbe ? À cinquante et un ans, quelle tête peut-elle bien avoir ?

Et Nicolas ? D'après un rapide calcul, son petit garçon chéri aurait… vingt-trois ans ! C'est vertigineux. Il a donc manqué toute l'adolescence de son fils. À quoi ressemble-t-il ? Est-il grand, gros, fort, chétif ? Beau ? Travaille-t-il déjà ? Est-il sympathique ? Plaît-il aux filles ? Ont-ils des relations sereines ? Font-ils des choses ensemble ? Nicolas est-il le bon garçon qu'il promettait de devenir ?

Sadge déglutit. Il a de nouveau la gorge sèche et son gobelet est vide, mais il n'ose plus déranger l'infirmière essoufflée.

Et ses parents ? Ils doivent bien avoir dans les quatre-vingts ans maintenant. Comment se portent-ils ? Où habitent-ils ? Sont-ils allés s'installer dans le Sud, ainsi qu'ils le prévoyaient ?

Alain, lui, n'est plus très loin de la soixantaine. Mon Dieu que c'est vieux !

Ce cortège de considérations ahurissantes est un vrai supplice.

Il essaye de s'asseoir dans son lit afin d'être plus à son aise pour affronter toutes ces pensées qui l'assaillent, telles des bêtes affamées. Il en a le souffle coupé. Il est à deux doigts de rappeler la grosse infirmière.

Apparemment tout le monde semble s'accorder sur cet incroyable saut dans l'avenir. C'est comme s'il venait de passer les seize dernières années de sa vie dans le coma, ou enfermé dans une prison sibérienne, sans rien savoir de ce qui se passait dans le monde… Cette histoire ne tient pas debout, on dirait un mauvais film de science-fiction, comme ceux qu'aime Nicolas, avec des effets spéciaux très visibles.

Il se laisse retomber dans son lit, accablé. Qu'a-t-il donc fait au cours de toutes ces années ? On en accomplit des choses en seize ans. Cela représente plus d'un tiers de sa vie… Il aura eu le temps de voyager, de se faire des amis, des ennemis aussi, de croiser des tentations, de faire des bêtises, de rater des opportunités, d'en saisir quelques-unes, de gagner de l'argent, de changer de voiture, d'acheter une maison…

Il se demande où il en est de sa carrière. Son émission culturelle existe-t-elle toujours ? A-t-il encore son job ? Est-il riche, pauvre ? S'est-il reconverti, comme le font la plupart des chroniqueurs ratés ? Qui sait ? Peut-être a-t-il acheté un restaurant avec Alain ?

Toutes ces questions le tourmentent.

A-t-il été un bon père ? Un mari fidèle ? Un honnête homme ?

Son cœur bat fort et il a du mal à contenir sa respiration. Quelle anxiété, tout de même…

Sadge est un habitué de l'inquiétude, il a été trouillard tout au long de sa vie, et pour à peu près tout. C'est pour cette raison qu'il a toujours admiré son frère Alain, le téméraire de la famille. Un été à La Baule, la mer était démontée et Alain, qui n'avait que douze ans, avait sauté tout habillé dans son frêle kayak en plastique, dans le but d'aller observer de plus près l'immense carcasse noire qu'ils apercevaient au large, flottant à la surface, et qui les intriguait depuis un moment. Sadge était resté médusé par le courage de son grand frère. Pagayant furieusement, Alain avait disparu derrière les rouleaux et Sadge, seul sur la plage, s'était mis à pleurer, convaincu que son frère avait péri dans la tempête. Que faire ? Appeler au secours ? La grève était déserte, comme souvent les jours de mauvais temps. Retourner annoncer à sa mère que son fils aîné s'était noyé ? Finalement Alain était revenu, trempé de la tête aux pieds.

« C'était un dauphin. Je crois qu'il est venu nous saluer avant de mourir. »

C'est la deuxième fois qu'il pense à son grand frère.

Pour se changer les idées, il se rappelle son dernier dimanche, il y a seize ans donc. Pour lui c'est hier. Il est allé avec Nicolas acheter un poulet rôti chez la jolie madame Charmetteau. Après le déjeuner, ils ont joué à *Dinky Kong Racing* sur la console Nintendo 64 qu'Alain a offerte à son filleul. Catherine s'est moquée de lui parce qu'il ne laissait pas assez jouer son fils. « Je te signale que c'est son cadeau, pas le tien ! Allez, lâche cette console et viens. Moi aussi, j'ai un petit cadeau pour toi. » Elle l'a entraîné dans leur chambre et s'est lovée contre lui. Sa langue a cherché la sienne, tandis qu'elle promenait ses mains sur ses fesses. Elle s'est déshabillée lentement, découvrant sa peau claire et une petite culotte en soie beige.

Le voilà en érection, seul dans son lit d'hôpital. Le désir qu'il éprouve pour sa femme lui procure une douleur délicieuse. Il sonde le silence qui provient du couloir, puis, prenant son risque, se soulage. Rien n'a changé dans le futur, le plaisir est intense et silencieux. Il note que son sexe est rapidement redevenu flasque.

Il s'endort.

Au petit matin, un infirmier entre dans sa chambre en sifflotant. C'est un homme énergique ; il a les bras poilus et des yeux bleus qui pétillent.

« Room service ! Je vous emmène au scanner ! »

L'homme en blouse débranche quelques fils et soudain Sadge se sent bouger. Dans le couloir, il voit défiler les néons du plafond. Au fur et à mesure qu'il roule silencieusement, allongé sous son drap, il aperçoit les autres chambres qui se ressemblent toutes. L'infirmier conduit son lit comme s'il manœuvrait un paquebot, avec la confiance absolue du capitaine qui connaît l'estuaire dans ses moindres recoins. Il ne cesse de siffloter, quand il ne salue pas des collègues. C'est une sensation agréable que celle d'être emporté, à la merci d'un autre. Cela rappelle à Sadge des impressions de poussette, qui resurgissent de son enfance.

Dans l'ascenseur, l'homme en blouse discute avec une jeune infirmière, une maigrichonne à l'air revêche, qui accompagne une vieille dame en fauteuil roulant.

« J'emmène le mien au scanner…

– Ah ouais ? Ben moi, je suis obligée d'emmener madame Vaudoyer à la douche parce qu'elle veut pas marcher toute seule… » Elle hausse la voix. « Hein, madame Vaudoyer ? On fait sa paresseuse, ce matin ! »

La dame ne répond pas, elle doit avoir la chance d'être sourde.

« Le mien, il a perdu la mémoire… Il a oublié la moitié de sa vie, tu te rends compte ? »

Sadge s'amuse de la désinvolture avec laquelle l'infirmier parle de lui, comme s'il n'était pas là.

« Au fait, j'ai dit au patron qu'on n'était pas d'accord avec les nouveaux horaires… »

L'infirmière s'inquiète.

« Tu lui as dit ? Tu sais comme il est susceptible… Tu vas voir que ça va encore nous retomber dessus… »

L'infirmier grommelle.

« Moi, je dis ce que je pense. Si ça lui va pas, ça va être le même tarif. Non, mais c'est vrai, à la fin… »

Sadge soupire.

« Vous devriez écouter votre collègue, je pense qu'elle a raison. »

L'infirmier a l'air désagréablement surpris que le bestiau qu'il transporte sache parler. Ils poursuivent leur voyage dans les couloirs sans plus échanger un seul mot.

Après le scanner, Sadge retrouve sa chambre. Il aimerait regarder la télévision. Celle-ci semble avoir été écrasée contre le mur, tant elle est plate et allongée. Il fumerait bien une cigarette aussi, mais l'infirmière lui a précisé que c'était interdit dans tout l'établissement.

Dans la soirée, un autre médecin vient le voir. C'est une femme énergique et douce à la fois, qui pourrait être belle si ses grands yeux clairs n'étaient pas aussi rapprochés l'un de l'autre. Son regard est plein de bonté.

« Votre scanner n'a rien donné, ce qui est plutôt une bonne nouvelle. Ça veut dire que vous avez toutes les chances de recouvrer la mémoire. Aucun nouveau souvenir depuis hier ?

– Non. Je reste bloqué au 24 septembre 2001. »

La femme l'observe avec bienveillance.

« Tenez, je vous ai apporté un journal de ce matin. »

Il le feuillette, incrédule : on y évoque des personnalités politiques et des célébrités du monde du spectacle dont il n'a jamais entendu parler. Cela lui paraît artificiel, irréel. Il lève les yeux vers cette femme. Elle comprend qu'il est en train de se faire une idée de l'ampleur du préjudice. Elle l'ausculte, écoute attentivement son cœur.

« Est-ce que vous vous sentez prêt à vous regarder dans un miroir ? »

Sadge sourit tristement.

« J'ai un peu honte de le dire, mais ça me fait peur.

– Monsieur Sadge, ce qui vous arrive est tellement exceptionnel que personne n'a le droit de vous juger… à commencer par vous-même. Si vous voulez, on peut reporter ça à une autre fois, il n'y a aucune urgence.

– Non, non… De toute façon il va bien falloir que j'y passe, un jour ou l'autre. »

Elle entre dans la salle de bains et revient avec un petit miroir cerclé de plastique blanc. Elle prend son temps, comme si elle s'apprêtait à retirer ses bandages à un grand brûlé.

« Tenez, mettez d'abord vos lunettes.

– J'ai des lunettes ? »

Sadge respire un bon coup.

Un homme le dévisage d'un air sévère. Il est âgé, a beaucoup de cheveux gris, des bajoues, des rides profondes sur le front et des poches sous les yeux, la peau du cou fripée… Il ressemble à son père, en moins sévère peut-être. C'est bête mais cela lui fait plaisir, malgré tout.

Son regard paraît fatigué. Comme c'est triste de mesurer le temps passé, le temps perdu, envolé, parti en fumée ! Finalement le monde ne l'aura pas attendu. Les gens ont continué à vivre leur vie, à poursuivre leurs objectifs, à combler leurs besoins, sans se soucier de lui.

Qui est cet étranger au visage si familier ?

Il reconnaît le parfum de la mort qui lui hérisse la narine. C'est une odeur fade et terrifiante, une odeur de viande froide et de sang cru.

« Ça va ? demande la jeune femme.

– Je ne reconnais pas cet homme. »

Il se rend compte qu'elle lui tient la main depuis le début, comme elle le ferait avec un enfant.

14 mai

Au matin, un nouvel infirmier entre dans la chambre, apportant un deuxième lit.

« Vous allez avoir de la compagnie : un chauffeur de taxi. Vous verrez, il est tout petit, on l'aperçoit à peine derrière ses béquilles… »

Et l'infirmier se met à ricaner en douce, comme s'il redoutait d'être surpris en flagrant délit de mauvais esprit. Puis il s'approche de Sadge, l'air de préparer un mauvais coup, et lui tend un calepin.

« Vous pouvez me faire un petit autographe ? Mettez à Pascal Jean-Pierre. Jean-Pierre, c'est mon nom de famille… »

Sadge s'exécute, un peu surpris que ce drôle de zigue connaisse *Culture ? Vous avez dit culture !*

Un jeune homme arrive, le pied dans le plâtre. Il balaye la chambre du regard, avec un dédain de lion, salue Sadge d'un sobre coup de menton et range méticuleusement ses affaires dans l'armoire qui lui est attribuée. Puis, en sautillant sur sa jambe valide, il va s'allonger sur son lit. À peine installé, il se plonge dans la contemplation de son téléphone portable. Cet objet qui produit une luminescence inédite l'absorbe tout entier.

« Vous êtes chauffeur de taxi ?

– Tu peux me tutoyer. Moi, c'est Éloi. »

Il est vrai qu'ils sont un peu comme au service militaire, embrigadés dans un système qui les dépasse. Sadge se souvient du centre d'instruction navale de Saint-Mandrier où il a effectué ses classes. Là-bas on se tutoyait d'emblée. Un hôpital ressemble un peu à une base militaire. Tout y est codifié, réglementé, gradé. Chacun sait ce qu'il doit y faire.

« Je m'appelle Éric. »

Le jeune homme pianote sur son appareil avec une surprenante agilité.

« Et tu es ici pour quoi, au juste ? »

Sadge lui raconte son problème. Le type pose un regard incrédule sur lui.

« Tu crois vraiment que t'as trente-cinq ans ? »

Sadge hausse les épaules en signe d'impuissance.

« Tu t'es pas vu, dis-moi. Tu pourrais être mon père !

– Et toi, qu'est-ce qui t'est arrivé ?

– Je me suis mangé un camion à soixante-dix kilomètres-heure sur le périph… J'aurais pu y rester.

– Alors nous sommes tous les deux rescapés d'un accident de la route. »

Éloi ne peut réprimer une moue de mépris.

« Sauf que moi, c'est grave : je risque de perdre mon pied. »

Sadge pourrait lui-même y laisser seize ans de sa vie, mais il n'ose contrarier son camarade de chambrée.

Au bout d'un bon moment, le jeune homme se lasse de son écran, il s'étire et semble reconsidérer la présence de Sadge comme une possible distraction.

« Et donc t'as tout oublié, de 2001 à aujourd'hui, c'est ça ?

– Oui.
– Eh ben ! »

On annonce à Sadge la visite de sa femme. Éloi prétexte un besoin soudain de s'entraîner à marcher avec ses béquilles dans le couloir, et Sadge lui sourit pour le remercier de sa délicatesse. Une fois seul, il se recoiffe à la hâte.

La porte s'ouvre et Catherine entre.

Il est impressionné par le travail que le temps a opéré sur sa femme. Elle a des rides sur le visage et dans le cou. Son expression est moins austère. Ses cheveux sont plus courts et de couleur claire, comme si elle sortait de chez le coiffeur. Elle porte de fines lunettes en métal. Sa silhouette tout entière paraît transformée. Ses bras sont moins fermes, sa taille s'est épaissie. Il retrouve sans conteste ses beaux yeux et son charmant sourire, mais il éprouve malgré lui un vif sentiment de rejet.

La première chose qui lui traverse l'esprit est de se demander s'ils font toujours l'amour, à leur âge. Ces choses-là continuent-elles après la cinquantaine ? Il ne sait pas, il n'a jamais osé le demander à ses parents. A-t-il seulement envie de baiser avec cette dame ? Voilà une question terrifiante.

« Ça va ? » dit-elle. Sa voix n'a pas changé, toujours aussi grave et douce.

Il se tait. Il ne sait quoi répondre. Son amour pour elle prévoyait-il de la désirer jusqu'au jour où son corps deviendrait mûr ? Il ne s'était jamais posé la question. Jusqu'ici il a vécu sa relation avec Catherine au jour le jour. C'était pour lui un symptôme de bonne santé amoureuse, cette capacité à ne pas trop s'interroger. Mais aujourd'hui il se dit qu'il va devoir toucher, embrasser, caresser cette personne. Il aura l'impression de tromper Catherine avec elle-même. Il essaye de se rassurer en pensant à l'amour qu'il sait avoir pour sa femme. Il doit faire confiance à ce sentiment solide et puissant. Il aimera toujours Catherine, qu'elle soit mystérieuse ou intime, sensuelle ou pudique, complice ou distante, familière ou inconnue, jeune ou vieille. Il trouvera bien la manière… De toute façon, il n'a pas le choix.

Catherine a l'air gênée, elle aussi, comme si elle ne savait pas où se mettre. Elle se retourne, à la recherche d'une chaise. Sadge observe subrepticement son derrière, content de retrouver un ami.

Il raconte à Catherine tout ce qui lui arrive en s'efforçant de se montrer optimiste.

« Tu ne te souviens vraiment de rien ?

– J'ai tout oublié.

– C'est effarant ! Comment tu vas faire ?

– Ils disent que ma mémoire devrait revenir d'elle-même d'ici quelques jours… il faut attendre, voilà tout.

– Mon pauvre, je ne sais pas comment t'aider…

– Eh bien, tu pourrais déjà me faire un petit câlin, par exemple ! »

Catherine obtempère avec raideur. Elle s'approche timidement de son mari et lui tapote affectueusement la main, comme devaient le faire ces dames de la bonne société catapultées infirmières sur le front, auprès des poilus, pendant la guerre de 14-18. Sadge est quand même étonné de la distance que Catherine semble vouloir imposer entre eux.

« Tu peux m'embrasser, tu sais ! Je ne suis pas contagieux… »

Elle se penche et dépose sur son front un sage baiser. Il l'entoure de ses bras, cherche sa bouche, mais elle se dégage habilement et va se rasseoir dans son fauteuil. Il est blessé par cette attitude si réservée, mais décide de n'en rien révéler. Il lui pose des questions sur leur fils et Catherine se sent apparemment tout de suite plus à l'aise.

« Tu sais, Nicolas est un adulte maintenant, et il est grand par-dessus le marché… Tu verras, il est encore un peu paumé, mais j'ai décidé de ne plus m'inquiéter pour lui, je me dis qu'il finira bien par trouver sa voie… »

Sadge déglutit.

« Le dernier matin que je me rappelle, c'est le jour où il devait passer sa ceinture jaune… Tu te souviens comme il était stressé ?

– Non… »

Sa femme se tait, intimidée. Elle aussi commence à mesurer l'étendue des dégâts.

Tout d'un coup Sadge se désole en repensant à la belle jeune femme qu'il a quittée deux jours plus tôt et qui vient d'être remplacée par cette femme mature. Tout ce qu'il sait de lui-même en est ébranlé.

« Et tu as eu des détails concernant mon accident ? Où ça s'est passé ? Personne ne veut rien me dire…

– Non, je n'en ai pas eu…

– Et les parents ? »

Le sourire de Catherine s'évanouit. Elle exhale un soupir.

« Eh bien… ta mère a eu quatre-vingt-deux ans l'année dernière. Elle est atteinte de la maladie d'Alzheimer, mais elle peut encore habiter chez elle. On lui a trouvé une aide-soignante formidable. On ne lui a encore rien dit pour ton accident…

– Pourquoi une aide-soignante ? Papa ne peut pas s'occuper d'elle ? »

Catherine soupire de nouveau, avec cet air contrit qui paraît ne pas la quitter. Sadge se demande ce qui lui arrive : lui en veut-elle pour une raison qu'il ignore encore ? Elle s'approche et lui prend la main.

« Qu'est-ce qu'il y a ? Pourquoi tu fais cette tête ?

– Je suis désolée d'avoir à te l'annoncer, comme ça, ici…

– Quoi ? Vas-y, dis-moi, tu me fais peur…

– Eh bien, ton père est mort, Éric. »

Sadge retourne cette écrasante nouvelle dans tous les sens, telle une énigme dont il ne saurait que faire, jusqu'à ce qu'il sente comme un coup de poignard dans le thorax, une douleur inattendue qui le laisse sans voix.

« C'était il y a plus de dix ans, tu sais. »

Sadge regarde sa femme. Elle lui sourit d'un air désolé, comme si elle avait besoin de s'excuser. Il se dit qu'il aurait dû s'y attendre, dans le monde réel ces choses-là se produisent.

« Comment il est mort ?

– Il a eu un cancer du poumon.

– Il a souffert ?

– Oui… Tu as été le voir presque tous les jours à l'hôpital, puis en soins palliatifs. »

Sadge sent fondre sur lui une terreur enfantine. Il se revoit à neuf ans, en slip dans les vestiaires de la piscine, avec les autres garçons qui se moquent de son corps chétif. Il a peur de Rapellini et de sa bande, qui ont tous cinq centimètres de plus que lui. Alors il s'habille en vitesse dans un coin en espérant qu'on le laissera tranquille. Il aimerait demander à son père pourquoi il est si petit pour son âge, mais son papa n'est pas là.

Il se souvient maintenant du salon où son père écoutait ses disques de jazz, du voyage au pays de Galles sous la bruine, de son parfum Lanvin pour homme, et puis aussi de son odeur de sueur, de sa silhouette élancée, de ses joues qui piquaient le soir, de ses belles chaussures en cuir fauve, de ses compliments silencieux, de son attitude de mâle dominant vis-à-vis de leur mère, de son orgueil inoxydable, de son allure élégante au spectacle de l'école, de ses absences durant les vacances de Noël, de sa présence oppressante, les longs dimanches d'hiver, quand il découpait le rôti avec un interminable couteau, de son haleine avinée après les repas, des poils sombres sur son torse à la plage, de ses jambes glabres et malingres, presque féminines, de ses colères foudroyantes, de son œil qui frisait à l'approche d'un bon mot, de ses propos qu'on ne comprenait pas toujours, de son whisky quotidien, de son travail si compliqué avec des chefs qui ne l'appréciaient pas à sa juste valeur, de son mépris total pour les énarques, les polytechniciens et les aspirants à la Légion d'honneur, de ses frères moins beaux que lui, de sa photo dans le salon, sur laquelle il ne se ressemblait pas, de son goût pour les grandes théories sur la vie et de son aversion pour les conversations intimes.

En somme, c'est le portrait d'un étranger qui se dessine dans l'esprit bouleversé de Sadge, celui d'un homme méconnu, un homme secret qui l'a pourtant nourri, élevé, protégé, éduqué, fait voyager, ouvert aux perspectives du monde extérieur, mais sans jamais se laisser approcher.

Il se rend à l'évidence : il a loupé sa rencontre avec son père et à présent il le regrette amèrement. Il n'a pas osé lui dire qu'il l'aimait, ne lui a pas posé la moindre question personnelle, il a manqué de la curiosité la plus élémentaire. Son frère aura été plus courageux que lui. Il se souvient qu'Alain allait au contact, se faisait engueuler et finissait puni dans sa chambre. Mais au moins il peut se targuer de s'être frotté à leur père, tandis que lui se contentait d'être le fiston obéissant, qui faisait ce qu'on lui ordonnait en évitant les confrontations… Voilà comment il est passé à côté de tout.

Que lui reste-t-il de ce père dont le corps pourrit maintenant sous la terre ? Des souvenirs, quelques enseignements, une façon de vivre. L'exemple d'une vie solitaire aussi. S'il devait faire l'éloge funèbre de son père – et peut-être l'a-t-il fait –, que dirait-il ? Il n'en a pas la moindre idée, il sèche, comme un cancre devant une copie blanche, étonné par l'étendue de sa propre ignorance. Il cherche et ne trouve en lui qu'un désolant silence.

Qu'est-ce qu'un père ? Sadge ne saurait le dire. Personne ne le lui a appris. D'ailleurs, depuis le début, il a lui-même improvisé avec Nicolas, au jour le jour, au petit bonheur la chance, en tâtonnant, comme l'imposteur un peu minable qu'il a toujours été.

Que doit dire un père ? Le sien voulait à tout prix être entendu, remarqué, écouté, consulté, reconnu. Il rêvait que le président des États-Unis l'appelle en personne pour lui demander conseil. Il écrivait des lettres enflammées aux journaux pour donner son opinion sur la plupart des sujets et se désolait qu'elles ne soient pas publiées. Une fois, un rédacteur en chef adjoint avait répondu à l'un de ses courriers et son père avait aussitôt brandi la lettre de cet homme illustre qui avait apprécié son jugement à sa juste valeur.

Même si personne ne l'écoutait assez, son père parlait, pérorait, imposait ses vues sur tout et sur rien, abusant de son célèbre « je vais te dire une bonne chose »…

D'où lui venait ce besoin de gesticuler et d'attirer l'attention sur lui ? Son propre père avait-il omis de le regarder ? Sadge se souvenait bien du grand-père sourd dont on se moquait gentiment… Il se dit que son père a crié fort, sans dire beaucoup.

En fin de compte, tout ce que son père avait fait de beau dans sa vie, il l'avait accompli en silence. Il avait aimé et admiré sa femme, chaque jour de son existence, sans le proclamer à quiconque. Il avait accepté les limites de son autorité sur Alain, sans jamais protester. Et on avait pu lire d'innombrables fois sur son visage combien il estimait humblement la bonté humaine, la beauté de la nature, les gens authentiquement originaux et les idées nouvelles. Et la musique aussi. Il avait été généreux en secret, donnant de son temps et de son argent à une armée de pauvres qui le saluaient chaleureusement quand ils le croisaient dans la rue. Il avait porté la pudeur à des sommets jamais atteints, quasi religieux, faisant de sa réserve, de ses non-dits et de la protection de ses émotions intimes un trésor mieux gardé que Fort Knox.

C'était donc ça, un père : quelqu'un qui ne dit pas.

Quelqu'un qu'on ne dit pas non plus.

Un homme au-dessus de soi, depuis le premier jour et jusqu'à la fin des temps.

Sadge éclate en sanglots, comme un gamin brisé. Il pleure la mort de son papa chéri, et le goût minéral des larmes dans sa gorge lui rappelle qu'il n'est toujours qu'un enfant, emprisonné dans le corps de ce vieux, un type dont il ne sait pas grand-chose.

Catherine n'ose pas le consoler. Il finit par se calmer, s'essuie les yeux et se mouche. Il se sent comme un paysage lavé par l'orage. Comment va-t-il faire maintenant sans l'homme fort de sa vie ?

Un nouveau docteur entre dans la chambre, un blond à l'air nordique.

« Bonjour, monsieur, bonjour, madame, visite de routine. Rien de nouveau ? »

Sadge mesure l'ironie de la question. Il esquisse un sourire las et le médecin repart vers d'autres patients.

« Bon, et nous, qu'est-ce qu'on a fait, ces dernières années ? demande-t-il à Catherine.

– Eh bien… nous avons élevé notre fils comme nous avons pu, je dirais… »

Il est agacé par cette réponse convenue. On dirait que Catherine se satisfait d'une conversation mondaine, alors que la situation mériterait qu'on apporte mille réponses aux questions qui se posent : Baisent-ils encore ? Combien de fois par mois ? Est-elle heureuse avec lui ? Ont-ils affronté des épreuves ? Lesquelles ? Quels sont leurs projets ?

On frappe à la porte. Apparaît une jeune femme blonde et maigrichonne, aux cheveux savamment éparpillés en un joli décoiffé. Elle est toute pimpante et bien habillée.

« Je ne dérange pas ? »

Elle affiche un sourire commercial. Une odeur agréable de tabac et de parfum envahit la pièce, donnant l'impression que ça puait avant. Sadge la considère un instant, intrigué. C'est vraiment une belle fille, sportive, bronzée, maquillée, propre, qui dégage de bonnes ondes. Ses nombreux bracelets cliquettent à son poignet tandis qu'elle pose un grand sac en daim caramel sur la dernière chaise disponible. Il observe cet animal exotique qui semble tout droit sorti de chez Castel, ce repaire de bourgeois décadents qu'il a toujours détestés. Catherine en profite pour se lever.

« Bon, eh bien, je vais y aller… »

La nouvelle venue regarde Sadge avec une moue exagérément attendrie, celle qu'ont les femmes dès qu'elles croisent un chiot. Elle s'approche de lui, se penche et dépose sans hésiter sur ses lèvres un baiser appuyé. Il est tellement stupéfait qu'il ne songe même pas à la repousser.

« Alors, bijou, comment ça va ? »

Puis elle se retourne vers sa femme.

« Tu vas bien, Catherine ?

– Très bien, Vanessa. Et toi ? »

Pendant que la blonde cherche quelque chose dans son sac, Sadge fait signe à Catherine de s'approcher et lui murmure à l'oreille :

« Tu ne vas pas me laisser seul avec elle ? »

Catherine sourit.

« Mais c'est Vanessa, ta femme ! »

14 mai (suite)

Inconfortablement installé dans un fauteuil roulant, poussé par son infirmier favori, Sadge est soulagé d'avoir provisoirement échappé à ses épouses.

Dès que Catherine les avait laissés seuls, Vanessa avait éclaté en sanglots.

« Alors tu ne sais plus qui je suis ?

– Je suis désolé…

– Mais c'est affreux… Affreux, tu m'entends ! Qu'est-ce qu'on va devenir tous les deux ? Tu te souviens pas de notre rencontre ? De notre amour ? De notre vie ? De tout, quoi !…

– Je ne sais pas quoi vous dire.

– Ah non ! Je t'interdis de me vouvoyer, tu m'entends ? Embrasse-moi plutôt, ton corps, lui, doit bien se rappeler de moi, tout de même… »

Il avait accepté de joindre de nouveau ses lèvres à celles de cette inconnue. Expérience surnaturelle.

Vanessa ne voulait plus le quitter, de peur qu'il ne l'oublie encore. Heureusement l'homme aux bras poilus est venu l'exfiltrer pour l'emmener à une consultation au sujet de son genou.

Ils roulent hardiment le long d'interminables couloirs. Sadge aperçoit au passage des vieux allongés dans leurs lits, immobiles et pathétiques. Il y en a un qui appelle au secours faiblement, sans y croire.

Il se demande comment il a pu quitter Catherine, la femme de sa vie, pour se mettre en couple avec cette espèce de gravure de mode qui n'appartient pas à son monde. Bon sang, comment en est-il arrivé là ? Quel genre d'homme est-il, aujourd'hui, pour s'être entiché d'une femme si jeune ? Alors, quoi ? Il sort en boîte de nuit, maintenant ?

Et que sont devenus ses amis ? Philippe Souffien, son collègue de *Culture ? Vous avez dit culture !* Est-il toujours aussi séducteur ? S'est-il enfin installé, marié ? Et Vincent Chevalier ? Toujours obèse ? Et ligoté à l'horrible Fabienne, sa femme-tyran ?

« Tout cela ne m'a pas l'air bien grave. Vous allez vous en remettre, avec un peu de courage et beaucoup de travail... Évidemment, je ne vous cache pas qu'il y a un chouïa d'arthrose en jeu, ce qui est normal à votre âge », dit le médecin en palpant son genou endolori du bout de ses doigts chauds et roses.

Quand il rentre dans sa tanière, Éloi est plongé dans un jeu vidéo.

« Ta deuxième femme est repartie. Elle a dit qu'elle t'appellerait. »

Il n'ajoute aucun commentaire à propos de la vie compliquée de son codétenu. Tant mieux, Sadge a besoin de réfléchir seul, sans être dérangé. Il désire explorer tranquillement tout le dégoût qu'il a de lui-même.

À l'idée d'avoir brisé son couple avec Catherine, il éprouve en effet un chagrin boueux qui le suffoque. Il a cassé une harmonie d'ordre divin, un don précieux qu'ils avaient reçu de la vie. Et à présent c'est trop tard, c'est perdu, irrécupérable. Même s'il retrouve la mémoire, il ne connaîtra jamais plus le bonheur discret d'aimer Catherine et d'être aimé par elle… Il pensait être un homme solide et stable, sur qui sa femme pouvait compter, et voilà que cette image, sur laquelle il s'était construit, vient de voler en éclats. Alors donc, comme tous les mâles inquiets à propos de leur virilité, il est tombé dans le panneau… Il imagine bien la poussée de testostérone qui a dû s'emparer de lui, à la cinquantaine, pour qu'il éprouve le besoin irrépressible de se jeter dans les bras d'une femelle plus fraîche que la sienne. La trivialité du scénario est tout à fait navrante. Il s'était toujours dit qu'il vivrait jusqu'à la fin de ses jours avec Catherine, qu'elle serait la femme de toute sa vie. C'était peut-être un projet convenu, inspiré de l'exemple que lui avaient donné ses parents. C'était aussi un dessein qui lui paraissait plein de noblesse et d'ambition. Catherine n'était pas seulement une femme destinée à le rassurer ou à assouvir son désir sexuel, même s'il aimait plus que tout se désaltérer à son humidité, elle était aussi la femme avec laquelle il pouvait échanger des idées, partager des fragilités et quelques secrets.

Il fait désormais partie de ces hommes banals, aussi prévisibles que des taureaux de corrida, immanquablement excités par un bout d'étoffe affriolant qui bouge bien, au point de courir fièrement à leur perte. Étendu sur son lit, les bras sous la nuque, il n'arrive pas à digérer son amertume… Quel con ! Mais quel con !

Un homme de son âge pénètre brusquement dans la chambre d'un pas décidé, un grand sourire aux lèvres. Il s'approche du lit, se penche vers Sadge et l'embrasse hardiment sur les deux joues.

« Salut, ma poule ! Alors, comme ça, t'as encore eu un bol de cocu ? »

Sadge soupire, hésite, puis choisit la voie de l'honnêteté.

« Pardon, mais je dois d'abord te dire que je ne te reconnais pas. Je souffre d'amnésie…

– Tu te fous de ma gueule ?

– Non, non… Je t'assure. »

Les yeux de l'homme étincellent de colère. Il semble réfléchir à l'attitude à adopter. Finalement sa nature l'emporte, il plante son regard bleu mouillé dans celui de Sadge et lui dit froidement :

« Eh bien, tu sais quoi, Sadge ? Tu me déçois beaucoup ! »

Et sur ces bonnes paroles, il s'en va.

On frappe mollement à la porte. Ça ne peut pas être un membre du personnel, les aides-soignants entrent ici à toute heure du jour et de la nuit sans frapper, comme si les patients n'existaient pas, ne dormaient jamais, étaient des bêtes sourdes, muettes, aveugles. Sadge jette un coup d'œil à Éloi. Celui-ci joue toujours, un casque énorme sur les oreilles. Alors que tous les appareils électroniques paraissent s'être miniaturisés, les écouteurs, eux, ont singulièrement grossi. C'est étonnant. De son temps, on se félicitait de pouvoir les glisser dans sa poche.

On gratte de nouveau à la porte.

« Entrez ! »

Un jeune homme longiligne et disgracieux se glisse silencieusement dans la chambre. Son regard est vide, comme si ses dernières forces s'étaient retirées de son corps, à la manière d'une implacable marée. Ça doit être un ami d'Éloi. Sadge plaint ce garçon pour la sévère adolescence que la vie lui a infligée. En effet son visage arbore des pousses disgracieuses d'une barbe sporadique, sans doute destinée à distraire l'œil des vestiges d'une acné tardive qui marque encore sa peau livide. Ses cheveux ont l'air gras, mais ce n'est peut-être qu'une impression.

Le type tourne un regard désabusé vers Éloi, avant d'étudier le décor pitoyable de la pièce où se côtoient des objets désuets et tout un matériel médical sophistiqué.

Puis il s'adresse à Sadge.

« Salut. Ça va ? »

Sadge est étonné par une entrée en matière aussi désinvolte.

« Vous êtes ?…

– Ben, c'est moi, Nicolas. »

Sadge observe son fils avec stupeur. Comment son petit garçon, si adorable, facétieux, vif, qu'il portait encore sur ses épaules dimanche dernier, a-t-il pu se transformer en cette longue chose ingrate ? Ce qui le trouble le plus, c'est de ne même pas reconnaître le regard de son fiston. Il scrute ses yeux avec attention… ils ont la même couleur marron clair, mais c'est à peu près tout.

« Pardon, tu as tellement changé… Viens donc que je t'embrasse. »

Le type s'approche et dépose un baiser amorphe et mouillé sur sa joue. Sadge en profite pour le serrer brièvement dans ses bras. Il ne reconnaît ni son corps, plus noueux et ferme qu'il ne l'imaginait, ni son odeur, légèrement âcre, de garçon mal lavé. Il éprouve une déception immense, ainsi qu'une tristesse infinie : la semaine dernière, il puisait sa force dans l'idée de protéger, d'aimer et d'élever cet enfant.

Nicolas se redresse.

« Alors, c'est vrai, tu ne te souviens de rien ?

– Est-ce que tu te rappelles le 24 septembre 2001 ?

– Ben, pas particulièrement.

– C'était le jour de ton examen de judo… »

Le visage de Nicolas ne s'illumine pas à cette évocation.

« Tu passais ta ceinture jaune…

– Ah bon ?…

– On a foncé, on était en retard, et mademoiselle Toche – tu te rappelles mademoiselle Toche ?

– C'était la directrice.

– Elle a été sympa, elle t'a autorisé à la passer…

– Je n'ai aucun souvenir de ça. Mais c'est pas important… »

Bien sûr que si, c'est important ! Si même son fils a oublié les derniers moments qu'ils ont vécus ensemble, que lui reste-t-il alors ?

Un silence gêné s'installe.

« Et sinon… tes études ? Raconte-moi ! T'imagines, j'ai pas mal de rattrapage à faire ! »

Nicolas hausse les épaules.

« Ben… j'ai arrêté, là. J'avais commencé à faire du droit, mais je me suis rendu compte que c'était pas pour moi.

– Pourquoi t'avais choisi le droit ?

– Ben… après le bac je savais pas quelle orientation prendre et c'est toi qui m'as décidé pour le droit. Tu disais que ça ouvrait à tout… Tu m'as même organisé une semaine de stage chez ton copain avocat, là…

– Et maintenant, tu sais ce que tu veux faire, dans la vie ? »

Un sourire furtif traverse le visage de Nicolas.

« Toujours pas…

– Pourquoi tu te marres ?

– Parce que c'est bien une expression à toi, ça, *dans la vie.* »

Sadge cherche une nouvelle idée.

« Et ton service militaire ? Quand est-ce que tu le fais ?

– Ça n'existe plus depuis des siècles, tu sais…

– Ma petite blague est ratée… Ça, je le savais, figure-toi : Chirac a supprimé le service obligatoire l'année dernière… enfin, il y a dix-sept ans, quoi. Donc tu ne sais pas ce que tu veux faire…

– Dans la vie ? Non. »

Sadge voit clairement qu'une tornade a balayé le monde qu'il connaissait, ce monde qu'il aimait bien, pétri des rêves de son enfance, enchanté par les chansons optimistes des Beatles et la vision d'une société en progrès… Apparemment tout cela a fait place au triste décor actuel, habité par des inconnus déprimants comme son fils.

Il se rappelle tout d'un coup la conférence de presse de rentrée de Paris Première, il y a une semaine, le vendredi 21 septembre 2001. C'était seulement dix jours après les attentats à New York. La directrice de la chaîne avait lancé une très longue bande-annonce qui mettait en avant ses nouveaux programmes, un montage qui se voulait alléchant, vendeur, pétillant. Et moderne surtout. Il n'avait pu s'empêcher cependant de ressentir jusque dans ses tripes que cette vidéo, qu'il aurait applaudie deux semaines plus tôt, était devenue terriblement démodée. C'étaient les premiers effets du 11 Septembre : le siècle dernier venait de sombrer sous les yeux du monde entier et tout ce qui avait été conçu pour être dans l'air du temps avant cet événement était désormais dépassé, disqualifié, d'une autre époque.

C'était flagrant. Il avait éprouvé un malaise en faisant cette troublante constatation : dorénavant on ne savait plus où on allait. Sous les décombres du World Trade Center résidaient les vestiges du XXe siècle. C'était inouï de penser que deux guerres mondiales avaient pu être ensevelies avec une facilité aussi déconcertante.

Cherchant à être optimiste, il s'était imaginé que de ces gravats sinistres allait naître une ère nouvelle, une époque porteuse d'espoirs, de renouveau, d'idées neuves, audacieuses, époustouflantes… Seize ans plus tard, pourtant, le monde ne semble pas avoir changé. Il a peut-être dérivé, c'est tout.

Un silence collant enveloppe de nouveau Nicolas et son père. Sadge est épuisé à présent, il n'a plus le courage de faire des efforts, il est accablé par la nostalgie qu'il a de son petit garçon. Il remarque que Nicolas, tout comme Éloi, ne peut s'empêcher de tripoter son téléphone portable à chaque instant. Cet objet tyrannique ne cesse de se rappeler à lui et de le réclamer, comme un chien qui quémande avec insistance un morceau de pain sous la table.

« Tu me connais, tu sais », lui dit tout d'un coup Nicolas. Puis, avec un regard ironique, il ajoute : « Comme si j'étais ton fils. »

Sadge sourit.

« Quel est ton premier souvenir avec moi ? »

Nicolas réfléchit.

« C'était au bord de la mer. J'avais quatre ou cinq ans et il y avait de grosses vagues. Mais dans tes bras j'avais pas peur, rien ne pouvait m'arriver… »

Le téléphone de Nicolas se met à vibrer. Il tapote dessus avec une moue agacée.

« Je ne me suis jamais senti autant en sécurité que ce jour-là… »

Sadge connaît cette impression. Lui aussi a des souvenirs de sérénité avec son père, quand celui-ci l'emmenait à la chasse, il marchait à ses côtés et, malgré le silence inquiétant de la forêt, où le moindre craquement, à la fois proche et lointain, paraissait hostile, il se sentait parfaitement tranquille, protégé par le monument qu'il tenait par la main. Lui aussi n'a plus connu une telle sérénité depuis. Aujourd'hui cette sensation lui manque particulièrement.

« Et notre dernier souvenir ensemble ?

– Euh… la semaine dernière, quand tu m'as prêté ta bagnole.

– Au fait, tu sais quelque chose sur mon accident ?

– Non… »

Sadge commence à se demander si cet accident a seulement eu lieu.

« Raconte-moi le père que j'ai été pour toi. Et dis-moi la vérité… J'ai bien dû t'engueuler, une fois ou deux ?

– Tu m'as engueulé un million de fois. Quand j'étais petit, j'avais même peur de toi.

– Et maintenant t'as plus peur ?

– Non.

– Et le judo, tu as continué ?

– Non, je m'en souviens à peine… »

Tout en répondant aux sollicitations de l'appareil qui ne quitte jamais sa main, Nicolas se lance dans le récit décousu de son enfance. Il raconte comment son père le réveillait chaque matin, l'emmenait à l'école, puis au collège en lui expliquant mille choses, et le soir, il venait le trouver dans sa chambre pour bavarder un peu. Sadge se demande où il a puisé les ressources nécessaires pour se montrer aussi affectueux, lui que son propre père n'a jamais pris dans ses bras, évitant ce qu'il appelait avec dégoût les « effusions inutiles ».

« Bon. Faut que j'y aille.
– Où est ta mère ?
– Au bureau. »

Catherine travaille ?

Nicolas fouille dans sa poche et en extrait un petit objet.

« Tiens, je te prête mon iPod. Toi qui adores la musique, tu vas pouvoir te mettre au goût du jour… Allez ! T'inquiète pas trop pour tes souvenirs, ça va revenir, j'en suis sûr. »

Voyant l'air désemparé de son père, il semble pris de pitié.

« Si tu veux, je reviendrai te donner un petit cours de rattrapage sur la vie d'aujourd'hui… » Il sourit. « Je sens qu'il va y avoir du boulot ! Même grand-mère est plus au courant que toi ! »

Sadge regarde son fils sortir, laissant derrière lui, en suspension, un vide qui remplit toute la pièce.

Il est effondré, tant cette première rencontre avec Nicolas l'a déçu. Comment a-t-il pu rater son fils à ce point ? Parce qu'il se sent clairement responsable de ce naufrage. Il avait imaginé que Nicolas obtiendrait des diplômes, découvrirait le monde, se lancerait dans la vie active avec appétit, serait apprécié par ses chefs, réussirait… Il n'aurait jamais pensé qu'après un départ aussi prometteur, ce garçon futé comme tout se métamorphoserait en cette asperge sans charme… Quel père lamentable a-t-il été pour si peu inspirer son fils et ne pas lui donner envie de croire en lui-même ? Cela le renvoie à son propre père qui n'a jamais vraiment su le valoriser. A-t-il involontairement reproduit le même modèle ? Ne dit-on pas que les enfants battus deviennent souvent des parents violents ?

Et maintenant il se demande comment il va s'y prendre pour faire naître en lui une affection sincère pour ce personnage qui lui sert de fils. Peut-on éprouver des sentiments parce qu'on l'a décidé de but en blanc, sous prétexte que c'est une obligation ? Il trouve Nicolas ingrat. Est-il vraiment obligé de l'aimer ? Il ne le connaît même pas ! Pour l'instant, il préfère se rappeler les bons souvenirs, le jour de sa naissance, le premier regard échangé avec ce bébé sérieux… Ce nouveau-né était un inconnu et pourtant il l'avait tout de suite adopté, sans réfléchir, naturellement. C'était peut-être parce que ce nourrisson qui gigotait avait tout à recevoir. Il offrait à Sadge un trésor irrésistible de vulnérabilité qui révélait à celui-ci ses capacités insoupçonnées à aimer.

Aujourd'hui Sadge a affaire à un étranger, un adulte autonome dont le destin lui est indifférent, et qui, par-dessus le marché, se moque de lui avec indolence.

Mais comment pourrait-il renoncer à son fils ? Il va devoir faire des efforts, aussi rébarbatifs qu'artificiels, pour l'accepter tel qu'il est… Et si cela n'aboutissait à rien ? Il ne pourra peut-être jamais éprouver pour ce garçon l'amour viscéral qu'il devrait lui porter.

Comme il regrette sa vie d'avant ! C'était une époque bénie, une vie simple, basée sur de bonnes valeurs : il aimait Catherine, il était heureux de la prendre dans ses bras et de dormir avec elle ; il se réjouissait de retrouver chaque soir son fiston en rentrant du bureau. Lui et sa famille n'étaient pas exceptionnels, ils étaient ce qu'on appelle communément des braves gens, et cela lui suffisait. Pourquoi lui a-t-on volé ce bonheur ?

Éloi lui montre comment marche l'iPod et Sadge est de nouveau séduit à l'idée qu'un appareil aussi minuscule contienne l'équivalent de toute sa collection de disques, celle dont il était si naïvement fier.

Il découvre que Nicolas écoute ses artistes préférés, et notamment David Bowie ! Il se dit qu'il n'a peut-être pas complètement raté l'éducation de son fils… Il s'aperçoit avec joie que Nicolas a du goût ; en dehors des tubes, il a choisi les meilleures chansons : *Lady Stardust*, *Starman*, *Fill Your Heart*, *Lady Grinning Soul*, *Sweet Thing*… Il remarque même un nouveau titre, *Seven*, qu'il ne connaît pas. Il l'écoutera plus tard. Pour commencer, il choisit sa chanson préférée, *Life on Mars ?*, en espérant qu'elle réveillera quelque chose en lui.

La musique, nette, savoureuse, éblouissante, envahit chaque recoin de son esprit endolori. Il ferme les yeux, met le volume au maximum et s'abîme dans ce plaisir brut, rauque, qui lui frotte bien l'âme.

Peu à peu ses mauvaises pensées et ses peurs s'évaporent. Il se reconnecte au parfum de sa jeunesse et retrouve des sensations oubliées. Il revoit cette chambre bourgeoise où il avait fait l'amour pour la deuxième fois de sa vie, à l'âge de dix-sept ans, avec une amie de tante Béatrice, madame Tamaris, une vraie dame avec des bas et du rouge à lèvres, trop contente de lui servir de bateau-école. Elle était envoûtante, sensuelle, magnifique. Presque aussi intimidée que lui, et cela lui avait donné confiance. Il avait revu cette femme des années plus tard dans la rue, un jour qu'il se promenait avec Nicolas au square. Elle était devenue vieille et grassouillette et tirait derrière elle un grand caniche beige. Le fantasme de Sadge s'était fracturé en mille morceaux.

Changes, *Time*, *Oh, You Pretty Things*…

La consolation que lui apporte la musique lui montre qu'il a passé trop de temps à réfléchir, ces deux derniers jours.

Il se revoit sur l'esplanade, devant l'église de La Baule, dont il faisait le tour à vélo avec son frère. Lui avait la bicyclette jaune et Alain la rouge. Ils s'amusaient comme des fous, exploraient de nouveaux coins de la ville, toujours à l'affût d'une possible aventure. Ils rentraient en nage à l'heure du déjeuner et leur mère leur demandait aussitôt d'aller se laver les mains. Après le dessert on l'obligeait à faire une sieste dans le jardin, à l'ombre du pin parasol qu'avait planté le grand-père. Il avait à peine le temps d'envier son grand frère, dispensé de cette corvée, qu'il s'était déjà endormi. L'air était tiède et sentait l'insouciance de l'été.

Maintenant Sadge a le cafard. Pourra-t-il survivre au présent et construire sa nouvelle existence sans les seize années qu'on vient de lui arracher ? Les migrants parviennent-ils un jour à oublier d'où ils viennent, cet endroit sacré où leur mère les attend ? Peuvent-ils jamais s'affranchir des odeurs, des idées de leur pays natal, ainsi que des interdits paternels ?

Éloi se lève et lui demande :

« Ça te dit de regarder *Intouchables* ? On a juste le temps, avant le dîner…

– C'est quoi ? » répond Sadge.

Éloi lève les yeux au ciel.

Par la porte entrouverte, Sadge aperçoit Vanessa. Il reconnaît le cliquetis caractéristique de ses bracelets sur ses poignets bronzés. Il se recouche précipitamment.

Éloi le regarde, étonné.

« Dis qu'on m'a donné un sédatif et que je dors, OK ? »

La porte s'ouvre en grand et Vanessa entre, envahissant l'espace de son énergie toute parfumée.

15 mai

La veille, Vanessa n'avait pas voulu rentrer chez elle avant d'avoir parlé à Sadge. Éloi avait eu beau lui soutenir en chuchotant qu'il était parti pour faire sa nuit, elle s'était assise sur une chaise dans un coin, sans rien dire ni tenter, imposant une pression invisible par sa simple présence silencieuse et docile. Au bout de trois quarts d'heure, n'en pouvant plus de contrôler sa respiration pour lui donner l'apparence d'un sommeil paisible, et des fourmis plein le bras droit, Sadge avait fait semblant de se réveiller. Vanessa s'était levée avec une impatience insoupçonnée et s'était précipitée pour embrasser son homme ; elle avait même insisté pour se coucher contre lui. Elle avait caressé ses cheveux en lui susurrant tout un discours à l'oreille.

« Mon amour, pardonne-moi si j'ai mal réagi hier, mais je croyais t'avoir perdu. Depuis j'ai réfléchi et je me suis dit : nous sommes vivants et en bonne santé, c'est l'essentiel. Il suffit de tout recommencer depuis le début, comme il y a cinq ans. On va faire comme si on venait de se rencontrer ! Ce sera amusant comme tout ! On va revivre notre histoire, nos premiers baisers… On va de nouveau se séduire, se découvrir, s'explorer… On sera des amants qui apprennent à se connaître… En fait, quand on y réfléchit, c'est plutôt excitant ! »

Sadge n'avait pu s'empêcher de trouver l'idée intellectuellement intéressante, avant que Vanessa ne durcisse le ton.

« Seulement je te préviens : je suis prête à repartir à zéro, par amour pour toi, mais en échange, je ne veux plus que tu revoies Catherine, tu m'entends ? Ça fait des années que vous êtes séparés, vous n'avez plus aucune raison de vous fréquenter. Je serai intransigeante sur ce point. »

Sadge avait promis pour qu'enfin elle s'en aille.

Dans la matinée, une tête connue passe par l'entrebâillement de la porte. Bien qu'il ait considérablement maigri, Sadge reconnaît Vincent Chevalier, son copain de toujours, l'ami fidèle, témoin à son mariage, confident des périodes heureuses et moins heureuses. Un type calme et cérébral, grand fan de cinéma. Et aussi un garçon sensible, touchant, parfois drôle.

Ils s'étaient rencontrés au cours de leurs études de journalisme. À l'époque Sadge rêvait de remplacer Anne Sinclair dans *7 sur 7*, tandis que Chevalier caressait l'idée de devenir un grand critique du septième art. Les choses en avaient été autrement : Sadge était devenu l'un des chroniqueurs de *Culture ? Vous avez dit culture !* et Chevalier s'était marié avec Fabienne Valentin, une jolie fille, sans doute trop jolie pour lui. Fabienne, d'un naturel triste, était dévorée par une ribambelle d'ambitions sociales, dictées par une imagination obsessionnelle. Son père étant le directeur d'une grande compagnie d'assurances, elle avait habilement manœuvré pour y faire entrer son tout nouveau mari.

Vincent s'était alors installé dans une vie sécurisée et monotone, réglée par sa femme comme du papier à musique. Il avait renoncé à son amour du cinéma et s'était accoutumé à sa vie bourgeoise. À partir de là, il avait pris cinq kilos par an, jusqu'à devenir vraiment énorme. Il n'avait rien perdu cependant de sa douceur ni de sa gentillesse, deux qualités indispensables pour filer doux à la maison. Il affichait un air bonhomme et parlait de sa vie comme d'un bonheur parfait, si bien que Sadge n'osait plus lui poser la moindre question personnelle. Chevalier avait peur de Fabienne. Sadge s'était toujours demandé ce qui avait bien pu pousser son ami à se jeter dans les bras chétifs de cette sorcière au sourire amer. Elle avait les joues rêches, des idées courtes, dénuées de toute poésie, et l'esprit pratique. Fabienne démoralisait Sadge comme personne.

Maintenant il contemple le visage jovial de son ami, qui n'a pas trop changé, si ce n'est la présence de lunettes un peu voyantes, posées sur son nez busqué, et quelques rides dues à sa nouvelle minceur. Mais il a gardé tous ses cheveux et ceux-ci n'ont pas blanchi.

« Dis donc, t'as fait un régime draconien, depuis la dernière fois ! Tu es superbe… Ça fait plaisir de voir enfin une tête connue, je peux te dire ! Je deviens fou, ici.

– J'imagine…

– Qu'est-ce que tu deviens ? Toujours à te faire chier dans les assurances ? Mais approche-toi ! »

Chevalier s'avance et Sadge remarque son accoutrement.

« Qu'est-ce que tu fous, déguisé en infirmier ? Tu vas à un bal costumé ? »

Chevalier sourit et va chercher un fauteuil roulant dans le couloir.

« Je vais te raconter tout ça. En attendant, si tu veux bien, monte dans mon bolide…

– Mais… tu bosses ici ?

– Oui. »

Pendant qu'ils traversent l'hôpital pour se rendre en salle de rééducation, Chevalier confie son histoire à Sadge. À force de bien travailler et de suivre les conseils avisés de son épouse, il était parvenu au poste de directeur général, avec voiture de fonction et stock-options… Et puis, un jour, il était tombé amoureux. Pas d'une autre femme, mais d'un collègue. Le choc avait été tel qu'il n'avait pas voulu l'admettre. Jusqu'à ce que, après un pot de départ un peu arrosé, cet homme l'embrasse. Cet événement avait été une révélation qui lui avait procuré un sentiment inouï de libération, immédiatement accompagné d'une souffrance sourde, car il avait fallu accepter l'impensable : il était homosexuel, et peut-être l'avait-il toujours su. Il se souvenait bien des bouffées de tendresse qu'il avait eues dans sa jeunesse pour des garçons, des élans qu'il avait considérés comme des effusions d'amitié spontanée… Pour Sadge aussi, il avait éprouvé quelques émotions épidermiques, ici et là. Il peut bien le lui avouer aujourd'hui, vu que c'est de l'histoire ancienne.

L'épreuve la plus pénible avait été de tout dire à Fabienne, un dimanche au déjeuner. Elle avait pris la nouvelle comme une humiliation personnelle.

En revanche, les parents de Chevalier, d'ordinaires si rigides, avaient étonnamment bien réagi, comme s'ils s'étaient toujours doutés de quelque chose. Ou peut-être étaient-ils soulagés de se débarrasser de leur désespérante belle-fille, qui sait ? Après cet épisode douloureux, la vie s'était comme dénouée d'elle-même. Il avait retrouvé sa liberté, avait respiré, maigri et goûté à un bonheur tout neuf. Il avait démissionné pour se lancer dans des études de kinésithérapie et maintenant il était l'un des trois kinés de l'hôpital ; c'est lui qui allait soigner son genou.

« Et pour terminer, je suis en couple avec Marco depuis cinq ans. »

Installé dans la salle de rééducation, Sadge observe son copain, qui a l'air épanoui.

Quand celui-ci lui palpe l'articulation, il grimace.

« Eh oui, mon cher ! Il faut souffrir pour être belle ! »

Il se laisse manipuler et sent la tension des derniers jours se relâcher, tandis que des larmes se mettent à rouler sur ses joues. Il mesure combien il a pris sur lui pour faire face à ce qui lui arrivait. Sa vie lui apparaît maintenant dans toute sa pesanteur et il voit bien qu'il n'a pas digéré les informations extraordinaires qui lui ont été annoncées, le fardeau est trop lourd à porter.

Chevalier continue de masser son genou, comme s'il n'avait pas remarqué l'émotion de son ami.

« Dis-moi, Vincent, toi qui peux tout me dire, quel homme j'ai été, ces dernières années ? »

Sadge aimerait se rassurer, restaurer l'image qu'il avait de lui-même, celle d'un bon gars.

« Écoute… tu as mené ta vie comme d'habitude… Bien entendu en mettant toujours ta carrière très en avant. »

Sadge sent rejaillir l'habituelle jalousie de son ami qui aurait tant aimé discuter comme lui à la télévision avec des réalisateurs et des acteurs. Chevalier poursuit son massage.

« Tu sais, nous nous sommes un peu perdus de vue, plus par ma faute que par la tienne, j'avais ma nouvelle vie à explorer…

– Je t'ai jugé ? C'est ça ? Je t'ai laissé tomber ?

– Mais non, pas du tout ! Ne commence pas à te tracasser pour ça… »

Chevalier remet un peu d'huile parfumée sur la peau de Sadge.

« Non, tu es resté mon ami, même si on se voyait moins… Dans les moments difficiles, tu as été là pour moi. Et tu n'as jamais non plus hésité à me montrer tes fragilités, comme tu viens de le faire. Tu sais, je crois que c'est ça, l'amitié, rien de plus. »

Il attrape une serviette et s'essuie énergiquement les mains rougies par l'effort.

« Bon, ce sera suffisant pour aujourd'hui. Je pense que t'as rien de grave, mais t'auras quand même besoin de quelques séances comme celle-ci. »

En début d'après-midi Nicolas se présente sans prévenir. Il porte les mêmes vêtements qu'hier, comme s'il avait dormi tout habillé, d'ailleurs il a l'air de sortir de son lit. Il contemple son père avec un sourire ironique.

« Prêt pour ton cours particulier ? T'as intérêt à pas être dissipé, que j'aie pas à me fâcher !

– J'ai un peu peur de ce que tu vas m'apprendre.

– T'inquiète…

– Vas-y mollo quand même…

– Bon… Tu connais Internet ?

– Ben oui ! Tu me prends pour qui ?

– Et Facebook ? »

Sadge secoue la tête négativement.

« Et Twitter ? Instagram ? »

Sadge soupire, vaincu.

« C'est quoi ? »

Nicolas sourit.

« Tu fais moins le malin, d'un coup ! »

Ça ne fait pas cinq minutes que son fils est là et Sadge le trouve déjà agaçant.

« C'est des réseaux sociaux, ça sert aux gens à poster les photos de leur chien ou de leurs potes, à raconter ce qu'ils ont mangé à midi ou à donner leur opinion sur tout et n'importe quoi… Et il y a tout un tas d'imbéciles pour lire ça et faire des commentaires. »

Sadge n'aurait jamais pu imaginer une chose pareille ; il visualise les habitants de la planète reliés entre eux par un entrelacs de routes souterraines… Cela lui rappelle quand il avait visité les égouts de Paris avec Alain et leur grand-père. Il avait été fasciné par le labyrinthe infini des tunnels cachés sous la ville qui communiquaient secrètement entre eux. Il avait aussi été impressionné par les rats, de gros rats sombres et agiles qui trottaient le long des murs humides…

Il se dit que si les gens peuvent donner ainsi leur avis impunément, ils vont en profiter pour déverser la noirceur abyssale de leur cœur, vider le surplus débordant de leurs jalousies, de leurs peurs et de leurs indignations. Chacun a un don inné pour la délation, un goût pour l'insulte et un dévorant besoin d'être entendu. Tout cela ne laisse pas présager une visite agréable de ces égouts numériques.

« Et les textos, ça existe toujours ?

– Oui, ça c'est la base. »

Tout n'est donc pas fichu.

Nicolas extirpe de son sac à dos un objet élégant, plat et brillant.

Sadge se redresse dans son lit.

« Qu'est-ce que c'est ?

– Un iPad, c'est Apple qui l'a inventé.

– C'est une télé portative ?

– Une télé ? Pour quoi faire, une télé ? »

Sadge est intrigué.

« Tu vas quand même pas me dire que les gens ne regardent plus la télé ?

– De moins en moins. La télé, c'est un truc pour les vieux. Nous, on regarde YouTube, à la rigueur Netflix ou Amazon… »

Nicolas lui tend l'appareil. Les images lui paraissent un peu floues et il se rappelle qu'il doit porter des lunettes à présent. Soudain tout devient incroyablement net, trop même. L'écran tactile le fascine. Nicolas, amusé par les étonnements successifs de son père, lui montre comment agrandir une photo avec le pouce et l'index.

Sadge joue à *Candycrush* et retrouve l'excitation qu'il a ressentie avec Nicolas, la semaine dernière, sur la console Nintendo. Il expérimente ainsi un voyage surréaliste dans le temps. Il est bluffé que l'appareil compact de son fils soit capable de faire autant de choses.

Nicolas révèle pêle-mêle à Sadge la fin du règne de Chirac, les parcours éphémères de Sarkozy et de Hollande. La victoire toute récente de Macron le surprend, on a vraiment changé d'époque. Nicolas lui apprend au passage l'installation massive des radars automatiques sur les routes, la naissance de la TNT, mais aussi la mort de l'abbé Pierre et de Michael Jackson.

Tout cela lui confirme une intuition : depuis le 11 Septembre, le monde, tout en se renouvelant par soubresauts successifs, ne cesse de se dégrader, à la manière du corps humain. Chaque année celui-ci vieillit imperceptiblement, s'affaiblit, devient plus lent, moins productif, perclus de douleurs. Bientôt sa vue baissera encore plus, il ne pourra plus marcher et attendra d'être libéré de sa misère par la mort.

Ce processus semble aussi inquiétant que banal.

L'intrusion totalitaire de l'euro lui pose un problème angoissant. Cette monnaie, qui lui paraît extravagante, illustre de façon cruelle la perte de repères dont il souffre désormais. Il demande à Nicolas de lui dire en euros le prix des choses de la vie courante. Voir son fils manier tous ces chiffres avec adresse le déconcerte.

« Combien coûte un paquet de cigarettes, tu disais ?

– Sept euros.

– Et en francs, ça fait combien ?

– Je dirais… environ cinquante francs.

– Cinquante francs ! C'est-à-dire deux francs cinquante *la* cigarette ! C'est dingue !… Quand je passais le bac, le paquet coûtait cinq francs… »

Son échelle de valeurs vacille de nouveau.

« Écoute, tu vas pas tomber des nues à chaque fois que je t'annonce un prix, sinon on n'est pas sortis de l'auberge ! »

Sadge sourit en reconnaissant cette expression, typique de Catherine.

« Donc, je peux aller en Allemagne, en Angleterre ou en Italie et payer en euros ?

– Partout en Europe, sauf en Angleterre. Les Anglais sont uniques, tu sais, ils ont gardé leur livre sterling chérie. »

Sadge a un élan de sympathie pour cette devise familière.

« Et dis-moi, Jean-Paul II, comment il va depuis le temps ?

– Ça fait un bail qu'il est mort. Maintenant on a deux papes, même.

– Tu te fous de ma gueule ?

– Non, je te jure. Après Jean-Paul II, c'est Benoît XVI qui a été élu, un intello timide, qui a abdiqué au bout de quelques années parce qu'il avait envie de se la couler douce, et c'est le pape François qui a repris le flambeau : un Argentin trop sympa qui n'a pas sa langue dans la poche… Ça nous change, je peux te dire !

– J'arrive pas à y croire… »

Nicolas ricane.

« Pour un catho, ne pas croire, c'est très mal, non ?… Bon, assez pour aujourd'hui. Tu veux voir un film ?

– Tu veux dire, un film de cinéma ?

– Je te jure, t'es énervant avec tes questions ! »

Sadge décide de ne pas prendre ombrage de la brusquerie permanente de son fils.

« Il n'y a plus besoin d'un lecteur DVD ? »

Nicolas soupire, agacé.

« Bon, maintenant, arrête de poser des questions, OK ? »

Il propose à son père de regarder *Annie Hall*.

« T'aimes Woody Allen, toi ?

– Ben ouais. Ça te défrise ? »

Sadge commence à apprécier ce garçon. Un peu.

Plus tard, après le départ de Nicolas, il s'assied sur le lit d'Éloi et ensemble ils cherchent sur son téléphone des informations médicales à propos de leurs cas respectifs. Éloi est très inquiet à l'idée d'être amputé du pied gauche. L'opération qu'il a subie présente des complications et les médecins ne se montrent pas rassurants. De son côté, Sadge écume tous les articles qui existent au sujet de l'amnésie et qui l'amènent à une certitude : plus il en apprend, moins il en sait. La seule chose avérée, c'est que l'amnésie est une énigme pour la médecine. Il existe peu de traitements connus : certains essayent l'homéopathie, d'autres l'hypnose. L'espoir que son mal soit réversible reste intact, même si les chances de retrouver ses souvenirs personnels s'amenuisent avec le temps, cela fait déjà trois jours qu'il s'est réveillé ici. La piste de l'amnésie antérograde a été écartée puisque Sadge se souvient de tout depuis qu'il est à l'hôpital. Quant à l'amnésie rétrograde focale dont il est supposé souffrir, elle aurait déjà dû se résorber d'elle-même… De toute évidence, personne n'y connaît rien, tout le monde patauge en faisant semblant de savoir.

18 mai

Dans les jours qui suivent, Sadge se demande souvent s'il a envie de faire partie du nouveau monde. Cela lui rappelle le collège, quand il avait le sentiment cuisant de n'être jamais tout à fait assez bien pour intégrer la bande de copains qui jouaient au ballon dans la cour.

Parviendra-t-il jamais à surmonter l'épreuve qu'il traverse ? Devant l'accumulation des difficultés et l'immensité de sa solitude, il reste sans ressource, sans désir, sans colère. Il n'éprouve qu'une immense lassitude, qui se nourrit d'elle-même et se propage dans la moindre de ses extrémités.

Tout cela lui donne envie de fumer.

Les matinées sont réservées à la médecine, intriguée par le cas singulier qu'il représente. Feigelson, qui le suit, lui a interdit la télévision et a limité ses visites afin de ne pas perturber sa fragile convalescence. Il ne sait rien des cours particuliers que Nicolas lui prodigue en douce. On lui fait passer des tests en tous genres. Son genou n'intéresse personne, seule sa spectaculaire amnésie retient l'attention. Même les aides-soignants le considèrent avec respect : on dirait qu'il est un peu la star du service.

« Vos résultats sont très encourageants, monsieur Sadge, lui dit Feigelson. Vous avez obtenu d'excellentes notes… Regardez, même en spatio-temporel, vous n'êtes pas trop mauvais. »

Sadge ne comprend rien.

« Votre cerveau a subi un choc, vous allez devoir être patient et attendre que vos neurones se reprennent, en quelque sorte.

– Et ça va prendre combien de temps ?

– On ne peut pas le dire avec précision. Ça peut être long comme ça peut s'arranger dans l'heure qui vient. C'est comme une blessure qui a besoin de se cicatriser. Il va falloir bien vous reposer et ne pas solliciter votre cerveau plus que de raison. »

Après la visite matinale du médecin, on lui fait consulter un psychologue pour la première fois de sa vie. Alain et lui ont toujours été d'accord pour considérer les membres de cette profession comme des charlatans, des profiteurs qui gagnent leur vie en exploitant les complexes, les peurs et les culpabilités de leurs patients. Quant à ceux qui se lancent dans une psychothérapie, ce sont d'affreux narcisses, amoureux de leurs propres problèmes.

Il s'assied en face d'un homme au visage ouvert, qui ressemble un peu à Fernandel jeune. Il est tout de suite intimidé à l'idée d'affronter ce manipulateur professionnel. Par quels moyens détournés va-t-il essayer de prendre l'ascendant sur lui ? Il paraît que les psys seraient capables de découvrir vos secrets les mieux cachés, de dénicher vos pensées intimes. Il n'a aucune envie d'être percé à jour, ni de dévoiler ses fantasmes un peu honteux. Jusqu'ici il a habilement réussi à préserver son jardin secret ; trop peut-être, il en convient, mais il n'a pas particulièrement envie que cela change. Il se méfie donc de ce docteur et de ses méthodes tordues, dissimulées derrière un air bonhomme ; il va rester sur ses gardes, mesurer chacune de ses paroles, sans rien montrer de sa défiance pour déjouer les plans du jeune gourou en blouse blanche.

« Je vais vous montrer une série de photos de personnalités afin de stimuler votre mémoire visuelle. Pour chacune d'entre elles, vous me direz si vous la connaissez. D'accord ? Ce n'est pas une évaluation, c'est un simple exercice. »

Sadge voit défiler un à un les visages inconnus de Barack Obama, Pharrell Williams, Jean Dujardin, Marion Cotillard… À chaque nouvelle image, il fait non de la tête.

Heureusement il y a aussi ceux qu'il est content de reconnaître : la reine d'Angleterre, toujours aussi bien habillée, Berlusconi, plus bronzé que jamais, Poutine et son visage si avenant. Cela lui fait de la peine d'apprendre la mort d'Annie Girardot, de Nelson Mandela, d'Alain Bashung. Quand, presque par hasard, le psy lui révèle la disparition brutale de David Bowie, Sadge ne peut masquer son émotion. Le docteur est intéressé par sa réaction. Y voit-il un symptôme de guérison ?

« Cela vous évoque quelque chose de nouveau ? »

Sadge sourit tristement.

« Non, David Bowie est mon idole depuis que j'ai dix-sept ans. Ses chansons m'ont accompagné chaque jour de ma vie. Vous venez juste de m'apprendre la mort d'un ami très cher…

– Je compatis. J'admirais moi-même ce grand artiste… »

Pas autant que moi, connard, se dit Sadge. Les psys sont vraiment prêts à tout pour plonger leurs doigts gourmands dans chaque plaie qui se présente à eux.

Il a l'impression d'être un cobaye : tous ces exercices ne servent visiblement à rien et il se dit qu'il n'est pas obligé de se plier aux expériences pseudo-scientifiques d'un baltringue qui joue avec lui sans savoir où il va. À sa place, Alain n'aurait pas hésité à se lever et à tout envoyer balader. Mais lui est trop bien élevé pour ça. Et déstabilisé aussi, car le monde qui lui appartenait a vraiment disparu.

« Je viens de penser à quelque chose qui vous consolera un peu, monsieur Sadge : puisque vos derniers souvenirs remontent à 2001, vous allez avoir la chance de découvrir les albums de David Bowie sortis depuis. Et je peux vous dire qu'il y a des bijoux, comme *The Next Day*, *Reality*, *Blackstar*... Ah ! Il y a aussi le magnifique *Heathen*. Sans compter le double live du *Reality Tour* et la réédition toute récente de *Cracked Actor*. Ce sont des concerts de toute beauté. »

Cette fois, Sadge est impressionné.

« Avant de nous quitter, une dernière chose. Est-ce que le 24 septembre 2001 représente pour vous une date particulièrement significative ? »

Bonne question : pourquoi sa mémoire s'est-elle arrêtée à ce jour précis ?

Il aurait pu tout aussi bien se réveiller en 1976. Il envisage cette hypothèse avec effroi : à l'heure qu'il est, il aurait dix ans, serait perdu, apeuré, réclamant sa maman et son papa. « Ils vont bientôt venir », lui mentirait-on de façon navrante. Il découvrirait qu'il a une femme en âge d'être sa mère, un fils plus vieux que lui. Il ne saurait rien d'Internet ni des téléphones portables. Il serait un enfant naïf et pur, enfermé dans le corps d'un homme mûr et poilu, pétri de désirs incompréhensibles et d'épuisantes fatigues…

Ça ferait un bon film. Quelqu'un a dû y penser. De toute manière, toutes les meilleures idées ont déjà été imaginées et conçues, on ne fait que les recycler et les accommoder différemment, en les croyant inédites sous prétexte qu'on les a eues spontanément.

« Non. Je cherche un événement marquant, mais je ne vois que l'examen de judo de mon fils, ce qui ne constitue pas une explication suffisante, je suppose…

– Alors disons que c'est un hasard. Au revoir, monsieur Sadge. »

Sadge regagne sa chambre, content de retrouver Éloi, qui écoute sa musique.

« C'est quoi ?

– Du rap. Tu peux pas comprendre.

– Je suis au courant de l'existence du rap, tout de même… J'écoutais *Rapper's Delight*, que t'étais pas encore né… »

Il se demande ce qu'il redoute le plus : ne jamais retrouver ses souvenirs ou ne pas réussir à pénétrer le présent ?

À cet instant, Nicolas se pointe, l'air de passer par hasard. Il salue Éloi en lui faisant un check et s'approche de son père, sans même le saluer.

« J'ai un truc pour toi. »

Ils regardent ensemble *Un jour sans fin* et ça fait du bien à Sadge. Il avait entendu parler de ce film, l'histoire d'un type qui devient moins con en revivant inlassablement la même journée. Cela ressemble un peu à la situation qu'il expérimente lui-même.

« Sinon, qu'est-ce que tu vas m'apprendre aujourd'hui ? Qu'il y a eu d'autres attentats ou une nouvelle poussée de violence et de racisme ? Ou bien que le réchauffement climatique a battu un record ?

– Arrête de croire que c'était mieux avant… On dirait un vieillard qui radote sur un banc. Tu sais, aujourd'hui aussi il y a de bonnes choses…

– Ah bon ? Quoi ?

– Ben, Internet, déjà…

– Ça existait de mon temps, je te signale.

– Oui, mais il y a quinze ans c'étaient les débuts. Maintenant grâce à Internet tu peux trouver tout ce que tu veux. Et puis nous, enfin je veux dire notre génération, on partage tout, on possède plus rien. Tout s'échange, se loue, se prête… Il nous viendrait pas à l'idée d'accumuler, comme vous le faites, toi et maman, des piles de livres, de disques ou de DVD. On dirait que ça vous donne l'impression d'être intelligents. »

Sadge semble dubitatif, tandis que Nicolas poursuit sa démonstration.

« Vous êtes démodés, vous croyez au devoir professionnel, vous êtes soumis à votre patron, à votre boîte… Nous, on s'en fout de tout ça. Par contre, on est vraiment sensibilisés à l'écologie, alors que vous, vous faites semblant et au fond, vous n'en avez rien à foutre ! »

Éloi claque la langue pour manifester son approbation enthousiaste à cette analyse. Qu'il paraisse adhérer aux paroles de son fils amuse Sadge. C'est la première fois de sa vie qu'il se sent vieux, face à deux jeunes.

« Tu sais, moi aussi, je trouve que c'est important l'écologie. »

Les deux garçons ricanent bruyamment, comme s'il venait de dire quelque chose de particulièrement cocasse.

« Papa ! Tu ne sais même pas te servir d'une poubelle jaune !

– Pourquoi ? Les poubelles sont jaunes, maintenant ? »

Éloi et Nicolas échangent un regard entendu et rigolent de plus belle. Sadge commence à se sentir vexé.

« Vous les jeunes, vous êtes peut-être des saints, mais votre génération a l'air bien chiante, c'est moi qui vous le dis ! »

Les deux lascars se regardent, la mine atterrée, avant d'éclater de rire. Ils ont l'air de passer un très bon moment.

« J'ai compris : j'ai beau n'avoir que trente-cinq ans, je suis déjà un vieux con, c'est ça ? »

Éloi soupire.

« Je ne sais pas si t'es un vieux con, mais tu ronfles comme un vieux, ça c'est sûr. »

Nicolas sourit, moqueur.

« Ah lala ! T'es pas dans la merde, mon pauvre ! Allez, tiens ! Je te laisse mon iPad pour que tu continues ton éducation… »

Après le dîner, dans le calme retrouvé, Sadge contemple cet objet futuriste, capable de lui ouvrir le monde. Il reste quelques instants sur le seuil de cette porte d'entrée, sans savoir par où commencer son exploration. Soudain, il repense à son salon, rue Lecourbe. Il y avait affiché une dizaine de unes remarquables de *Libération* : celles de la disparition de Coluche, et d'Elvis, et de Gainsbourg. Et même celle, devenue introuvable, de la mort d'Hergé, où l'on voit Tintin pleurant, face contre terre. Dans ce numéro spécial, toute l'actualité du jour avait été illustrée, de la première à la dernière page, par des dessins d'Hergé.

Cela lui donne l'idée de chercher les unes de *Libé* qu'il a ratées depuis seize ans. Il en trouve de magnifiques, qu'il aimerait bien avoir chez lui.

27 juin 2009 : *Too bad*, mort de Michael Jackson, qu'on voit danser sur scène, dans une de ses postures habituelles.

23 mars 2011 : *Queen Elizabeth*, mort d'Elizabeth Taylor.

3 mai 2011 : *Disparition de l'ennemi public n°1*, avec la photo floue de Ben Laden.

12 janvier 2016 : *Vies et mort de Bowie*, avec une magnifique photo en noir et blanc de lui couché, son bébé posé sur le ventre.

Il y a aussi les grands événements politiques.

22 avril 2003 : un immense *NON* barre la photo de Jean-Marie Le Pen.

2 mai 2017 : un *Pourquoi c'est encore NON*, sur la photo de Marine Le Pen.

4 novembre 2004 : *L'Empire empire* salue la réélection de George Bush.

7 mai 2007 : *DUR*, sur la photo de Nicolas Sarkozy, élu président de la République.

17 mai 2011 : *K.O.*, Dominique Strauss-Kahn, les yeux baissés et le visage émacié, accusé de viol à New York.

7 novembre 2012 : *YES !* pour l'élection de Barack Obama.

25 juin 2016 : un *Good luck !* ironique lancé aux Anglais après l'adoption du Brexit.

9 novembre 2016 : *Trumpocalypse*.

6 mai 2017 : *Faites ce que vous voulez, mais votez Macron*.

8 mai 2017 : *Bien joué*. Macron a été élu.

Et enfin une succession d'attentats terroristes qui ont meurtri l'histoire récente.

13-14 mars 2004 : *Tous Madrilènes*.

8 juin 2005 : *Londres sous les bombes*.

8 janvier 2015 : *Nous sommes tous Charlie*.

14 novembre 2015 : *Carnage à Paris*.

15 novembre 2015 : *Je suis Paris*.

16 novembre 2015 : *Génération Bataclan*.

22 mars 2016 : *Bruxelles 22 mars 2016*.

16-17 juillet 2016 : *Pourquoi ?* Un camion a foncé dans la foule à Nice.

Ce voyage, aussi spectaculaire que lapidaire, donne l'impression à Sadge d'avoir survolé une époque tourmentée, un volcan en éruption aux bouillonnements singulièrement familiers et inquiétants. L'histoire se répète, avec ses élections, ses morts célèbres, ses attentats…

Il y a quand même eu beaucoup d'attentats.

À la lecture de nombreux articles venant d'horizons variés, il semble en outre à Sadge que le ton avec lequel tous ces événements sont exprimés se soit singulièrement uniformisé, comme si une caste prédatrice et invisible avait pris le contrôle de la parole publique et médiatique. On a le sentiment que tout est dit d'une façon monocorde, sans saveur, sans odeur ni couleur, sans dissidence possible, sans poésie non plus, sans surprise. Très probablement la conséquence d'un phénomène rampant, pernicieux, pervers et sûrement inquiétant, comme si une dictature de la pensée s'était installée tranquillement, sans faire de bruit, sans heurts, imposant sa loi de manière efficace et irréversible.

Mais il peut se tromper, bien sûr.

Pour se changer les idées, il se fait un petit plaisir et part à la recherche des clips de David Bowie. Il est émerveillé de les trouver aussi facilement, lui qui les avait péniblement collectionnés un à un, au cours des années, sur des cassettes VHS. Où sont-elles passées, d'ailleurs ? Elles ont dû disparaître dans la coulée inexorable de l'oubli, avec tout le reste.

Il se précipite sur ses vidéoclips préférés, *Ashes to Ashes*, qui était précurseur en son temps, et *Life on Mars ?*, qui montre un Bowie tout jeune, aux cheveux orange, les yeux maquillés en bleu, de la même couleur que son costume cintré. Il retrouve son duo avec Marianne Faithfull à la BBC et un autre avec Cher, à la télévision américaine, en 1975. En revoyant ces images, Sadge se sent rasséréné et joyeux, comme s'il venait enfin de rentrer chez lui après un long et périlleux voyage. Il sourit, de nouveau envahi par tout l'amour et toute l'admiration qu'il éprouve pour son idole. Que c'est bon d'avoir la musique dans sa vie ! Et quelle chance il a d'aimer Bowie !

Mis en appétit par ces premiers succès et poussé par la curiosité, il se met en quête des dernières vidéos du maître. *Lazarus, Black Star, Valentine's Day*... sont autant de coups de poing qu'il reçoit en pleine figure, si bien qu'il en a le souffle coupé. Il reste interdit, abasourdi, sans réaction. C'est un choc de découvrir David Bowie vieux, décrépit, faible et fatigué, presque exsangue, se déplaçant dans des décors sinistres, apocalyptiques. Certes, il a gardé ses cheveux, sa minceur, sa classe et son regard envoûtant. Il est toujours beau, élégant, délicat. Mais c'est sa voix qui bouleverse Sadge : elle est ténue et imperceptiblement défaillante, comme celle d'un vieillard ; elle révèle une irrémédiable fragilité.

Le raccourci de sa vie à travers ses premiers clips des années soixante-dix et ses dernières œuvres est saisissant : Sadge se reconnaît soudain dans la vulnérabilité de son héros. Il semble que Bowie, tel un éclaireur, l'ait précédé sur le chemin qui l'attend lui-même, celui de la maturité, de la sagesse, mais aussi de l'incertitude, de la précarité et de la mort.

Ému, Sadge éteint l'appareil.

21 mai

« Vous allez bientôt rentrer chez vous, monsieur Sadge. »

C'est la squaw qui lui annonce la nouvelle en venant le réveiller ce matin. L'idée de quitter sa chambre, de ne plus voir Éloi et de se retrouver seul avec cette Vanessa dont il ne sait rien, le terrifie. Il mesure avec amertume ce qu'il s'apprête à perdre, lui qui a déjà tant perdu.

L'infirmière lui sourit.

« C'est la quille, comme qui dirait ! Vous devez être content ! »

Il acquiesce pour ne pas prolonger ce désagréable moment. Sa méchante humeur lui fait tout de suite repenser à Alain : c'est tout de même incroyable que son frère ne soit même pas venu lui rendre visite une seule fois à l'hôpital. C'est peut-être mieux ainsi ; quand Alain se manifeste, c'est pour solliciter une faveur… Sadge se souvient du jour où son frère avait insisté pour qu'il fasse une bonne critique du roman d'une « femme extraordinaire, qui écrit remarquablement bien ». Après vérification, celle-ci s'était avérée être une inconnue à qui il avait fait la conversation cinq minutes dans une queue de cinéma… Alain raconte à tout le monde que, grâce à son frère, il a ses « entrées à la télévision ». Ce qu'il préfère au-delà de tout, c'est venir en aide à de parfaits étrangers. Quand il s'agit de sa famille, il considère qu'il ne leur doit rien. En y réfléchissant bien, Sadge ne se rappelle pas un seul geste généreux que son frère ait eu pour lui.

Ah si, Alain lui avait offert la Ferrari télécommandée. Il avait neuf ans et c'était sans conteste le plus beau jouet qu'il ait jamais reçu. Ivre de joie, il s'était amusé pendant des heures à manœuvrer le bolide miniature sur le trottoir de l'immeuble, jusqu'à ce qu'Alain lui révèle comment il avait trouvé les fonds pour financer l'acquisition d'un tel bijou.

« J'ai piqué le fric à Magdelaine. »

Monsieur Magdelaine était le locataire du premier étage, un imbécile notoire. C'était un colonel à la retraite que tout le monde détestait parce qu'il se plaignait de tout et parlait mal à madame Rosa, la concierge. Ayant remarqué que le vieux grigou laissait sa porte d'entrée entrouverte, le temps de descendre ses poubelles dans la cour, Alain en avait profité pour se faufiler chez le militaire, dénicher son portefeuille bien garni et lui prendre tout son argent, sauf un ou deux billets, histoire de semer le trouble dans l'esprit du vieux salopard. À compter de ce jour, Sadge n'avait plus osé jouer avec sa voiture, de peur d'éveiller les soupçons de Magdelaine et de finir dans une prison pour enfants où les mamans n'auraient le droit de venir qu'une fois par mois, et encore.

Soudain, la porte de sa chambre s'ouvre sur Gilles Versini, le présentateur de *Culture ? Vous avez dit culture !*

Sadge est touché que son patron soit venu en personne. Malgré le respect et même la crainte qu'il lui inspire, il aime bien ce type qui n'a jamais eu peur du ridicule. Dès qu'il est à l'antenne, il en fait des tonnes, s'extasie devant les artistes, prend un air pénétré quand il les écoute, fait semblant de se délecter de leurs réponses, souvent si banales et complaisantes. Il n'hésite pas à dire des choses comme « C'est un scénario absolument magnifique », ou « Votre interprétation est bouleversante », ou bien encore « On voit que vous êtes quelqu'un d'une très grande générosité »… Versini s'aime trop, s'écoute trop, mais ce n'est pas un mauvais bougre. Et puis, c'est son chef, et Sadge a toujours respecté l'autorité.

Il se rend compte qu'il n'a pas beaucoup pensé à son travail depuis qu'il est à l'hôpital. Est-il toujours critique culturel ? Versini vient-il le remettre au boulot ?

Celui-ci n'a rien perdu de son autosatisfaction, il entre dans la chambre comme un Belmondo, sûr de son charme. D'ailleurs il n'a pas trop vieilli. Sadge s'amuse avec un plaisir sardonique à détailler son bronzage artificiel, qui fait ressortir la blancheur azurée de ses dents, ses spectaculaires lunettes de soleil, son bracelet de force au poignet, ses bagues en argent et sa veste trop voyante. Un parfum viril envahit la pièce. Il ne manque à Versini qu'un manteau en fourrure pour compléter sa panoplie. Sadge est sûr qu'il possède une voiture m'as-tu-vu, avec des préservatifs dans la boîte à gants, qu'il a des aventures avec ses stagiaires, et tout un catalogue de certitudes adaptées à chaque situation de la vie. Il a récemment entendu une nouvelle expression qui semble avoir été spécialement inventée pour l'animateur : « bling-bling ».

Toutefois quelque chose l'intrigue dans le physique de Versini. Il finit par comprendre ce qui a changé chez lui : maintenant il a des cheveux. Il arbore même une mèche qui lui donne l'air d'un garçon de bonne famille. La dernière fois qu'il l'a vu, il était quasiment chauve. Quand le psy lui avait montré des photos de personnalités, il avait noté qu'Elton John souffrait du même syndrome miraculeux de résurrection capillaire qui mettait particulièrement en valeur le vieillissement de son visage.

Versini s'approche de lui, lui prend la main et la serre chaleureusement entre les siennes. Sadge est surpris, peu habitué à tant de sollicitude de la part de son boss.

« Je suis désolé de venir si tard, vieux... Tu sais qu'il y a des paparazzis qui attendent en bas ? J'ai dû me faufiler comme un voleur pour les éviter. Ah, ces chiens ! Ils ne nous laissent pas respirer. Dis donc, j'ai eu une de ces peurs quand Vanessa m'a appelé pour me prévenir de ton accident ! Ça m'a fait un coup, tu sais ! Putain, quel plaisir de te voir bien vivant !

– Tu sais comment ça s'est passé, mon accident ?

– Non, aucune idée. »

Sadge trouve de plus en plus mystérieux que personne ne sache rien de cet épisode qui l'a envoyé à l'hôpital. Est-ce qu'on lui cacherait quelque chose de plus grave ? Mais quoi ? A-t-il tué quelqu'un ? Et si cet accident n'avait pas eu lieu ? Mais pourquoi l'aurait-on inventé de toutes pièces ? Parce qu'il est atteint d'une tumeur au cerveau ! C'est ça. Ça expliquerait son amnésie... On lui cache la vérité parce qu'il doit être en phase terminale... Il va mourir ! Que c'est triste, tout de même ! Il est à deux doigts de pleurer sur son sort, mais il est distrait par Versini qui extirpe de sa poche un petit flacon contenant un gel transparent. Une odeur d'alcool parvient jusqu'à ses narines.

Tandis qu'il se frotte énergiquement les mains, Versini redevient sérieux.

« Bon, t'es d'accord pour qu'on gagne du temps ? »

Sadge ne sait pas quoi répondre.

Versini s'approche de son lit et prend le ton de la confidence.

« Je ne te cache pas que la chaîne s'inquiète. Ils veulent savoir quand tu vas reprendre…

– Je ne vois pas le problème, ils n'ont qu'à mettre quelqu'un d'autre à ma place, le temps que je me rétablisse.

– Impossible !

– Excuse-moi, Gilbert, mais…

– Gilles. À part ma mère, plus personne ne m'appelle Gilbert depuis 2005…

– Tu oublies un détail, Gilles : je ne sais pas de quoi tu parles… Quelle chaîne ? Reprendre quoi, exactement ?

– Alors, ce n'est pas une blague… Tu ne te souviens vraiment de rien ?

– C'est pas compliqué : mon dernier souvenir remonte au 24 septembre 2001. »

Versini semble catastrophé.

« Mais c'est embêtant, ça… Très embêtant, même ! Et tu crois que ça va durer longtemps, ton amnésie à la con, là ?

– J'en sais rien. Au début les médecins disaient que ma mémoire allait revenir très vite, mais ça fait déjà presque deux semaines… »

Versini ne l'écoute pas, il réfléchit à voix haute.

« OK. En attendant que tout rentre dans l'ordre, voilà ce qu'on va faire : on va cacher ton amnésie. Comme ça, ni vu ni connu, on sécurise la rentrée. Parce que si la chaîne apprend ça maintenant… »

Sadge s'impatiente.

« S'il te plaît, explique-moi ce qui se passe, je ne comprends rien ! »

Versini rapproche sa chaise du lit de Sadge et se penche vers lui en chuchotant :

« C'est très simple, tu vas comprendre : il y a sept ans environ, Paris Première a arrêté *Culture ? Vous avez dit culture !* Tu as galéré un an ou deux, jusqu'à ce que Montgolfier te prenne sous son aile. À l'époque il était directeur des antennes à Radio France et c'est lui qui t'a donné ta première émission… Tu ne te rappelles pas ? Bon. Au début tu faisais encore dans la culture, mais très rapidement tu as élargi ton spectre, tu as inventé tes fameuses "interviews dérangeantes" et ton émission a décollé. Et quand Montgolfier a pris la direction de France Télé, il t'a fait venir. T'avais peur de te lancer seul et c'est là que tu t'es souvenu de ton vieux Versini. On a concocté ensemble *Dimanche le Mag* et ça fait déjà trois ans…

– C'est quoi, *Dimanche le Mag* ?

– C'est une émission d'accueil : chaque semaine on reçoit sur notre plateau les gens qui font l'actualité. On a eu tout le cinéma français, de Deneuve à Dujardin, et aussi des stars américaines comme Angelina Jolie, Bill Gates ou Steven Spielberg, sans parler des candidats à la présidentielle… On a même fait une des dernières interviews de Prince, quelques mois avant sa mort. »

Sadge hoche la tête en réfléchissant.

« Et moi, je fais quoi dans l'émission ? »

Versini ricane.

« Ben, c'est toi qui l'animes, banane ! Moi, je suis ton producteur. »

Sadge se gratte la tête, abasourdi.

« Donc, je suis connu ?

– Tu veux rire ? Chaque année, tu es dans le top dix des animateurs préférés des Français.

– Tu me fais marcher ! »

Versini soupire. Il prend Éloi à témoin.

« Vous connaissez l'émission d'Éric, non ?

– Je ne regarde pas la télé, désolé. »

Sadge sourit.

« Tu vois ? Ton petit canular ne prend pas. »

Versini soupire. Il se lève et ramasse sa sacoche. Il fouille dedans en maugréant.

« Où est-ce qu'il est passé, ce torchon ? »

Il finit par exhiber un exemplaire de *Voici*, qu'il feuillette rapidement.

« Tiens, écoute : "Éric Sadge est actuellement en convalescence à l'hôpital Saint-Antoine après un léger accident de la route. Les jours du journaliste ne seraient pas en danger." »

Sadge lit l'entrefilet illustré par une photo récente de lui, assis, l'air confiant, à la table d'un élégant décor de télévision.

« Mais alors, les paparazzis, c'est pour moi qu'ils sont là ?

– Ben oui, qu'est-ce que tu croyais ?

– Qu'ils te suivaient, toi. »

Versini s'esclaffe.

« Moi, ça fait belle lurette que j'intéresse plus personne, mon pauvre ami… »

Sadge regarde de nouveau sa photo et d'un coup il se sent tout intimidé. Et ému aussi à l'idée d'avoir réussi, d'y être parvenu. C'est un miracle, ça. Gagner au Loto doit provoquer la même surprise euphorique… Mais sa joie est immédiatement suivie par un sentiment d'accablement, car le succès qui lui tombe dessus représente également une écrasante responsabilité. Il ne se voit pas assumer sa célébrité, côtoyer les grands de ce monde, dîner avec des politiques, tutoyer les vedettes de la chanson et de la télévision… Tout cela sonne faux. Il a un peu l'impression qu'on l'oblige à faire une entrée fracassante sur une scène de théâtre, sous les vivats du public, alors qu'il ne connaît même pas son texte.

Il examine cette découverte sous tous les angles. Il doit être à l'abri du besoin, se dit-il. Et c'est certainement en raison de sa notoriété que les médecins l'ont isolé, limitant son accès aux journaux et à la télévision. Le personnel a dû être briefé, ils ne voulaient sans doute pas le perturber. Le fait qu'ils autorisent maintenant les visites autres que celles de la famille montre le peu d'espoir qu'ils ont de le guérir.

« Putain ! Comment veux-tu que j'anime une émission si je ne sais rien des seize dernières années ?

– Commence pas à t'inquiéter, ta mémoire va revenir…

– Et si elle ne revient pas ?

– On trouvera une solution. Il y a toujours une solution.

– Je peux quand même pas interviewer des gens sans savoir qui ils sont !

– Oh tu sais, c'est ce que font beaucoup de tes confrères… On te fera des fiches et tu bosseras un peu plus, c'est tout… »

Après avoir savouré le suave parfum de la réussite dont il a si longtemps rêvé, Sadge est abattu par l'impossibilité évidente d'en empocher les bénéfices.

Versini se lève.

« Bon, j'y vais. Repose-toi bien et laisse-moi faire. Et surtout ne parle à personne de ton amnésie,

OK ? Personne ne doit savoir que t'as tout oublié, ce serait un désastre… »

Il s'étire, remplissant de nouveau l'atmosphère de son parfum entêtant. Il salue Sadge de la main et sort comme il était entré.

Éloi lève le nez.

« Tu peux aérer, s'il te plaît ? On ne respire plus, ici. »

Sadge s'exécute et entend Versini dans le couloir qui dit à la cantonade, pour que Sadge l'entende : « Traitez-le comme un roi ! C'est mon ami ! »

En rougissant, Sadge se demande jusqu'où la vie va continuer à se montrer aussi absurde avec lui.

Il appelle Nicolas.

« Dis donc, tu ne m'avais pas dit que j'étais connu !

– Ben non.

– Ce sont les médecins qui t'ont demandé de me le cacher ? »

Nicolas semble sincèrement étonné.

« Non.

– Pourquoi tu ne me l'as pas dit ?

– Je sais pas, l'idée ne m'est pas venue à l'esprit… Je pensais que t'étais déjà au courant. »

Dans la soirée, Éloi déniche sur Internet des articles qui parlent de Sadge et celui-ci se laisse peu à peu charmer par l'ahurissante réalité : il fait vraiment partie du petit club des gens célèbres.

« Et toi, tu savais, Éloi ?

– On m'a demandé de pas te le dire. » Il hausse les épaules. « Tu sais, si un jour tu prends la grosse tête, t'as qu'à venir chez moi dans le 9-3, et tu verras que là-bas, tout le monde s'en fout… »

Plus tard, allongé sur son lit, Sadge ne peut s'empêcher de savourer l'idée délicieuse de sa notoriété. Si c'est bien la réalité, on doit le reconnaître sans arrêt dans la rue et le saluer ; les restaurants doivent lui réserver leur meilleure table et les belles femmes papillonnent autour de lui, comme des insectes autour d'un réverbère la nuit.

Il allume le portable que Versini lui a apporté, fasciné par la précision de l'appareil. Il l'étudie, explore quelques-unes de ses possibilités, s'aperçoit avec surprise qu'on peut jouer au Scrabble sans avoir à ranger les lettres dans une poche usée en feutrine verte, et accéder à Internet d'ici, depuis sa chambre d'hôpital, et avoir tout à portée de main. Cette puissance est stupéfiante. Il demande une fois ou deux à Éloi de l'aider. Celui-ci lui montre comment avoir accès à Facebook. Sadge ne comprend pas à quoi ça sert.

« Ben, c'est comme ton casier au lycée ; tu peux mettre ce que tu veux dessus, des photos, des mots… Tiens, tu veux voir ta photo de profil ?

– Quel est l'intérêt de mettre des photos de profil et pas de face ? »

Éloi rigole dans sa barbe et Sadge ne sait pas ce qu'il a dit de drôle.

« Tu vois tes amis, tes *friends* là, ils peuvent venir voir ce que tu as affiché… Putain !

– Quoi ?

– J'ai jamais vu un mec qui avait autant de *friends* !

– Ça sert à quoi, les *friends* ?

– Ben, dedans il y a quelques vrais amis que tu peux informer de ce que tu fais sans avoir à les appeler, et toi aussi tu peux aller sur leur profil pour voir ce qu'ils racontent et faire tes commentaires… »

Sadge reste perplexe.

« Mais ça doit prendre un temps fou, de faire tout ça ! »

Éloi lui rend son portable.

« Y en a qui y passent leurs journées… »

Sadge explore tout au long de la soirée cet univers étrange auquel il a activement participé. Il découvre le visage d'un Éric Sadge inconnu, qui a joyeusement affiché des photos de lui avec de nombreuses personnalités dans des endroits qu'il a toujours détestés sans même les connaître, comme Saint-Tropez, Gstaad ou Ibiza. Il y en a même une sur laquelle il arbore fièrement un gros sac Vuitton, alors qu'il a toujours jugé cette marque horriblement vulgaire et tape-à-l'œil. Il n'en revient pas, fasciné par le personnage qui se dessine à l'écran. Il constate qu'il a consacré un temps considérable à raconter sa vie et exprimer ses opinions sur d'innombrables faits d'actualité sans intérêt, et qu'une multitude de groupies ne lâchent pas d'une semelle sa trace numérique, approuvant benoîtement la moindre de ses phrases… Mais ces éloges sont contrebalancés par des critiques aussi haineuses qu'incompréhensibles. Il semble s'être complaisamment laissé aller à devenir une sorte de gourou miniature, frayant avec une société frivole, composée de célébrités qui paraissent trouver un sens à leur vie dans le simple fait d'appartenir au monde minuscule des gens en vue. De son temps, on parlait de la « jet set », et voilà qu'il en fait partie. Il cherche parmi les hordes de *friends* quelques visages connus. Il reconnaît une photo de Vincent Chevalier, décoloré en blond, avec de grandes lunettes de soleil. Il y a pêle-mêle à peu près tous les gens de la télévision qu'il connaît. Il est heureux de suivre le destin de ses anciens collègues chroniqueurs ; ils ont vieilli et grossi pour la plupart. Certains courent encore le cachet et se montrent un peu partout. D'autres ont jeté l'éponge, l'un a ouvert un bistro, une autre s'est lancée dans l'informatique. Sadge doit tout de même admettre qu'il est commode d'accéder à tous ces destins en quelques clics. En revanche, aucune trace de son ami Souffien. Il ne trouve pas non plus Catherine ni Nicolas. Sont-ils entrés en résistance, ont-ils refusé de souscrire à l'élan d'exhibitionnisme collectif ?

Poussé par une curiosité de plus en plus insatiable, il tape son nom sur Internet. Il connaissait Wikipédia, il y déniche une page entière qui lui est dédiée, elle est très complète et truffée d'inexactitudes. Cela le touche qu'on ait pris la peine de se renseigner sur lui et de rédiger une biographie si fournie. Il apprend pas mal de choses à propos de sa carrière, et même de ses ancêtres. Il mesure ainsi, avec une incontestable fierté, l'importance qu'il représente dans le paysage audiovisuel français ; il aura donc réussi à laisser une empreinte. C'est troublant et émouvant à la fois de contempler son œuvre, celle d'une vie. Il croyait sincèrement qu'il resterait toujours un illustre amateur.

Il poursuit son périple en se cherchant sur Google et YouTube. Il voit des extraits d'interviews qu'il a faites de personnalités qu'il ne connaît pas toujours. Cela le gêne, il déteste le timbre de sa voix, les expressions de son visage, et même certaines tournures de phrases qu'il trouve prétentieuses. Mais il ne peut s'empêcher de se regarder. Il est tout de même content d'avoir interviewé Aznavour, le chanteur préféré de son père.

Épuisé par cette avalanche d'informations et d'images, il finit par s'endormir.

22 mai

Catherine vient de nouveau lui rendre visite et Sadge est tout heureux de la revoir.

Il admire sa beauté discrète avec un pincement au cœur. Mon Dieu, comment a-t-il pu laisser tomber sa femme ? Cette vérité demeure pour lui un si grand désastre, un gâchis tellement absurde, qu'il n'arrive pas à y croire. Il en vient même à se demander s'il n'est pas en train de vivre un cauchemar aux accents réalistes, mais dont les improbables précisions sentent tout de même le mauvais rêve à une lieue. Il va bien finir par se réveiller dans son lit, rue Lecourbe, à côté de Catherine. Il lui racontera son incroyable songe et ils pourront rire ensemble des incongruités que son esprit aura inventées pendant son sommeil. Catherine ne manquera pas de se moquer de lui et de son désir de réussite sociale, avant de lui faire la tête, un jour ou deux, pour l'avoir trompée avec une intrigante au prénom aussi attendu que Vanessa. Puis, une fois réconciliés, elle voudra connaître mille détails sur son aspect physique à la cinquantaine. « Est-ce que j'ai grossi ? Comment sont mes bras ? J'ai des rides ? Où ? Montre-moi. » En prévision de cet interrogatoire, Sadge observe attentivement sa femme, il pourra ainsi lui donner plus de précisions à son réveil.

Elle est assise sagement en face de lui, comme une visiteuse bien élevée. Ils se regardent. Sadge essaye de lui présenter un visage avenant, bien qu'il ne soit pas rasé depuis plusieurs jours. Sa femme lui rend son sourire, sans parvenir à masquer son embarras. Il reconnaît sa moue et pressent qu'elle a une confidence à lui faire. Il sait d'expérience que ça ne va pas tarder. Elle semble opérer un tri dans ses pensées et chercher les mots justes. Il n'y a aucune fébrilité entre eux, ils ont été intimes et peuvent se permettre de rester en silence sans que ça les gêne.

« Ton médecin m'a assuré que tu étais en mesure de supporter la nouvelle… »

Sadge se cale bien dans son lit.

« Normalement ce n'était pas à moi de te dire ça, mais ta mère n'est pas vraiment en état et… finalement, il n'y a plus que moi. »

Sadge sent monter depuis ses tripes une froide anxiété, comme un signal d'alarme intime. Il ne lâche pas sa femme du regard pour l'encourager comme il le peut à poursuivre.

Tout d'un coup Catherine se met à pleurer et de grosses larmes coulent sur ses joues, jusque dans son cou. Cela impressionne Sadge. Une angoisse électrique le traverse de part en part. Il se lève d'un bond et serre Catherine dans ses bras.

« Qu'est-ce qui se passe, ma chérie ? Dis-moi !… »

Catherine ne le repousse pas. Elle essuie ses larmes en reniflant, tandis qu'il ne sait plus quoi faire pour la consoler. Elle finit par retrouver son calme.

« Je suis désolée… »

Elle extirpe un Kleenex de son sac et en profite pour se défaire de l'étreinte de Sadge. Il s'écarte avec lenteur, comme un amant éconduit, et retourne dans son lit. Elle se mouche bruyamment.

« C'est à propos d'Alain…

– Justement, je me demande ce qu'il fout, celui-là… Tu te rends compte qu'il ne m'a même pas appelé ?

– Il est mort, Éric. »

Et Catherine pousse un profond soupir.

C'est horrible, mais la première sensation que ressent Sadge est du soulagement, comme si un stress chronique et douloureux venait de s'éteindre brusquement : Alain ne l'appellera plus pour lui demander de l'argent ou polluer sa conscience par d'amers commentaires… À cette perspective, il se sent instantanément plus léger, presque joyeux, tout en repoussant cette coupable pensée. Si Catherine voyait ce qui lui traverse la tête, elle serait horrifiée.

« Ça s'est passé il y a un an… La dernière fois où je suis venue te voir, je n'ai pas eu le cœur de te le dire et…

– De quoi il est mort ?

– Eh bien, il… s'est suicidé. »

La pensée de Sadge, si leste il y a un instant, s'arrête toute seule, comme si une autorité prenait dorénavant le contrôle de son cerveau pour gérer cette crise à sa place. C'est un silence inquiétant qui s'installe, un calme plat angoissant. Sadge ne sait pas ce qu'il doit faire, ni même ce dont il a envie. Il attend, sans émotion, sans élan.

Il visualise Alain pendu au bout d'une corde, dans le salon de ses parents, juste à côté du lustre de Murano. On dirait que son frère s'est endimanché parce qu'il porte son costume bleu et de belles chaussures noires bien cirées, qui brillent dans le vide, étincelantes et inertes. Sa mère, toute petite sous le cadavre, se couvre le visage avec les mains pour ne pas voir ce tableau. Sadge essaye de chasser cette image obscène de son esprit. Il pense qu'il devrait pleurer, se révolter, ou même poser des questions. Mais il reste sans voix, sans ressource, sans énergie, comme un bestiau éreinté, indifférent au fouet.

Il y a vingt ans, le jour de l'anniversaire de leur mère, Alain, avec sa veste ample et sa crinière de beau mec, avait trop bu et en avait profité pour amuser la galerie. Leur grand-père, un peu dur d'oreille, était assis au salon, dans son fauteuil roulant. En entrant dans la pièce, une vieille tante, apercevant le vieillard, lui avait lancé d'un ton enjoué : « Ah ! Vous êtes là ? » Le vieux, ayant mal entendu, avait tendu le menton en plissant les yeux : « Vous dites ? » Un peu gênée, la dame avait répété, plus fort : « Je disais : vous êtes là ! » Le grand-père avait secoué la tête en grommelant. « Je ne comprends pas. » Alors Alain, avec sa drôlerie habituelle, avait crié dans l'oreille de l'ancêtre : « Elle te demande si tu es là ! »

Voilà un premier souvenir surgi de nulle part. Sadge tente de reprendre le contrôle de lui-même.

« Il s'est suicidé ?

– Il s'est jeté par la fenêtre. De chez lui. Il est mort sur le coup.

– On sait pourquoi ? Il a laissé des explications ?

– Non. Même Marie n'arrive pas à s'expliquer son geste… »

Catherine soupire de nouveau.

« Je suis désolée d'avoir à t'apprendre ça, Éric, mais j'ai pensé que c'était à moi de le faire…

– Je te remercie. »

Les larmes reviennent aux yeux de Catherine et Sadge ne sait pas si elle pleure à cause d'Alain ou de lui. Il ne se rappelle pas qu'elle ait jamais beaucoup aimé son frère ; elle le trouvait trop farfelu à son goût. Sadge est troublé par l'émotion de sa femme, il aimerait bien pleurer, lui aussi, mais il n'en est pas encore là, pour l'instant il n'éprouve qu'une froide sidération : le choc de la nouvelle se propage en lui comme l'onde silencieuse et transparente d'une bombe, arrachant au passage ses dernières certitudes et ne laissant derrière lui qu'un champ de ruines désolé.

Catherine s'approche et dépose sur son front l'un de ces horribles baisers qui le font se sentir comme un enfant, un mioche malade. Ce geste tendre et protecteur l'enfonce plus profondément encore dans son sentiment de solitude. Il aimerait poser ses mains sur les fesses de sa femme, attirer à lui son corps tiède, glisser ses doigts sous son chemisier et caresser ses seins si doux pour lui rappeler qu'il est l'homme qu'elle aimait autrefois.

Mais non, c'est elle qui a raison, il n'est qu'un enfant impuissant, ballotté par les sursauts improbables de sa vie.

Catherine s'éclipse, en lui adressant un dernier signe résigné de la main.

C'est une chance qu'Éloi ne soit pas là.

Si Dieu existe, pourquoi lui fait-il subir toutes ces épreuves ? Sadge est-il devenu un sale type, pour avoir mérité des punitions aussi spectaculaires ? Il ne comprend pas : il lui semblait qu'il avait toujours fait de son mieux. Certes il se laissait parfois aller avec une certaine complaisance à de petites rêveries érotiques ou à quelques fantasmes vaniteux. Il buvait trop aussi et s'écoutait parler quelquefois… mais pas de quoi déranger le bon Dieu, bordel de merde !

Et si, ces dernières années, il avait vendu son âme au diable ? Il imagine la scène : à la fin d'un *Culture ? Vous avez dit culture !*, un homme qui ressemble un peu à Alain vient vers lui.

« Vous voulez un autographe de Versini ? lui demande Sadge.

– Non. C'est vous que je suis venu voir.

– C'est mon autographe que vous voulez, alors ?

– Non plus. »

Le type l'observe attentivement.

« Désirez-vous réussir, Sadge ?

– C'est-à-dire ? Qu'est-ce qui vous dit que je n'ai pas réussi ?

– Je parle de la vraie réussite, éclatante, spectaculaire, incontestable…

– Je ne vois pas…

– Mais si… Vous méritez mieux que d'être ici. Vous devriez être le plus grand journaliste de la télévision. »

Sadge sourit modestement.

« Si vous voulez, je peux vous faire connaître un tel succès, poursuit l'homme.

– Comment ça ?

– Je peux, c'est tout. Il suffit de me le demander… »

Sadge hausse les épaules.

« Mais en échange, il faudra me donner seize ans de votre vie. »

Seule une histoire aussi surréaliste expliquerait le succès professionnel inespéré qui lui est tombé dessus. Le prix à payer a-t-il été également de perdre sa femme, son père, et maintenant son frère ? Où s'arrêtera cette malédiction ? Combien cela coûte-t-il exactement de faire carrière ?

Même s'il apprécie, ici ou là, une pincée de superstition, Sadge ne croit ni en Dieu ni au diable. Il sait que les pensées qui le traversent sont autant de diversions produites par son esprit, terrifié à l'idée d'affronter la souffrance que la mort d'Alain va bientôt lui infliger.

Toute son enfance a été habitée par son frère, ce héros considérable, toujours en avance de quatre ans sur lui, autant dire d'un océan d'expériences. C'est avec Alain qu'il a appris à faire du vélo, de la mobylette, à conduire une voiture, à fumer des Gauloises et à boire le whisky de leur père en cachette. C'est avec lui qu'il a découvert l'existence des poils sur le sexe des filles, en épiant par le trou de la serrure leur cousine Véronique qui prenait sa douche. En pensant à tout cela, son cœur s'attendrit soudain et, l'espace d'un instant, c'est comme s'il sentait le sang de son frère couler dans ses propres veines.

Et pourtant ! Alain et lui étaient aussi différents qu'il est possible de l'imaginer... Tandis qu'il se montrait raisonnable en toute occasion, Alain était avant tout un être fantasque, aimant ébouriffer par d'improbables initiatives, comme, par exemple, peindre en lettres rouges, et en énorme, tout le long de la façade de leur immeuble, le jour de ses onze ans : *Madame Laveno est une idiote. Signé : Alain Sadge.* Leurs parents en avaient été mortifiés car, vu le jeune âge de leur fils aîné, il était clair que celui-ci n'avait fait qu'exprimer au grand jour, avec l'honnêteté désarmante d'un enfant, leur propre opinion au sujet de madame Laveno, leur voisine de palier, qu'ils trouvaient effectivement assez sotte.

Question argent, autant Sadge était économe, autant Alain était outrancièrement dépensier. À la mort de leur grand-père, les deux frères avaient reçu chacun cinq mille francs. Sadge les avait placés sur un livret A. Alain, lui, avait invité ses quatre meilleurs amis en vacances et leur avait distribué à chacun mille francs pour qu'ils puissent eux aussi lui payer des coups au bistro.

Si Sadge était d'un naturel timide, préférant souvent l'hypocrisie à la confrontation, Alain était d'une franchise touchante. À l'âge de neuf ans, il avait souffert d'une forme de pelade qui l'avait privé de ses cheveux pendant toute une année. Il portait une casquette pour dissimuler cette disgrâce. Un jour, dans le train qui les menait à La Baule, il avait enlevé son couvre-chef d'un geste théâtral et, devant le regard étonné des passagers du compartiment, avait lancé, plein de morgue : « Je sais, c'est très embêtant, mais c'est comme ça ! »

Sadge était le bon élève de la famille, l'enfant sage qui faisait ses devoirs sans qu'on le lui demande et obtenait les bonnes notes qui flattaient les espoirs de son père et calmaient l'éternelle inquiétude de sa mère, laquelle répétait sans cesse : « Mais que va-t-on bien pouvoir faire d'Alain ? » En effet ce garçon était un cancre professionnel, suscitant des scènes dantesques en classe, provoquant les fureurs paternelles, transformant la vie familiale en un perpétuel drame. En découvrant les commentaires de ses professeurs dans son carnet, leur mère levait les yeux au ciel pour exprimer une silencieuse lamentation.

> Si Alain mettait autant d'invention dans ses dissertations de français qu'il en met à élaborer les excuses qui justifient ses absences, il pourrait aspirer à intégrer l'Académie française.

Alain a conclu son devoir sur la critique française, par : « La sainte avait raison »… Vu que je n'y suis pas parvenue, qu'une âme charitable veuille bien dire une bonne fois pour toutes à Alain que Sainte-Beuve était un écrivain du XIXe siècle et non une sainte martyre de l'Église.

Alain slalomait avec adresse entre ses mauvais résultats et manœuvrait les professeurs avec audace. Régulièrement convoqué par l'un ou l'autre, il n'hésitait pas à leur dire, les yeux dans les yeux : « Vous savez, vous êtes le meilleur prof que j'aie jamais eu.

– Mais alors, pourquoi bavardez-vous sans cesse durant mon cours, au lieu d'écouter ?

– Parce que vous m'intimidez, m'sieur. »

Il avait obtenu son bac sur le fil et n'avait pas demandé son reste. Guillaume Cholet, qui habitait au deuxième étage de leur immeuble, l'avait eu, lui, avec mention. En rentrant déjeuner, Alain avait entendu madame Rosa, la concierge, qui balayait devant l'entrée, lancer avec fierté à sa collègue du numéro d'en face : « Notre trottoir est reçu ! »

Sadge était obéissant, voire obséquieux, alors qu'Alain était impertinent et drôle, ne manquant jamais une occasion d'affronter leur père, administrant à son autorité de sévères traits d'humour qui le désarçonnaient. « Tu es de loin mon père préféré », disait-il sans sourciller à l'homme en colère, tandis que Sadge, admiratif, guettait l'explosion paternelle, qui ne venait pas.

Sadge était un trouillard-né : il avait le vertige, le mal de mer, il avait peur en avion et à moto, il était claustrophobe, n'aimait ni la vitesse ni les sensations fortes, il avait peur du noir, des gens bizarres, il se méfiait des plats épicés, des vacances au ski, des chevaux, des bains de mer quand les vagues étaient fortes, des soirées avec les grands qu'il ne connaissait pas… Alain, à l'inverse, grimpait aux arbres et sur les toits, empruntait en cachette la voiture de leur mère, dès l'été de ses quinze ans, pour aller faire la bringue à La Baule, testait tout ce qui piquait, brûlait, glaçait et faisait tourner la tête, aimait plus que tout les rencontres improbables, l'aventure sous toutes ses formes et la plupart des sports extrêmes. Il n'avait peur de rien ni de personne, il s'était battu plusieurs fois et avait couché avec beaucoup de femmes, de toutes les professions.

Sadge voyait le monde comme un endroit un peu effrayant, Alain considérait que le monde lui appartenait. Il était allé partout et avait connu toutes sortes de gens. Qu'il parle ou non leur langue, il était capable de se lier d'amitié, en un clin d'œil, avec un vieux lord anglais comme avec un mendiant péruvien, un trader japonais, un étudiant de la Sorbonne ou un chauffeur de taxi libanais de bonne humeur. Sadge prétendait que son frère était capable d'entrer dans n'importe quel restaurant, de choisir une table au hasard, de s'y présenter et de s'y faire inviter à déjeuner. Il avait exercé les métiers les plus divers et étonnants, comme berger, serveur, facteur, masseur de vieilles dames, professeur de français (!), moniteur de ski dans une colonie de vacances, pizzaiolo, chanteur dans un camping, cireur de chaussures… Il avait réussi à charmer un riche Américain et géré avec talent l'intendance de sa propriété pendant de nombreuses années. Il avait même dirigé une exploitation de forêts en Amérique du Sud. Il avait bien gagné sa vie. Il l'avait surtout très bien dépensée.

Sadge en convient, Alain a enchanté son enfance en lui montrant d'innombrables voies parallèles, bien plus excitantes que celles enseignées par ses parents ou ses professeurs. Il avait l'enthousiasme facile et mille désirs dans les poches, il s'émerveillait souvent, jouait de tout, trouvait son bonheur n'importe où. Il était comme un chaton, vif et curieux, qui a envie de jouer. Il ne considérait rien avec sérieux, sauf ce qui l'amusait.

Était-il le fils préféré ? Il l'affirmait bien volontiers, prenant même ses parents à témoin : « Papa, avoue qu'au fond, je flatte ton côté bad boy, celui que tu essayes de cacher. Et toi, maman, je sais bien que je te fais craquer… Désolé, Éric, c'est moi le préféré. » On riait, on protestait pour la forme, mais Sadge n'osait pas demander un démenti formel, de peur de ne pas l'obtenir.

Sous l'effet de tous ces souvenirs, Sadge reste interdit, avec une lourde tristesse sur les bras.

24 mai

C'est aujourd'hui que Sadge quitte son havre de paix pour affronter le monde. Une méchante humeur le pénètre de partout comme un bruit strident. Il a peur de la liberté et redoute de découvrir ce que le temps aura dévasté sur son passage avec l'inexorable lenteur d'une vague.

Il s'habille en ruminant de sombres pensées et se réconforte en se disant qu'il reviendra à l'hôpital pour d'ultérieurs examens. Il a tout de même envie de pleurer, comme lorsque sa mère le laissait seul, l'été, devant l'immense autocar qui allait l'emmener en colonie de vacances.

Il s'efforce de ne pas penser à Alain mais y pense à chaque instant ; le suicide de son frère l'obsède, comme une nausée parfaite. Il repousse à plus tard le moment d'affronter cette blessure effrayante.

Éloi essaye de lui remonter le moral.

« Ne t'inquiète pas, tout va bien se passer. Les choses n'ont pas changé tant que ça en seize ans, tu sais. Il y a toujours des boulangeries, des camions-poubelles, des troquets sinistres et des connards partout… Paris sera toujours Paris… »

Sadge sourit, la gorge nouée.

« Merci pour ces paroles pleines d'espoir… »

Éloi rigole. Sadge ramasse un petit sac en plastique. Il contient les affaires qu'il avait en entrant ici, notamment une grosse montre, un modèle luxueux avec un bracelet en crocodile. Il l'offre à Éloi.

« Tiens. Ça te fera un souvenir de moi.

– Il n'en est pas question !

– Mais si, mais si… Allez, ne m'emmerde pas et prends-la. »

Éloi saisit la montre, se lève et lui tend la main.

« Je ne bouge pas d'ici. Viens me voir quand tu pourras, ça me fera plaisir. »

Sadge acquiesce.

« En tout cas, j'espère qu'ils te mettront un voisin de chambre plus gai que moi ! »

Éloi lui tapote l'épaule.

« Personne ne pourra te remplacer, mon ami. »

Dans le couloir, il retrouve Vanessa qui l'attend gentiment. Elle est toute pimpante, comme à son habitude. Elle l'embrasse franchement et le prend par la main, comme si elle récupérait son bien. Il sent monter alors en lui une terrible mélancolie à l'idée de cette main osseuse, un peu froide aussi, qui s'est lovée de façon intime dans la sienne. Il respire par intermittence les effluves du parfum de la jeune femme, une fragrance arrogante. Ils marchent d'un même pas et Sadge a l'impression de faire une bêtise.

Vanessa lui adresse un sourire inquiet, l'air de dire : « Tu m'aimes ? » Il sait qu'il devrait être amoureux d'elle ; c'est ce que cette femme est en droit d'attendre de lui.

Dans le hall, elle lui demande de patienter un instant. Elle sort sur le parvis et revient aussitôt.

« Il y a un paparazzi à moto.

– On s'en fout. »

Tandis qu'ils roulent, suivis par le motard, Sadge redécouvre la ville, les rues, les nouvelles voitures. Ce sont pour la plupart des modèles inédits et silencieux. Parfois il aperçoit une bagnole de son époque qui ressemble à une fleur fanée. Certains modèles de sa connaissance, la Mini Morris, la Fiat 500 et la Coccinelle semblent avoir été regonflées, comme si un géant avait soufflé un bon coup dans leur pot d'échappement.

Sadge s'émerveille des écrans plats accrochés dans des endroits insolites, sur les façades des monuments, dans les vitrines des boutiques. Il a l'impression qu'ils ont envahi le monde ; partout ils brillent et attirent l'œil. Hier encore, pour voir une image, il fallait allumer la télévision qui trônait dans le salon, c'était un objet solennel. Tout cela renforce sa sensation d'être un vieillard dépassé qu'une jeune infirmière raccompagne chez lui.

Aux terrasses des cafés, dans les autobus et sur les trottoirs, il s'étonne de voir tous les gens captivés par leur téléphone portable. On dirait qu'une épidémie a frappé l'humanité tout entière. La vision de ces humains isolés en eux-mêmes paraît tellement absurde et comique qu'on se croirait dans un dessin de Sempé.

Il remarque aussi qu'il n'y a plus d'enfants qui jouent dans la rue ni dans les squares… Où se cachent-ils en cette fin d'après-midi ensoleillée ?

Vanessa se gare devant un petit immeuble.

« Nous habitons ici depuis deux ans. Avant nous étions rue de Milan, tu te souviens ?

– Non. »

Elle pousse un soupir, dans lequel Sadge décèle les vibrations d'une sourde anxiété. Il est désolé d'infliger à cette aimable personne une épreuve aussi cruelle, cependant il ne veut pas lui mentir.

« Toi non plus, tu ne sais pas comment s'est passé mon accident de voiture ?

– Non, pourquoi ?

– Personne ne sait rien, c'est bizarre, à la fin.

– Ce qui compte, c'est que tu sois indemne… enfin, presque. »

Dans l'ascenseur, elle s'approche de lui et dépose un baiser dans son cou.

« Je suis contente que tu sois revenu, tu sais. Je me sens si seule quand t'es pas là… » Elle saisit délicatement son poignet et embrasse avec ferveur la paume de sa main. Sadge est tout aussi gêné que touché par cette marque de tendresse. Vanessa a un mouvement de recul.

« Où est ta montre ? J'espère que tu ne te l'es pas fait voler à l'hôpital ! »

Sadge est embarrassé.

« On ne l'a pas retrouvée… Entre l'accident, les pompiers, l'ambulance… elle a disparu. »

Il voit bien qu'elle est contrariée.

« Ce n'est pas de ta faute. Mais tout de même, je te l'avais offerte pour nos trois ans… On dirait que le sort s'acharne contre nous ! »

Puis, sans raison, elle esquisse de nouveau son lumineux sourire. Sadge ne sait pas s'il s'agit d'une posture, ou seulement de la marque d'une bonne nature. Il détaille son visage et ne peut s'empêcher de le trouver joli. C'est sans doute cette beauté juvénile et pétillante qui l'a séduit. Il essaye de ne pas condamner l'homme qu'il a été quand il a quitté Catherine. Qui sait ? Peut-être recommencerait-il si l'occasion se présentait ?

Il entre dans son appartement et ne reconnaît rien, ni le grand miroir dans l'entrée, ni le petit tableau abstrait, ni le fauteuil club. Il a l'impression d'être à l'hôtel. Il se dit qu'il doit être riche pour loger dans un endroit pareil.

Tandis qu'il contemple le salon, décoré de meubles modernes et de bibelots, Vanessa se presse contre lui et enserre sa taille.

« C'est excitant d'introduire un inconnu dans la maison ! »

Elle lui montre leur chambre, l'immense lit double, la salle de bains en marbre de Carrare, trop clinquante à son goût. Dans le dressing, il note que Vanessa possède une vaste collection de chaussures. Il est étonné de constater qu'il s'est acheté lui aussi d'innombrables paires de baskets, comme s'il voulait à tout prix avoir l'air jeune. D'ailleurs ce matin, à l'hôpital, en s'habillant, il en a trouvé une paire assortie à son costume.

« Les Pastellas et les Montmarin voulaient venir dîner. Ils ont insisté, mais j'ai pensé que pour notre premier soir tu préférerais qu'on reste ici tranquillement, tous les deux… Mais si tu le souhaites, je peux les rappeler. »

Il ne sait même pas qui sont ces gens. De toute façon, il n'a pas envie de devenir le dernier phénomène mondain et d'amuser la galerie en racontant tout ce qu'il a oublié.

« Du coup, je commande japonais ? »

Ils dînent en regardant une série à la télévision. Sadge est frappé par le rythme soutenu de la narration, la violence de certaines scènes, la présence de sexe explicite et de répliques cyniques. La fiction américaine, toujours si conventionnelle, semble s'être bien débridée dernièrement. Malgré cette évolution notable, les personnages féminins dorment toujours avec leur soutien-gorge, comme si la vue d'une poitrine dénudée risquait de choquer plus que toutes ces morts violentes.

Sadge ne tarde pas à se sentir fatigué et va se coucher dans le vaste lit. Inquiet, il écoute Vanessa s'affairer dans la salle de bains. La situation lui paraît surréaliste, presque risible. Tout d'un coup il se souvient du *Grand Blond avec une chaussure noire*, ce film qui les avait fait tant rire, Alain et lui, aux sports d'hiver. Ce soir il est comme Pierre Richard, tout gauche, saisi par le trac à l'idée de se retrouver seul dans une chambre avec une femme aussi splendide que Mireille Darc… Il regarde son ventre rebondi avec consternation, essaye de le rentrer. Il finit par se couvrir pudiquement avec le drap, se tourne sur le côté et prend un air dégagé et une pose désinvolte. Alain doit l'observer en ce moment même en se foutant bien de sa gueule. Il se rappelle qu'il n'a toujours pas pleuré son frère. On dirait que l'être supérieur qui a pris la main sur son esprit depuis qu'il a appris le suicide d'Alain n'a pas encore décidé de lui donner accès à ses émotions. Quand il pense à son frère, il éprouve dans le cœur un froid glaçant qui le tétanise. Ses pensées, comme autant d'abeilles affolées trouvant leur ruche fermée, volettent autour de lui, aussi éphémères qu'inoffensives. Il sait qu'il devrait se révolter contre l'acte agressif et égoïste d'Alain et pleurer son grand frère qu'il aimait tant. Il se dit que l'autorité suprême qui le contrôle n'est autre que sa propre peur, une peur immense de ne pas avoir assez aimé ce frère encombrant, de ne pas l'avoir compris, de n'avoir pas décelé les signaux faibles de sa détresse, une peur blanche de l'avoir laissé crever, seul comme un chien.

Vanessa apparaît dans un négligé vaporeux qui laisse tout deviner de sa nudité. Sadge baisse les yeux, par politesse. Il a quand même eu le temps d'apercevoir deux petits seins pointus en forme de poire, comme il n'en a jamais touché. Insouciante, Vanessa se glisse dans les draps et vient se lover contre lui. Elle caresse distraitement les poils de sa poitrine.

Sadge maudit son sexe de s'être dressé sans sa permission. Il espère que Vanessa ne le remarquera pas. Au contraire, elle l'empoigne sans pudeur.

« Je vois qu'on est en pleine forme, bel homme… »

À partir de là, elle prend toutes les initiatives et se montre pleine d'imagination. Sadge, intrigué, la regarde pousser de petits feulements suspects. Puis, autant poussé par la curiosité que l'impunité, il part explorer l'anatomie de Vanessa, qui se laisse faire, tel un animal soumis. Elle émet de nouveaux petits cris étranges. Sadge s'imagine qu'il a échoué sur une île déserte avec cette créature inconnue, rescapée comme lui d'un naufrage. Terrifiés, ils se sont agrippés l'un à l'autre, et petit à petit, de leurs peaux refroidies par la mer est né un crépitant désir qui les a réchauffés de l'intérieur et leur a donné une âme. Maintenant Sadge s'accroche à ce corps comme si sa vie en dépendait. Il saisit des formes inédites, promène ses doigts sur des chairs soyeuses et colle son visage contre cette personne accueillante qui le sauve si bien du désespoir.

Plus tard, ne réussissant pas à dormir, il se lève silencieusement et se promène dans son loft impersonnel. Il trouve un paquet de cigarettes sur la table basse. Il en allume une et va sur le balcon. Quand il avale la fumée, il tousse comme un débutant. Il écrase la cigarette avec dégoût et s'accoude à la rambarde pour regarder la rue baignée de fraîcheur. Le motard est parti, sans doute lassé de ne rien voir. Les bruits familiers de Paris sont apaisants. Il est tard, les passants se font rares. Un vieux monsieur promène un grand chien gris, aussi fatigué que lui. Une femme s'extirpe d'un taxi, sa jupe en cuir met ses jambes en valeur.

Sadge considère qu'il vient de tromper Catherine pour la première fois de sa vie et cela le rend triste.

Le lendemain Vanessa le quitte, toute fringante, pour aller travailler dans sa galerie d'art.

Avant de fermer la porte, elle l'embrasse longuement. A-t-elle peur qu'il ait déjà oublié leur nuit d'amour ? Cette femme fait des efforts considérables pour briser l'infranchissable mur de son amnésie.

Dès qu'elle est partie, Sadge retrouve sa mélancolie : quand il est avec Vanessa, il se sent seul, et quand il est seul, sa femme lui manque, la poésie tranquille de Catherine lui fait cruellement défaut.

Il aimerait bien parler à Éloi. Pourquoi ne pas lui rendre visite ? Ce projet illumine un instant son horizon, puis il se rend compte qu'il ne sait même pas comment se rendre à l'hôpital. A-t-il une voiture ? Où est-elle garée ? Sait-il seulement la conduire ? Ces choses-là ne s'oublient pas, mais la technologie a tant progressé qu'il n'en est peut-être plus capable. Comment appeler un taxi ? Les numéros ont dû changer. De toute façon, il n'a pas d'argent. Il est comme un enfant, il ne sait rien faire tout seul.

Il fouille la poche intérieure de sa veste. Dans son portefeuille en cuir élimé, il déniche deux coupures de vingt euros et une de cinquante. Elles sont d'une incroyable laideur ; on dirait des devises hollandaises. Il y a aussi, plié en quatre, un vieux billet de cinquante francs, élégant comme tout, à l'effigie du Petit Prince.

Combien d'euros valent ses cinquante francs, déjà ? Il est découragé par tout ce qui lui reste à apprendre.

Il continue à fouiller et trouve un ticket de métro, qui n'est plus mauve avec une bande marron, ainsi que sa carte d'électeur ; les tampons témoignent que Sadge a voté à chaque élection, va savoir pour qui. Il y a aussi une photo de lui avec Catherine et Nicolas. Il se rappelle cette chemise en coton bleu ciel que porte Catherine dessus, il l'avait achetée cent vingt francs dans une boutique des Ternes, celle qui soldait les grandes marques.

Pour se distraire il tente de nouveau de fumer, sans en retirer le moindre plaisir. Il jette un coup d'œil aux affaires de Vanessa et découvre deux tiroirs entiers de sous-vêtements sophistiqués. Il repense avec une certaine excitation à la nuit passée et se demande si elle sera d'accord pour recommencer ce soir.

Il étudie sa propre garde-robe. Il y a là une bonne dizaine de costumes gris ou noirs et très peu de cravates. Il possède d'innombrables vestes bleues et des jeans de toutes les couleurs. Il les essaye et s'étonne de supporter des pantalons aussi serrés. Les vestes aussi semblent trop courtes et trop cintrées. Il se regarde dans la glace, comme il a l'air ridicule, accoutré de la sorte ! On dirait des vêtements qui ont rétréci au lavage… ça doit être à la mode. Ses caleçons ont disparu, pour faire place à des boxers en coton, agréables à porter. Il constate encore une fois combien son corps a vieilli. Voilà un spectacle bien désolant, saisissant, que ces chairs molles et avachies, tirées vers le bas comme si la force de gravité avait soudain décuplé. Ses bras sont flasques, ses muscles ont fondu, ses traits sont tombants… sans parler de sa désolante panse de père de famille. L'ensemble donne l'impression d'une lâche résignation.

Il se pèse sur la balance électronique de Vanessa, pose ses pieds sur cet objet futuriste, digne d'un James Bond. 97 kilos ! La semaine dernière, il en pesait 92 et se trouvait déjà gros… Il prend la ferme résolution de maigrir et, pendant un instant, cela lui donne de l'entrain.

« Bonjour, Éric ! »

Sadge sursaute. Une femme de son âge le regarde en souriant, pas gênée de tomber sur lui, nu, dans le couloir.

« Bonjour, madame.

– Moi, c'est Marisa. Vous inquiétez pas, madame m'a prévenue que vous aviez un peu perdu la boule. Bon, je vous laisse, je vais à mon repassage. Si vous avez besoin… »

Sadge se rhabille.

Désœuvré, il inspecte la bibliothèque du salon. Il redécouvre des livres amis, qu'il saisit comme s'il avait peur de les perdre de nouveau. *L'Attrape-cœurs*, *Arsène Lupin contre Herlock Sholmès*, *Un turbulent silence*… Il reconnaît l'édition de son enfance des *Trois Mousquetaires*. Il la prend et se laisse tomber dans le canapé en cuir blanc cassé ; jamais Catherine n'aurait choisi une couleur aussi banale. Il retrouve avec joie d'Artagnan et ses amis, ainsi que leurs valets respectifs, Planchet, Bazin, Mousqueton et Grimaud. Il est heureux de ne pas les avoir oubliés. Il sourit en se rappelant qu'Alain n'a jamais lu un livre de sa vie, dégoûté à jamais de la littérature par l'absorption obligatoire d'*Eugénie Grandet* en classe de troisième. Quand son frère sortait, il se réfugiait avec délectation dans les romans pour vivre des aventures par procuration. Alain, quant à lui, était le maître incontesté de la musique et l'avait initié aux Beatles, aux Stones, à Supertramp, mais aussi aux Blues Brothers.

Marisa l'invite à venir déjeuner dans la cuisine. Elle lui a préparé une escalope milanaise. Sans la présence d'une bouteille de vin, il pourrait se croire retombé en enfance.

Après il s'ennuie, comme un dimanche. Il décide de regarder la télévision, il n'en a pas eu l'occasion à l'hôpital. En manipulant la télécommande, des menus abscons s'affichent sur l'écran géant.

« Marisa ?… Vous pouvez me montrer comment marche la télé s'il vous plaît ? »

Celle-ci soupire depuis le bout du couloir, avant de venir lui expliquer l'utilisation des différents appareils. Elle retourne à ses affaires en maugréant. Sadge est désorienté par la prolifération des chaînes et la qualité surnaturelle de l'image dont la précision l'agresse. Ça l'amuse de retomber sur *Des chiffres et des lettres*, c'est toujours aussi austère et faussement détendu. Il voyage un instant sur les chaînes d'info en continu, histoire de se renseigner un peu, et il a du mal à tout comprendre. On évoque ici des personnes et des lieux dont il n'a jamais entendu parler. Les présentateurs paraissent plus aimables qu'à son époque. On dirait qu'ils se prennent moins au sérieux. Ils sont plus jeunes, mieux coiffés. Ils ont cet air décomplexé des représentants de commerce quand ils font semblant de croire un peu à ce qu'ils vendent.

Sadge s'abîme dans le tourbillon des informations qui tournent en boucle, de chaîne en chaîne. Visiblement, les gens d'aujourd'hui ont besoin d'écouter plusieurs fois la même chose. Les écrans sont envahis de commentaires écrits qui défilent et attirent l'attention ;

les cours de la Bourse, la météo, des informations surgies de nulle part se succèdent sans hiérarchie, ni justification particulière. Les images essayent d'être les plus outrancières possibles et les commentaires manquent singulièrement de pudeur. Tout paraît volontairement vulgaire et bruyant.

Sadge découvre ensuite une émission où de jeunes éphèbes et des filles délurées en maillot de bain, dont les corps sont aussi sculpturaux que leur vocabulaire est pauvre, se prélassent sur des canapés en s'insultant copieusement, avec une véhémence absurde. Ils viennent apparemment de Marseille et de Lille, mais parlent si mal français que la production a jugé utile de sous-titrer leurs propos.

Sinon, il y a des émissions de cuisine sur toutes les chaînes, ainsi que des coachs pour à peu près tout et n'importe quoi. De pauvres Français, innocents et dociles, se font expliquer brutalement comment éduquer leurs enfants, dresser une table, s'habiller à peu près correctement, ranger leur chambre ou faire une mayonnaise. La télévision semble s'être rapprochée des téléspectateurs, pour l'appauvrissement des deux parties.

La multitude des chaînes, des images, et le vacarme donnent le tournis à Sadge. Il décide de regarder des choses paisibles et réconfortantes. Un documentaire animalier, par exemple. Il est frappé par la majesté des plans aériens, étonnamment léchés, proches du sol ou au contraire comme pris depuis le ciel. Il se laisse emporter par les longues séquences d'une beauté renversante et d'une douceur remarquable, par les zooms inouïs sur les animaux et les ralentis spectaculaires. On devine la texture du poil de ce lion, caressé par la brise, sur lequel un lézard intrépide chasse les mouches.

C'est fascinant, bouleversant. On parvient à filmer les insectes sous terre, à voler avec une escadrille d'oies sauvages, à nager au milieu d'un banc de poissons qui compose une boule vivante dans le bleu infini de l'océan…

Un bruit de clés annonce le retour de Vanessa. Sadge se réveille en sursaut et se lève, comme pris en faute. Va-t-il de nouveau commettre l'adultère ?

La jeune femme se penche vers lui et pose ses lèvres fraîches sur les siennes. Il est impatient d'arracher ses vêtements à cette beauté parfumée et de s'emparer de ce corps qui lui sert d'asile.

5 juin

Aujourd'hui Sadge retourne travailler. Il a le trac car il a toujours entretenu avec son travail une relation ambiguë, faite à la fois de plaisir et de peur. Il se sent souvent surévalué, incompétent et au bord d'être démasqué.

Comme le bon élève qu'il est, il s'est préparé à cette nouvelle épreuve en s'abrutissant de télévision. Quand Vanessa rentrait le soir, elle le trouvait dans le salon, captivé par l'écran. Elle préparait deux plateaux-repas, qu'ils consommaient en silence. Plus tard ils allaient se coucher, elle le regardait s'approcher, tel un prédateur, avec la ferme intention de la dévorer toute nue. Ils laissaient ensuite leurs corps repus se reposer l'un à côté de l'autre.

Sadge sait que son désir pour Vanessa est devenu sa seule raison de vivre. Il voit dans le plaisir qu'il prend avec elle une vérité existentielle dans laquelle il s'accomplit. Il exprime tout ce qu'il est dans cette conversation intime. Vanessa est une créature consentante et lorsqu'il lui fait l'amour, il se donne tout entier, sans plus penser à rien. Ces échanges sont les seuls moments sincères de sa nouvelle vie. Parfois il se désole d'être autant tributaire de son corps, il aimerait s'affranchir du besoin irrépressible qu'il en a, qui dicte sa conduite et disperse sa volonté. Dans la rue, quand il regarde les femmes, il essaye de deviner la sensualité de leurs gestes intimes, la texture de leur peau, la densité de leurs seins, la forme de leur fente. D'où lui vient cette irrésistible fascination qu'il a pour les sexes féminins ? C'est peut-être parce que ceux-ci, blottis dans leurs petites culottes, se cachent toujours, soucieux de préserver leur mystère.

Versini vient le chercher pour l'emmener au bureau. Sadge regrette déjà les journées qu'il a passées chez lui, affalé comme un veau, à se laisser bercer par les programmes, tout en se faisant gentiment houspiller par Marisa, tel un enfant souffrant qui a eu le droit de sécher l'école. Avant toute chose, il exige de Versini qu'il l'accompagne au commissariat. Il veut s'assurer de la réalité de son accident de voiture. Un jeune gardien de la paix, qui l'a tout de suite reconnu et lui a demandé l'autorisation de faire un *selfie* avec lui, l'accompagne jusqu'à l'endroit exact où il a eu lieu.

« Vous avez été arrêté in extremis par ce poteau, là… Vous voyez comme il est tordu ? Sans lui, vous auriez pu dévaler ces marches et blesser les mômes qui jouaient à la sortie de l'école. Et même vous tuer ! »

Le flic se gratte la tête.

« Franchement, m'sieur Sadge, avec les collègues, on se demande comment vous avez fait ! Vous auriez voulu vous crasher que vous vous y seriez pas pris autrement ! »

Sadge étudie tout, imagine la scène, son réveil à l'hôpital, avec sur la conscience la mort d'un enfant. Il frissonne, remercie l'agent, fouille ses poches, y trouve un bout de papier et un Bic bleu, écrit *Merci petit poteau* et le pose au pied de celui qui lui a sauvé la vie.

Dans la voiture, il retrouve le parfum viril de Versini. Ils ne se disent rien jusqu'à ce que celui-ci se gare devant une porte cochère.

« C'est à quel étage ?

– Nous occupons tout l'immeuble. »

Sadge pénètre dans le bâtiment, impressionné par la majesté des lieux. Il y a un comptoir à l'accueil, derrière lequel une jeune fille blonde, très excitée, lui lance un « Bonjour, Éric ! » un peu trop enthousiaste pour être sincère. Au fond de la cour, la cafétéria ressemble à un décor de sitcom ; de jeunes barbus, tirés à quatre épingles, indifférents et sérieux, sirotent des jus de fruits. Dans un coin, il y a même un babyfoot.

« C'est à nous, tout ça ? »

Versini pose sa main sur l'épaule de Sadge.

« Oui. On a beaucoup bossé pour en arriver là, tu sais… »

En montant à l'étage, il croise des gens qui le saluent. À son approche, les visages s'éclairent, on lui sourit poliment et chaque interlocuteur change brusquement d'attitude. Il a l'impression d'être le héros de *The Truman Show*, c'est-à-dire le seul à ignorer que la ville n'est composée que de comédiens, de figurants et de comparses divers, jouant tous un rôle pour le duper. Il remarque des photos de lui sur des plateaux de télévision, à différentes époques de sa carrière ; il y en a une avec Chirac et une autre avec sœur Emmanuelle. À tout hasard, il dit bonjour à tout le monde, mais Versini ne lui laisse jamais le temps d'échanger plus de deux phrases avec ceux qu'il croise.

« Je n'ai dit à personne pour ton amnésie, alors surtout, pas de gaffe… »

Dans un couloir ils rencontrent un grand blond, l'air très sérieux, qui balbutie de vagues compliments, comme s'il venait de rencontrer le pape en personne.

« On est contents de vous revoir, Éric ! On a eu peur ! »

Puis il s'efface en reculant, avec une dévotion toute épiscopale, comme s'il n'était lui-même qu'une insignifiante poussière.

Sadge jette un coup d'œil interrogatif à Versini, qui semble trouver ce cérémonial plus que banal.

« C'est qui, lui ?

– Leprince, le directeur financier.

– Et il est toujours aussi obséquieux ?

– Ben… disons qu'il est très dix-neuvième. Siècle, pas arrondissement. »

Un peu plus loin, un vieux à la crinière blanche vient à leur rencontre.

« Enfin ! T'es revenu ! Parce que tu sais, ici, quand t'es pas là, c'est le bordel… »

Derrière lui se cache une petite dame élégante, collier de perles et mocassins vernis, coiffure blonde impeccable. Elle porte deux gros parafeurs joufflus comme s'il s'agissait des Tables de la Loi. Elle s'adresse à Sadge d'une voix craintive.

« Bonjour, Éric, est-ce que je pourrais avoir l'audace de vous déranger avec ces chèques en souffrance ? J'ai besoin de quelques petites signatures. »

Elle semble s'excuser de faire son travail.

Sadge la salue poliment, lui prend les deux classeurs rouges des mains, et la dame disparaît aussitôt, comme par enchantement.

« C'est Roselyne, la chef comptable. »

Sadge est atterré à l'idée de provoquer un tel déferlement de courbettes et de salamalecs. Il a l'impression d'être devenu le bon Dieu ou le diable en personne.

Versini fait rapidement visiter leurs locaux à son associé, fier de tout lui montrer. Sadge balance entre une sincère admiration pour ce qu'ils ont accompli et un rejet instinctif de cette réussite intimidante. Il y a un étage consacré aux tables de montage, un studio de mixage, une salle de projection et même un mini-plateau avec un fond vert.

« On n'utilise plus de fond bleu ? demande-t-il.

– Non. Depuis des années l'incrustation se fait sur fond vert. Ne me demande pas pourquoi, j'y connais rien. Tu sais, moi, du moment que ça marche… »

Il désigne à Sadge son bureau.

« Gilles, c'est affreux, je ne reconnais personne ! Je ne vais jamais y arriver ! Je suis un chroniqueur de deuxième zone, pas une star de la télé… »

Versini réfléchit.

« Écoute, pour l'instant, l'objectif c'était de rassurer les équipes sur le fait que tu vas bien. C'est pour ça que je t'ai un peu exhibé, l'air de rien. Et dans deux heures, on ira au déjeuner de presse des Étoiles du *Parisien*, où t'es nommé comme journaliste de l'année. Là encore, tu te contentes de te montrer, tu bois un coup, et après on sera tranquilles pendant des mois…

– T'es dingue ou quoi ? Je ne vais pas aller à une manifestation publique avec des gens que je ne connais plus ! Non, non, je n'irai pas !

– Mais arrête ! Tout ira bien, je vais rester près de toi du début à la fin. C'est une occasion inespérée de prouver au public et à la chaîne que tu vas bien. Par contre si tu sèches l'événement, ça va jaser, on va avoir les paparazzis aux basques et tout le monde va nous harceler pour savoir ce qui se passe…

– Mais enfin, tu te rends compte un peu de ce que tu me demandes ? »

Versini soupire.

« T'angoisse pas, ce sera très simple, tu verras : on arrive, on salue le patron du journal, on écoute son speech. Puis tu remercies de l'honneur qui t'est fait, blablabla, tu écoutes les autres lauréats – il y a Adjani, je crois, un chanteur que tu ne connais pas et un youtubeur – et après on dit qu'on est pressés et on se tire. OK ?

– C'est quoi, un ioutoubère ?

– C'est un jeune attardé qui gagne des paquets de pognon en faisant rigoler les enfants avec des petites vidéos potaches sur YouTube.

– Ah. »

Pendant l'heure qui suit, Sadge pose à son associé toutes sortes de questions concernant sa carrière.

« J'ai l'impression que tu me racontes l'histoire d'un autre… »

Versini se vautre avec gourmandise dans leurs souvenirs d'anciens combattants.

« Il y a deux ans, je t'avais décroché un entretien exclusif avec le dalaï-lama, que tu as été interviewer dans son hôtel à Paris. On était fiers de notre coup. Mais le directeur des programmes de l'époque, je ne me rappelle plus comment il s'appelait, un abruti de Marseillais avec un physique et une voix d'acteur porno, Pierre Missof ou un nom comme ça, encore un imbécile qui a disparu, bref, ce couillon nous a engueulés : “Je vous demande de doubler l'interview du dalaï-lama en français, c'est un ordre !” Nous, on l'avait sous-titrée pour qu'on puisse justement entendre sa voix. Pour te venger, tu as demandé au stagiaire, qui était du Vieux-Port lui aussi, de doubler l'interview du grand maître… Du coup, il parlait de "sagessâ orientâle", des "bienfés de la joââ dans la vie quotidênnâ", et toi tu as eu du mal à retenir un fou rire sur le plateau. On s'attendait à des représailles de la direction et puis… rien. C'est là qu'on s'est rendu compte qu'ils ne regardaient jamais notre émission. De ce jour-là, on n'a plus jamais demandé la permission à personne… »

Sadge est effaré par le personnage roublard que lui décrit son ami et qui lui ressemble si peu. L'habit ferait-il le moine au point de l'avoir transformé en bête médiatique madrée ?

« Mais dis-moi, Gilles… excuse-moi, mais toi, par exemple, pourquoi tu fais tout ça ? Qu'est-ce que tu cherches dans la vie ?

– Mais je sais pas, mon vieux, je sais pas… Si on commence à se poser trop de questions ! »

Versini soupire tout d'un coup.

« Par contre, je vais te dire un truc : il faut que tu fasses attention, parce que je ne suis pas sûr que tu sois prêt à affronter la célébrité…

– Ah bon, pourquoi ?

– Eh bien… ça risque de te monter à la tête. J'en sais quelque chose : moi aussi j'étais connu à l'époque de *Culture ? Vous avez dit culture !* et je peux te dire que ça m'était monté à la tête.

– Comment ça ?

– Tu sais, la célébrité, c'est pernicieux. Au début tu penses que tu t'en fous, que t'es au-dessus de ça… Mais peu à peu elle s'insinue en toi, comme une drogue sournoise, tu vois ? Tu crois que toi, tu vas t'en sortir parce que t'es pas aussi con que les autres, et c'est comme ça que tu te fais avoir.

– C'est-à-dire ?

– Ben, tu commences à apprécier que les serveurs et les chauffeurs de taxi te reconnaissent. Dans la rue, on t'aborde pour te faire des compliments. Il y a toujours une table disponible pour toi au restaurant. On te surclasse en avion. Et les flics ne te mettent pas de P-V… Tu vois, ce genre de choses.

– C'est plutôt cool, non ?

– Très cool ! Mais peu à peu, sans même t'en apercevoir, tu te mets à compter sur ces petits privilèges, sur les compliments, les encouragements… Très vite tu ne peux plus t'en passer. Et s'ils tardent à venir, t'es vite en manque. Alors tu cherches des occasions de sorties mondaines pour en récolter le plus possible et te rassurer de nouveau. Et c'est comme ça que tu te retrouves en boîte de nuit, alors qu'au fond, tu serais bien allé te coucher. Mais c'est pas ça, le pire…

– C'est quoi, le pire ?

– Le pire, c'est qu'à force d'entendre les gens célébrer le personnage public qu'ils connaissent, tu deviens ce personnage et tu finis par ne plus savoir qui tu es vraiment. Tu es l'esclave de cette personnalité publique, son attaché de presse, son homme à tout faire. Tu passes ta vie à vouloir lui faire plaisir…

– T'exagères pas un peu ?

– À peine. Tu verras. Je vais t'avouer un truc : quand mon émission s'est arrêtée, j'en ai souffert, justement pour cette raison. J'ai même fait une dépression. Mais maintenant, je peux te dire que pour rien au monde je ne redeviendrais connu… Je n'ai plus à me poser mille questions sur ce que je dois faire ou dire pour ma putain d'image. »

Versini tape un petit coup sec sur la table, avec un faux entrain.

« Bon, allez ! J'y vais. Je viens te chercher tout à l'heure. En attendant, je te laisse entre les mains de ton assistante qui te connaît mieux que toi-même… » Il se penche vers Sadge et lui glisse à l'oreille : « Elle s'appelle Nathalie et elle est au courant. »

À cet instant, une jeune femme aux cheveux bleus, ultra-maquillée, se présente sur le seuil de sa porte. Sadge se souvient de Nicole, son ancienne secrétaire, une dame très convenable qui ne mâchait pas ostensiblement du chewing-gum en le regardant dans les yeux avec un brin de défi. Celle-ci l'intimide, avec ses piercings, son tatouage sur l'épaule et son soutien-gorge voyant qu'on devine sous son tee-shirt blanc.

« Bonjour, Éric. J'ai votre courrier, mais il n'y a rien d'urgent… »

Sadge se lève et lui serre la main. Elle paraît étonnée par cette façon de faire, mais ne pose pas de questions superflues. Elle allume l'ordinateur de Sadge, lui donne son mot de passe et s'éclipse.

Resté seul, Sadge jette un coup d'œil circulaire à son cadre de travail. Il reconnaît la photo de lui avec l'équipe de *Culture ? Vous avez dit culture !* lors du séminaire à Deauville, l'année dernière, il y a dix-sept ans, à vrai dire. Il y en a aussi une de Versini et de lui, plus jeunes, juchés sur un chameau.

Il admire l'élégance et la finesse de son ordinateur portable. L'ingéniosité humaine semble avoir proliféré en son absence. Ces progrès techniques lui rappellent l'époque où le plastique avait fait irruption dans la vie quotidienne de son enfance, c'était dans les années soixante-dix. Le « plastoc », comme on disait, avait tout envahi, remplaçant le tissu et le papier des sacs de courses, chassant les métaux nobles des appareils domestiques, introduisant partout ses couleurs criardes. Le plastique était moins cher, plus résistant, plus léger, il ne rouillait pas… Dans la course des matières premières, il avait écrasé tous ses concurrents parce qu'il simplifiait tout. Et on l'avait glorifié avec enthousiasme.

Dernièrement, en regardant la télévision, Sadge a constaté que l'inexorable phénomène de simplification s'est généralisé : les gens parlent avec moins de mots, n'écrivent plus, s'habillent de façon simple et uniforme, éduquent leurs enfants au strict minimum. Les relations humaines aussi se sont transformées : les conversations et les rencontres sont pour la plupart informatiques. C'est pratique, on n'a plus besoin de se voir, de se toucher, on dialogue à travers des écrans protecteurs, comme au parloir d'une prison. Si ça continue, on pourra bientôt faire l'amour comme ça aussi.

Dans ce nouvel univers dont il se sent exclu, Sadge ne se reconnaît pas lui-même. Au fond, que sait-il de lui ? Le voilà jeté dans un océan de doutes, à surnager entre les débris flottants de ses anciennes certitudes auxquelles il ne peut se fier.

Il se secoue et décide de se plonger dans l'univers qui l'attend dans son PC. Mais il se rend compte qu'il ne sait pas naviguer seul, trop d'icônes, de symboles abscons. Il rappelle Nathalie, qui se penche par-dessus son épaule et lui montre d'une main agile comment accéder à ses mails et à son agenda électronique. Il perçoit le souffle de son haleine qui affleure par moments à son oreille.

Il explore sa correspondance en remontant le temps. Les mails sont pour la plupart factuels et dénués de poésie. Dans un silence apaisant, il fouille son passé et fait connaissance avec l'homme public qu'il est devenu, harcelé par les fans et accaparé par une armée de personnalités avec qui il a noué des relations sommaires. En ouvrant son agenda électronique, il constate avec stupéfaction que l'année dernière, il est sorti tous les soirs. Avant-premières, dîners en ville… c'est ahurissant. Il se souvient combien il savourait autrefois les soirées tranquilles chez lui, seul avec Catherine. La solitude et le silence lui permettaient une introspection exigeante, parfois inconfortable… Mais apparemment il a abandonné cette quête existentielle pour se plonger dans l'instant, le bruit, les distractions. Versini a raison : il est tombé dans le panneau, il est une vedette.

Quand ils arrivent chez Monsieur Bleu, Sadge est vaguement rassuré : le restaurant est si bruyant que personne ne semble s'intéresser à lui. Il note tout de même quelques regards curieux sur son passage. Un homme élégant vient à sa rencontre en lui faisant un large sourire. Sadge lui serre la main chaleureusement et le remercie pour son accueil. Versini donne une légère bourrade à son ami.

« Tu viens de féliciter le maître d'hôtel…

– Je croyais que c'était le patron du *Parisien*… Sois gentil, dis-moi qui sont les gens avant que je leur parle…

– Tiens, voilà le directeur de la publication, justement. »

Ils saluent un monsieur aux cheveux blancs, mince, qui les dirige vers l'estrade. La situation lui paraît tellement absurde que maintenant cela l'amuse presque de participer à cette imposture.

Versini fouille dans ses poches.

« Tiens : je t'ai préparé un petit speech.

– Parce que je dois parler, en plus ?

– C'est rien, quelques mots.

– T'es vraiment un embrouilleur, toi ! Tu mériterais que je te vire. »

Versini sourit.

« Je vois que t'as pas mis longtemps à adopter une posture de patron. Je te signale qu'autrefois c'était moi, ton maître… »

Sadge monte sur la scène, une jeune fille sexy lui tend un micro et lui indique une chaise en plastique blanc. Un grand jeune homme avec une canne lui adresse un clin d'œil appuyé. Sadge fait un petit signe à l'hôtesse et lui demande en chuchotant :

« C'est qui, l'homme qui m'a salué ?

– C'est Grand Corps Malade ! Je l'adore… »

Sadge attend sagement que la cérémonie commence. De temps en temps, il cherche Versini du regard pour se rassurer.

Un petit homme en complet trois pièces, rosette à la boutonnière, monte discrètement sur l'estrade et s'approche de Sadge avec un sourire entendu. On dirait un sénateur en goguette, tant il semble content de lui. Tout suinte la soif de notabilité chez lui. Il rappelle à Sadge un ami de son père qui courait après toutes les distinctions possibles. On avait découvert sur son faire-part de décès qu'il avait même réussi à obtenir les palmes académiques, alors qu'il n'avait jamais ouvert un livre de sa vie.

Le bonhomme est posté devant Sadge à présent. Celui-ci lance un coup d'œil désespéré à Versini, occupé à plaisanter avec deux types au bar.

« Salut, Éric ! Je voulais te dire que j'ai voté pour toi, voilà…

– Merci beaucoup, ça me touche.

– Écoute, je sais que nos relations n'ont pas toujours été au beau fixe par le passé, mais tu ne crois pas qu'il serait temps d'y remédier ? On devrait s'allier, je pourrais t'être utile tu sais, surtout avec ce nouveau gouvernement. Je sais quelles sont les têtes qui vont tomber et je connais aussi la plupart des futurs décideurs…

– Eh bien, ça me paraît une bonne idée… »

Le petit homme a l'air agréablement surpris. Soudain son visage s'illumine d'un sourire spontané et Sadge peut entrevoir l'enfant qu'il a été. Il pose sa main sur l'épaule de Sadge en signe de réconciliation.

Tout à coup l'assistance bruisse au passage d'une femme brune qui porte un vaste chapeau rouge et d'immenses lunettes de soleil. Elle rejoint Sadge et l'embrasse comme du bon pain.

« Salut, toi ! Dis donc, cette estrade, on dirait un marché aux esclaves ! »

Sadge se lève, tout gauche. Il vient de reconnaître Isabelle Adjani, dont il était amoureux à l'époque de *L'Été meurtrier*.

« Bonjour, mademoiselle… »

Elle éclate d'un rire léger et rayonnant.

« Arrête ! Déjà qu'on a l'air de potiches ! »

Elle se tourne vers le petit homme, qui a rougi de haut en bas en reconnaissant la star.

« Tu ne me présentes pas ton ami, Éric ? »

Sadge ne sait pas comment se sortir de cette impasse, sauf à feindre l'évanouissement ou à fuir en courant. Un silence gêné s'installe. Le petit homme attend d'être dignement introduit pour à son tour y aller de son compliment à l'actrice.

Sadge soupire.

« Redis-moi ton nom, s'il te plaît ?

– Éric Pâque-Simon. Je suis le producteur des *Derniers Voyageurs*, sur France 5. »

Adjani lui adresse un joli sourire. Pâque-Simon baisse les yeux. Son visage, tout à l'heure rayonnant, est devenu froid et inexpressif comme celui d'un juge. Il s'éclipse sans ajouter un mot.

La cérémonie commence et un homme égrène toutes sortes de compliments à l'intention des lauréats. Des photographes mitraillent la scène. Le youtubeur, coiffé comme un dessous de bras, cite Sadge dans son discours de remerciement. « Pour la première fois de ma vie, ma maman va être fière de moi : j'ai beau avoir dix millions d'abonnés sur YouTube, le fait que je sois assis à côté d'Éric Sadge est ma plus grande consécration ! T'inquiète, maman, j'oublierai pas de lui demander un autographe pour toi… » Le public s'esclaffe et applaudit. Sadge aussi, pour montrer qu'il sait rire de lui-même.

En attendant son tour, il déchiffre le speech que lui a pondu Versini. C'est horriblement pompeux et prétentieux ; ça parle de *liberté de l'information*, de *transparence éditoriale*, d'*exigence journalistique*… C'est peut-être un discours adapté au personnage public qu'il est aujourd'hui, mais ce ne sont pas des mots pour le jeune homme qu'il est devenu. Au moment de prendre la parole, il pense à Alain qui doit de nouveau bien rigoler en voyant son petit frère honoré de la sorte.

« Je suis très touché d'avoir été choisi cette année par *Le Parisien*, mais pour tout vous dire, je me sens comme un imposteur. Je vous assure, ce n'est pas de la fausse modestie, mais si vous saviez combien je ne comprends rien à ce qui m'arrive, vous seriez effarés… »

Toute l'assistance éclate de rire, sauf Versini, qui lui lance un regard noir. Il lui murmure distinctement de loin, avec un air sévère : « Ne fais pas ça ! »

« Aujourd'hui, l'honneur que vous me faites, j'ai l'impression qu'il est destiné à un autre, apparemment plus talentueux et méritant que moi. Je vais donc considérer que cet hommage récompense avant tout le travail de mes équipes menées par Gilles Versini, ici présent, qui reste dans l'ombre mais dont chacun sait que c'est lui qui tire les ficelles de la marionnette que je suis… »

Versini prend une mine modeste, l'air de dire : « Je suis gêné, vraiment… même si ce que dit Éric est un tout petit peu vrai. »

Sadge va se rasseoir et tout d'un coup lui revient un souvenir de son adolescence. Un après-midi, en rentrant chez lui, Marc Larousse, le meilleur ami d'Alain en terminale, un grand garçon très doux, avait trouvé sa mère pendue dans l'entrée. Tout seul, il était monté sur un escabeau pour la décrocher. De ce jour, on ne l'avait plus revu et quand Sadge demandait à son frère où était passé Larousse, Alain s'assombrissait et ne répondait pas. Lors d'un déjeuner dominical, alors que leur mère prenait elle aussi des nouvelles de Larousse, tout en servant son gratin d'aubergines, Alain les avait tous regardés avec un air de défi.

« Sa vie est foutue à cause de sa conne de mère. »

Leur père avait tapé du poing sur la table, renversant son verre de vin sur la nappe.

« Je t'interdis de parler comme ça de cette pauvre madame Larousse ! »

Alain avait haussé les épaules avec mépris.

« Le suicide, c'est un truc de lâche. Il faut être totalement dégueulasse pour faire ça à son fils. »

Leur mère avait tenté d'apaiser la situation en égrenant une série de banalités sur le « mystère de chacun ».

En repensant à tout cela, Sadge se met à douter qu'Alain se soit suicidé, il connaît son frère quand même, et mieux que quiconque.

De retour au bureau, il raconte à Versini sa gaffe avec Pâque-Simon. Versini soupire.

« C'est emmerdant, ça…

– Pourquoi ?

– Ce mec est un politique…

– C'est-à-dire ?

– Ben, les politiques pensent qu'il est producteur et les producteurs pensent que c'est un politique… En tout cas, il a le bras long. T'aurais dû m'appeler !

– J'ai essayé, figure-toi, mais tu ricanais au bar ! Et comme tu m'avais interdit de révéler mon amnésie, j'ai pas eu le choix… »

Versini pousse un nouveau soupir.

« C'est pas bon pour nous, ça.

– Mais qui c'est, ce mec ?

– Un type qui rêvait de bosser avec toi. Quand tu as eu l'occasion d'avoir ton émission à toi, il espérait que tu lui proposes de t'associer avec lui. Tu sais, il est comme tous les producteurs, il se sent seul au monde, même quand ça marche pour lui. Quand tu m'as choisi, tu lui as un peu tourné le dos… enfin tu ne l'as pas beaucoup rappelé, quoi.

– Donc j'ai rien fait de grave ?

– Non, mais aujourd'hui tu l'as humilié, et devant une star. Et il a un ego inversement proportionnel à sa taille, si tu vois ce que je veux dire…

– Et alors ?

– Et alors il va nous créer des emmerdes, c'est moi qui te le dis.

– Tu veux que je l'appelle pour lui expliquer ?

– Surtout pas ! Ce mec est un serpent, si tu lui parles de ton amnésie, il va s'en servir. Non, tant pis, le mal est fait. »

Et pour la troisième fois Versini soupire.

10 juin

La nuit dernière, Sadge et Vanessa n'ont pas fait l'amour. Elle s'est serrée tout contre lui d'une façon bien triste qui l'a remué. Il l'a prise dans ses bras, tandis qu'elle s'endormait, en lui caressant les cheveux, comme on console un enfant. C'était la première fois qu'il était content d'avoir cinquante et un ans.

Au matin quand il se réveille, Vanessa est partie. C'est un petit jour gris et anonyme comme il les aime, où tout semble possible. Il commence à éprouver de la tendresse pour cette créature mi-naïve, mi-bourgeoise, il aime sa douceur de vivre et il est touché de sentir qu'elle compte autant sur lui. Il se met peut-être à croire qu'il est bien cet homme solaire et admiré, auréolé d'une incontestable autorité.

Pourtant, malgré l'ascendant qu'il a sur la jeune femme, il reste viscéralement dépendant des ébats auxquels elle s'adonne avec lui, la nuit venue. Il se demande si l'amour est un don ou bien le fruit d'un travail. Pour naître, a-t-il besoin d'une première étincelle, comme l'embrasement spontané et foudroyant qu'il a connu pour Catherine ? Ou bien se fabrique-t-il au contraire dans un effort quotidien, pour se transformer petit à petit en un sentiment sincère et charpenté, comme celui qui se construit avec cette étrangère qui dort près de lui, délurée et confiante ? Est-il possible d'aimer quelqu'un quand on ne l'a pas choisi ? Il se rappelle les mariages forcés qu'organisait la secte Moon dans les stades ; des milliers de couples s'unissaient pour la vie sans s'être jamais rencontrés auparavant. Du haut de son adolescence idéaliste, il trouvait cette pratique révoltante… Aujourd'hui il vit une situation analogue avec Vanessa et ne s'en porte pas plus mal. Les jours passant, ils commencent à s'apprivoiser, à s'apprécier. À s'aimer, qui sait ?

Sadge s'accoude au balcon et vérifie, comme il le fait chaque matin, s'il n'a pas retrouvé la mémoire. Non : il bute encore et toujours sur cette même matinée du 24 septembre, à la porte de l'école avec Nicolas… Qu'a-t-il donc fait des seize années qui ont suivi, à part quitter sa femme et devenir célèbre ?

Lorsqu'on le vit, le temps s'écoule vite et la plupart des souvenirs tombent en poussière, sans même qu'on leur prête attention. Hormis quelques événements notables qui nous marquent, naissances, deuils, mariages, rencontres, humiliations, triomphes… Mais tout ce qui compose le sel de notre quotidien, nos pensées secrètes, nos brûlants désirs, nos fantasmes de revanche, nos colères les plus sincères, les élans que l'on croyait éternels, tout cela s'évapore et disparaît comme une flaque d'eau chauffée par un soleil d'été. Nous oublions à peu près tout ce qui nous a indignés ou exaltés, ainsi que les conversations que nous avons eues. En vérité, nous sommes comme des enfants écervelés et insouciants qui prennent chaque journée comme elle vient en jetant aux orties la précédente, sans un regret. Nous sautons de liane en liane, de jour en jour, d'année en année, sans nous soucier de la trace que nous laissons derrière nous.

Aussi bien ces seize dernières années méritaient d'être oubliées.

Sadge observe les gens s'affairer dans la rue : les commerçants accueillent les camions de livraison, des hommes pressés en costume passent devant eux sans les regarder. Les autobus avancent avec lenteur, entourés de voitures impatientes. Il sent bien qu'il est en train de s'habituer à sa nouvelle existence. D'ailleurs sa révolte contre l'amnésie s'effrite, son envie de retrouver la mémoire s'essouffle. Il tente de blâmer la puissance de la vie pour ce début de capitulation. Aux mains de cette force implacable, il est comme un singe de laboratoire, réagissant par réflexe aux stimuli artificiels qu'on lui impose.

Peu à peu, il s'est réaccoutumé à la célébrité. Dans les premiers temps de sa nouvelle vie, quand ses fans l'abordaient dans la rue, il était gêné, telle une adolescente qui rougit quand on lui fait un compliment sur sa beauté. Maintenant il considère ces témoignages d'affection pour ce qu'ils sont, avec simplicité. Parfois il lui arrive de les devancer.

Il repense aux avertissements de Versini au sujet des sirènes de la gloire. Malgré son amnésie, cette dépendance est sans doute déjà inscrite dans les profondeurs de son expérience, pareille au besoin criant de boire qui n'oublie jamais de réveiller un buveur. Il est comme ces alcooliques mondains qui affirment, en le pensant sincèrement, qu'ils peuvent se passer de leur drogue d'un simple claquement de doigts, mais n'essayent jamais, pour voir.

Depuis sa sortie de l'hôpital, il va de moins en moins sur le Net étudier ce qu'on y dit de lui. Au début, sans se l'avouer, il abreuvait sa vanité en broutant les commentaires élogieux et en évitant minutieusement les plus haineux. Mais à présent, il ne voit plus beaucoup l'intérêt de multiplier ces petits voyages dans le monde de la critique. L'exercice lui paraît vain, inutile et dévoreur d'un temps précieux.

La gloire lui apparaît comme un plaisir nouveau, elle se boit comme un vin léger et délicieux, qu'on siffle sans réfléchir et qui vous enivre subrepticement.

Vanessa, à qui il a parlé de cette possible dépendance, lui laisse un matin un Post-it sur le miroir de la salle de bains.

> « La gloire n'est pas un vain mot pour moi. Le bruit des éloges enivre d'un bonheur réel ; la nature a mis ce sentiment dans tous les cœurs. » Eugène Delacroix.

Sadge sait-il seulement ce qu'il désire ? Préférait-il sa complicité avec Catherine, alors qu'il se réjouit désormais d'étreindre chaque soir le corps de sa belle inconnue ? Regrette-t-il son rôle confortable de chroniqueur planqué, bien que l'idée d'un avenir exposé à la lumière l'amuse de plus en plus ? Que préfère-t-il en somme, ce qu'il connaît, ou ce qu'il découvre ? Veut-il se complaire dans la nostalgie du passé ou accueillir l'inattendu ? Il donnerait quand même beaucoup pour revivre l'enfance de Nicolas. Et empêcher le suicide d'Alain, bien sûr.

Il se regarde dans le miroir de la salle de bains. Ce qui est certain, c'est qu'il ne se fera jamais à ses chairs flétries, à son visage fatigué et à toutes ces peaux molles qui pendouillent. Les années l'ont rongé, dénaturé, amoindri. Il peut lire sur lui les premières morsures sournoises de la mort, qui exécute son lent travail de destruction systématique avec la tranquille certitude d'avoir déjà gagné la partie. C'est un chef-d'œuvre d'anéantissement obstiné et silencieux. Jusqu'à ses trente-cinq ans, il n'avait eu qu'à se réjouir des transformations de son corps, car celui-ci ne faisait que se renforcer chaque jour un peu plus. Et depuis ? Quel naufrage, quel déclin !

Il n'y a que son nez, ses jambes et ses avant-bras qui n'ont pas changé. Il les détaille avec satisfaction et leur attribue des bons points. Son sexe non plus n'a pas vieilli ; il y a quinze ans, c'était déjà cet oisillon fripé qui extirpait sa tête affamée de son nid broussailleux.

Il exhale un soupir fatigué en pensant au tsunami émotionnel que la mort d'Alain ne manquera pas de provoquer en lui. Pour l'instant cette tempête ne vient pas. Il a l'impression d'être sur une plage silencieuse, que la mer aurait désertée, les pieds enfoncés dans le sable désolé. L'air est chaud, transparent, immobile, oppressant. Il scrute l'horizon muet. Il attend la vague, terrible et amère, qui va certainement venir le faucher, et il a peur. Il a peur de ne jamais s'en remettre. Il a peur aussi qu'elle ne vienne pas, il découvrirait alors qu'en plus d'avoir perdu la mémoire, il n'a plus de cœur.

Sous la douche, l'eau chaude qui circule sur son corps le fait frissonner. Il ferme les yeux : il ne peut s'empêcher de se retrouver toujours face à l'invisible mur du 24 septembre 2001. Il aimerait tellement réussir à le franchir, à jeter un coup d'œil sur le mystérieux lendemain, explorer ce 25 septembre dont il ne sait rien et pouvoir ensuite tirer à lui, petit à petit, jour après jour, le fil de cette vie qu'un accident lui a injustement volée. Mais pour l'instant, il n'y a que de l'eau et du savon. Un été, en colonie de vacances, Alain avait à peine treize ans, son corps était encore celui d'un enfant, et ils avaient aperçu, dans les douches, la grosse verge de Bézieux, un fils d'ouvrier qui arborait déjà les attributs impressionnants d'un adulte. Sadge avait rigolé devant cette trompe beige et molle qui pendait sous un buisson de poils drus car il trouvait cette vision particulièrement grotesque. Alain, sans doute tourmenté de n'être pas encore pubère à son âge, avait grommelé : « T'as vu ? Les pauvres, ça vieillit plus vite que nous. »

Sadge s'habille avec ses nouveaux vêtements. Il faudrait qu'il bannisse le mot nouveau de son vocabulaire puisque tout l'est pour lui dorénavant.

Aujourd'hui il déjeune avec Catherine. Ils se sont donné rendez-vous au siège du journal où elle travaille comme « responsable éditoriale », a-t-il cru comprendre. Elle lui expliquera cela plus en détail tout à l'heure. Elle lui a proposé cette entrevue pour l'aider à se rafraîchir la mémoire. Le psy de l'hôpital a conseillé à Sadge de parler le plus possible de ses années perdues avec ses proches, car un souvenir précis, une émotion qu'on réveille pourrait dégripper son cerveau. Il attend beaucoup de ce déjeuner, dont bien sûr il n'a rien dit à Vanessa.

Il en profite pour conduire. La production a mis à sa disposition une voiture de service, une Smart minuscule qui se manœuvre comme une auto tamponneuse. Nathalie lui a expliqué comment programmer le GPS et cette invention lui a paru tout à fait épatante. Il se laisse bercer jusqu'au journal par une voix impersonnelle qui le guide sans impatience ni passion.

Arrivé devant le portail, l'envie le prend de rebrousser chemin. Peut-être a-t-il peur de retrouver la mémoire d'un coup sec et d'en éprouver une douleur perçante ?

Non, ce qu'il redoute, il le sait, c'est de faire connaissance avec l'homme irresponsable qu'il a été. Il imagine les reproches que Catherine ne va pas tarder à lui servir : sa vacuité de mâle en recherche d'une gloire visible, le couple grotesque qu'il forme avec la trop jeune Vanessa, son attitude démissionnaire envers son fils… Et surtout le mari décevant qu'il a été pour elle. Catherine pourra-t-elle jamais lui pardonner d'être devenu un homme infidèle, elle qui avait trouvé en lui un prince dans les yeux duquel elle plongeait son regard avec confiance ?

Le temps est venu d'affronter ses fautes… Il se dirige courageusement vers le hall, comme s'il allait à son procès.

Quand il se présente à l'accueil, le visage de l'hôtesse s'illumine. « Catherine vous attend. Si vous voulez bien me suivre, je vais vous conduire jusqu'à son bureau. » Ils traversent des couloirs agréablement décorés. Il règne ici une ambiance détendue et industrieuse.

Dans cet univers professionnel, Catherine semble plus jeune. Ses cheveux détachés et son jean blanc lui donnent un air dynamique. Elle dirige le département « psychologie et vie quotidienne ». Elle lui montre l'endroit où se bâtit la maquette du journal, un long mur sur lequel s'enchevêtrent des centaines de photos et d'articles. Marchant derrière elle, il ne peut détourner le regard de son derrière qui ondule sous son pantalon moulant. Est-il devenu un obsédé sexuel avec l'âge ? Peut-être l'a-t-il toujours été.

Elle se retourne et lui sourit.

« Tu sais que c'est la première fois que tu viens ici ? »

Ils sortent et se rendent à pied dans un petit troquet, de l'autre côté de la rue. Catherine salue le patron, dans le brouhaha de la salle, et va s'asseoir à une table à l'écart. Sadge s'installe en face d'elle. On se croirait dans un film de Sautet. Un serveur aux joues couperosées s'approche.

« Bonjour, madame Sadge. Aujourd'hui, si ça vous dit, on a une soupe de melon glacée… »

Sadge est touché que sa femme ait gardé son nom. Elle commande un pichet de morgon et le goûte avec l'air de celle qui s'y connaît. Avant, elle ne buvait jamais.

En attendant leurs plats, ils se regardent en silence, essayant peut-être de deviner ce que pense l'autre. Sadge se lance.

« Autant que je te le demande tout de suite… J'ai besoin de savoir pourquoi nous nous sommes séparés. Dis-moi la vérité, même si je dois apprendre que je me suis mal comporté. Du jour au lendemain, j'ai découvert avec tristesse que je ne vivais plus avec la femme de ma vie. Tu sais, mon projet a toujours été de vieillir avec toi. »

Catherine vide son verre d'un trait.

Elle prend son élan et lui raconte leur vie, celle qui a suivi le 24 septembre 2001. Elle décrit l'harmonie tranquille et satisfaisante de leur quotidien, que rien ne venait déranger, dans leur appartement de la rue Lecourbe. À l'adolescence, Nicolas avait eu de sévères problèmes respiratoires et cela avait miné le moral de Catherine. De son côté, après l'arrêt de *Culture ? Vous avez dit culture !*, Sadge, mû par son désir de réussite, s'était lancé dans une carrière en solo. Elle l'avait encouragé, bien sûr, mais il avait été happé par son nouveau travail et n'avait pas pris la mesure des angoisses de sa femme, tant il était accaparé par les siennes. Sadge sortait tard le soir et de plus en plus souvent pour « rencontrer des gens importants ». Parfois, au cœur de la nuit, Catherine et lui se croisaient dans le couloir, hébétés par des fatigues différentes. C'est ainsi qu'ils avaient commencé à s'éloigner l'un de l'autre, petit à petit, sans heurts ni cris. Leurs vies s'étaient imperceptiblement séparées, voilà tout. Catherine était submergée par ses angoisses de mère, et Sadge, emmailloté dans une vie sociale dévorante, chaque jour plus exigeante. Qu'il se rassure, il ne l'avait pas trompée avec une jeune admiratrice, ou sa secrétaire, comme cela arrive à certains à la quarantaine, pressés de se rassurer à propos de leur sacrosainte virilité… Ils avaient juste cessé de vivre tout à fait la même vie.

Sadge ravale un soupir de soulagement.

C'est elle qui avait fait une rencontre. Elle était tombée sous le charme d'un homme qui avait su s'intéresser à elle et elle s'était alors aperçue que son mari ne la regardait plus depuis longtemps.

Sadge sent la jalousie le mordre au ventre.

« C'était qui ?

– Peu importe.

– Justement, tu peux me dire…

– Non, ça n'a pas d'importance.

– Allez ! Dis-moi !…

– Laisse tomber, s'il te plaît. »

Sadge n'insiste pas. Il reviendra à la charge une autre fois, se dit-il.

Catherine poursuit son récit. De l'extérieur, leur couple paraissait solide, équilibré, serein ; en réalité il agonisait, asphyxié, exsangue. Ils faisaient l'amour de moins en moins souvent et sans véritable échange entre eux.

« Quel gâchis ! Mais quel lamentable gâchis !

– Ne dis pas ça, Éric…

– Si, si, je le dis et je le répète ! Nous étions faits pour vivre ensemble, je le sais !

– Il faut croire que non. »

Le pichet est vide.

« Ne regrettons pas ce qui est passé, c'est inutile. Je comprends que pour toi ce soit dur parce que tu apprends tout d'un coup. Mais regarde : tu as rencontré Vanessa… Moi, je ne suis pas sûre que j'aurais aimé partager ta vie mondaine. Et puis, une fois seule, j'ai bien été obligée de travailler. Et je te remercie d'ailleurs, car c'est grâce à notre séparation que je me suis révélée, de ce point de vue.

– Je n'y suis pour rien ! C'est même le contraire : si j'ai bien compris, quand nous étions ensemble, je t'empêchais de te réaliser ! J'ai été un bel égoïste… »

Catherine rit doucement.

« Mais non ! Tu m'as aidée, au contraire. Tu m'as même fait bosser sur ton émission, au début. Ce qui m'a permis d'entrer au journal comme pigiste, malgré mon âge, et de faire mon chemin jusqu'au poste que j'ai aujourd'hui.

– Et pour Alain, est-ce que tu as une idée de ce qui s'est passé ? Pourquoi il s'est…

– Non, aucune. On prend un autre pichet ? »

Sadge est surpris par cette soudaine diversion.

« Mais… je ne sais pas, il ne t'a rien dit ? Ou moi, je ne t'en ai jamais parlé ? Est-ce qu'il allait mal ? »

Catherine semble ailleurs, tout d'un coup. Elle cherche le garçon du regard en levant la main pour attirer son attention. Essaye-t-elle de protéger Sadge d'une vérité qu'il ignore ? Elle finit par héler le jeune homme et lui tend ostensiblement le flacon vide.

« Et toi ? Comment tu t'en sors avec ton amnésie ? C'est pas trop compliqué ?

– L'autre jour, à une conférence de presse dans un restaurant, Adjani est venue m'embrasser. Je ne savais même pas que je la connaissais… »

Catherine pouffe.

« Mon pauvre, je te plains !

– J'ai regardé les interviews que j'ai faites ces dernières années et c'est bizarre : elles me paraissent toutes vides…

– C'est typique de l'info, ça : quand c'est chaud, c'est délicieux, c'est même irrésistible, comme une assiette de frites croustillantes lorsqu'on a faim. Mais dès le lendemain, les frites sont devenues froides, elles sont fades et farineuses, il n'y a rien de plus dégueulasse… »

Sadge sourit.

« Donc ma carrière se résume à une succession d'assiettes de frites froides…

– En attendant tu t'es bien amusé, non ?

– Tu crois ?

– J'en suis sûre.

– C'est ce que dit Versini aussi.

– Et puis tu as eu ce que tu voulais : la notoriété. »

Sadge reste songeur.

« C'est vrai que je rêvais de devenir célèbre, mais je n'en avais parlé à personne. Pas même à toi…

– Ça se voyait comme le nez au milieu de la figure, mon pauvre ami ! Tu jouais les modestes, mais tu bouillais de l'intérieur. Et tu as réussi, tu dois être content.

– Tu crois vraiment que j'ai réussi ? »

Leurs plats arrivent, et Sadge demande à Catherine de lui parler de Nicolas.

« Tu sais, je ne me remets pas d'avoir perdu mon fils… »

Sa voix s'étrangle, tandis que Catherine le regarde, interloquée. Il avale une gorgée de vin pour noyer un sanglot. Catherine lui prend la main pudiquement et la serre un instant.

« J'aimerais l'avoir aidé à traverser son adolescence…

– Mais tu l'as fait ! Tu t'es occupé de lui, tu sais, malgré ta carrière… Tu l'as élevé et tu l'as vu grandir… »

Sadge sent se former en lui un nœud d'émotions mêlées en voyant Catherine à la fois semblable et différente, comme dans le célèbre poème de Verlaine :

Je fais souvent ce rêve étrange et pénétrant
D'une femme inconnue, et que j'aime, et qui m'aime
Et qui n'est, chaque fois, ni tout à fait la même
Ni tout à fait une autre, et m'aime et me comprend.

La présence et l'intelligence de cette femme l'illuminent, tandis qu'elle lui raconte les petits événements de leur vie. Cependant il se rend bien compte qu'elle lui échappe.

Est-il en train de retomber amoureux ? Il ressent une impression de douceur et de violence mélangées. Il dévore Catherine des yeux, plonge son regard dans le sien et s'en trouve rénové. Son cœur palpite comme autrefois, au temps de leurs débuts. Cela réveille le souvenir de leur rencontre, il y a vingt-six ans, chez des copains d'Alain. Il traînait, seul dans un coin, quand il était tombé sur cette fille, aussi exubérante que timide.

Ils avaient parlé toute la soirée en sirotant une sangria tiède et il avait été foudroyé par son charme tranquille. Il n'avait rien osé tenter, sûr de ne pouvoir plaire à celle qui, sans le savoir, piétinait son cœur endolori. Il avait envisagé de la demander en mariage, le soir même. Mais, tétanisé par un sentiment qui le dépassait, il n'avait rien dit, rien fait. Il s'était contenté de se consumer de l'intérieur, brûlant à jamais le garçon qu'il avait été pour laisser la place à un homme neuf, destiné à aimer le mystère de cette femme sans le comprendre, aspirant plutôt à s'en faire comprendre.

Est-il ému par cette évocation, ou par cette étrangère qui boit du vin ?

« Ça va ? On dirait que je t'ai perdu… C'est peut-être trop, toutes ces informations en une fois, non ? Si tu veux, on se reverra pour une nouvelle séance de rattrapage. Mon Dieu ! Il est déjà trois heures ! Je dois filer. »

Sadge se réveille, confus. Il se méfie de son cœur d'artichaut, de ses emportements nés d'un esprit troublé où les souvenirs anciens et les plus récents cohabitent, créant un improbable mélange.

Tandis que Catherine réclame l'addition, il envisage de lui annoncer qu'il l'aime toujours. Mais comme jadis, une force venue de l'enfance le retient. Tout de même, il aimerait bien…

« Dis-moi, Catherine, est-ce que… »

Celle-ci lève désespérément le bras pour attirer l'attention du garçon.

« Philippe ! Philippe ? On pourrait avoir l'addition s'il vous plaît ? »

Elle fouille dans son sac et sort sa carte bleue.

« Tu disais ? »

Sadge ravale sa salive.

« Non, rien. »

En attendant de payer, Catherine lui sourit.

« Comment ça se passe, avec Vanessa ? »

Sadge sourit à son tour, l'air contrit.

« Tu vas rire, mais je ne lui ai pas dit que je déjeunais avec toi, aujourd'hui. Apparemment, ça lui pose un problème…

– Oh, ça ne m'étonne pas : elle a toujours été d'une jalousie de tigresse vis-à-vis de moi, alors que nous sommes séparés depuis des années… Cela dit, ça ne doit pas être facile de vivre avec un homme qui ne se rappelle pas d'elle. »

Sur quoi, Catherine se lève et s'en va, légère. Sadge la regarde traverser la rue, et reste là, même quand elle a disparu de son champ de vision.

16 juin

Après d'actives recherches, Sadge a fini par retrouver la trace de Philippe Souffien, son vieux copain. Il se souvient encore de la première fois où il l'a vu débarquer sur le plateau de *Culture ? Vous avez dit culture !* Souffien était un garçon attachant, un éternel adolescent qui vivait au jour le jour. Un type à qui tout semblait facile : il séduisait les plus belles femmes avec un physique banal, vivait sur un grand pied sans avoir un sou, possédait une culture éclectique alors qu'il n'avait même pas le bac. Son charme était tel que Versini l'avait intégré dans son équipe de chroniqueurs, sans même lui faire passer le bout d'essai réglementaire. Souffien était tout de suite devenu le chouchou de l'émission parce qu'il disait ce qu'il pensait et que ses commentaires étaient inattendus, originaux, toujours dits avec élégance.

L'attrait qu'il exerçait sur les femmes relevait de la sorcellerie. Sadge prétendait l'avoir vu un soir entrer dans un bar branché et en ressortir, cinq minutes plus tard, au bras d'une splendide inconnue. Il se trouvait objectivement plus séduisant que lui, mais n'avait ni l'aplomb ni aucune des compétences indispensables pour obtenir un tel résultat.

Sadge appelle donc son ami, se réjouissant par avance de partager un moment avec lui pour se délecter de sa conversation légère et brillante.

« Salut, Philippe, c'est Éric ! Éric Sadge. »

Il y a un silence au téléphone.

« Allô ? Tu m'entends ?

– Oui, très bien. Qu'est-ce que tu veux ? »

Sadge est surpris par cet accueil glacial.

« Je me disais qu'on aurait pu dîner ensemble.

– Pour quoi faire ?

– Eh bien… je ne sais pas, pour le plaisir de se voir.

– Le plaisir ? Quel plaisir, après ce qui s'est passé ?

– Mais qu'est-ce qui s'est passé ?

– Écoute, Sadge, si c'est pour me narguer que tu me téléphones… »

Et Souffien raccroche. Sadge le rappelle plusieurs fois et tombe invariablement sur une messagerie impersonnelle.

Il passe voir Versini et lui demande de lui expliquer cette attitude incompréhensible. Celui-ci répond juste : « Ah oui, j'avais oublié de te dire… », mais Sadge le presse de lui en raconter plus.

Quelques années plus tôt, Souffien avait été accusé d'avoir séduit une mineure. Le père de la jeune fille était un sous-préfet et la situation s'était vite envenimée ; la presse, avide de ragots, en avait fait tout un foin… On avait parlé de pédophilie, de harcèlement sexuel et de toutes sortes de perversions destinées à donner du frisson aux lecteurs. Souffien présentait alors une émission sur les VIP. Il avait été viré du jour au lendemain et plus personne n'avait voulu travailler avec lui. Décrié, conspué et banni, il avait appelé Sadge pour solliciter son soutien médiatique. « Tu me connais ! Tu sais bien que jamais je ne m'attaquerais à une fillette de quatorze ans ! » À l'époque Sadge commençait tout juste à prendre son envol professionnel. Il avait demandé son avis à Versini, qui lui avait fortement conseillé de ne pas prendre parti pour leur ami : « Ne te mêle pas de ça. » Il avait réfléchi, trop longtemps sans doute… Souffien ne l'avait plus appelé et avait disparu. Un an après, on apprenait qu'il s'était reconverti, il dirigeait dorénavant une concession de voitures de luxe. On le disait riche et toujours aussi bien accompagné. L'année suivante, dans un reportage à la télévision, la jeune fille concernée par le scandale avouait avoir tout inventé parce qu'elle traversait une adolescence compliquée et qu'elle était amoureuse de Souffien. Elle demandait pardon, mais le mal était fait.

« Ne rappelle pas Souffien : j'ai essayé moi aussi, plusieurs fois. Il ne veut plus nous voir. Qu'est-ce que tu veux ? On ne peut pas toujours réparer ce qu'on a cassé. C'est malheureux, mais c'est comme ça. »

Sadge est mortifié d'apprendre cette lamentable histoire. Il ressent l'amère tristesse d'un chagrin d'amitié, d'autant plus douloureux que c'est lui le fautif : il s'est détourné de son ami au moment où celui-ci avait besoin de lui. Par égoïsme, par lâcheté, pour ne pas risquer de salir son image de marque toute proprette, il n'est pas venu au secours d'un camarade en détresse.

Son premier réflexe est d'aller trouver Souffien pour lui présenter toutes ses excuses, mais Versini balaye d'un geste ce projet pétri de bons sentiments.

« Laisse-le tranquille, je te dis. C'est son droit le plus absolu de t'en vouloir. Respecte au moins ça. Si un jour il change d'avis, il te le fera savoir…

– Bon, d'accord. Mais dis-moi, j'aurais besoin de trouver des infos sur une question qui me turlupine. Tu ne connaîtrais pas un détective privé par hasard ? »

Versini sourit d'un air entendu, cherche un numéro sur son portable, le griffonne sur un bout de papier et le lui tend.

« Tiens, prends ça : ce sont les coordonnées de quelqu'un de précieux, que je te remercie de ne filer à personne, OK ? »

Il s'agit d'un certain Fargo, un ancien flic à la retraite, toujours bien introduit dans le milieu, et qui, par le passé, leur a « rendu des services » ici ou là.

« Quels services ?

– Oh, on a eu de petits soucis avec la police quand t'avais interviewé un caïd de la drogue… Le ministre de l'Intérieur de l'époque, c'était Valls je crois, a appelé la chaîne pour se plaindre et Fargo nous a aidés à calmer le jeu. Surtout, dis bien à Fargo que tu viens de ma part ! »

Versini éprouve toujours le besoin un peu ridicule de se donner de l'importance. Cet homme-là n'aime rien de mieux que de laisser entendre qu'il « sait des choses » et « connaît du monde », qu'il peut se montrer utile en toute circonstance.

« Tu voudrais le voir pour quoi exactement, Fargo ? Je te préviens, il est un peu cher…

– C'est pour une affaire personnelle. »

Versini paraît visiblement déçu de n'être pas mis dans la confidence.

« Si c'est pour retrouver Souffien, je te le répète, c'est une très mauvaise idée ! »

Fargo reçoit Sadge dans le hall du Grand Hôtel, près de l'Opéra. Ils s'installent sur un canapé immense sous la grande verrière, dans une ambiance élégante et affairée, au milieu d'un brouhaha délicatement parfumé.

Sadge se sentait intimidé à l'idée de rencontrer un vrai policier, mais Fargo ne ressemble pas à celui qu'il s'était imaginé : un baroudeur au physique viril, avec un blouson de cuir, une boucle d'oreille et un tatouage de loup ou d'Indien sur l'avant-bras. Il a en face de lui un vieil homme malingre, un grand type perdu dans un costume élimé dont on ne saurait décrire la couleur. On dirait un représentant de commerce fatigué, ou un agent d'assurances, comme on en croise parfois dans les films américains des années cinquante.

« En quoi puis-je vous être utile, monsieur Sadge ?

– C'est mon associé, Gilles Versini, qui m'a donné votre numéro… »

Fargo attend, comme si cette information ne présentait aucun intérêt.

« Voilà… J'ai eu, il y a un mois environ, un petit accident de voiture sans gravité, si ce n'est que depuis, j'ai oublié les seize dernières années de ma vie, ma mémoire s'arrête au 24 septembre 2001… »

Fargo ne dit rien.

« Je me rappelle donc mes trente-cinq ans comme si c'était hier, je sais même ce que j'ai mangé la veille du 24 septembre 2001, ou ce que j'ai regardé à la télévision… Mais après ça, c'est comme si j'avais fait un saut dans le temps : je me suis endormi en septembre 2001 et réveillé en mai 2017, vieux, séparé de ma femme et devenu un journaliste connu… »

Fargo fait une moue ironique.

« Réussir comme ça, sans se fatiguer, c'est pas mal, tout de même ! En tout cas, vous n'avez pas raté grand-chose… Les gens ont continué à naître en trop grand nombre et à rêver de choses banales. Ceux qui sont devenus puissants ont tous fini par se prendre les pieds dans le tapis. Et à part ces destins un peu distrayants, il y a toujours beaucoup de pauvres, quelques riches, des envieux aussi, des laborieux, des chanceux… La routine, quoi. »

Sadge sourit.

« Moi, depuis que j'ai réatterri dans ce monde, je n'ai pas encore eu le temps de m'ennuyer !

– Tant mieux pour vous… »

Fargo mâchouille un cure-dents en réfléchissant.

« Malheureusement, n'étant ni médecin ni mage, je ne vois pas en quoi je peux vous être utile.

– Mon frère, Alain Sadge, s'est suicidé l'année dernière. »

L'œil du policier étincelle malgré lui.

« Comment a-t-il procédé ?

– Il s'est défenestré de chez lui.

– Ce n'est pas banal.

– C'est pour ça que je voulais vous voir.

– Enfin, nous y arrivons. Pardon de vous presser, mais je facture mes services cent euros l'heure et je déteste faire perdre leur temps à mes clients. »

Sadge est agacé par l'attitude de ce type. Il commence à douter qu'il soit cet enquêteur si fort dont Versini lui a vanté les mérites. Peut-être est-ce tout simplement un vieux ringard qui se donne un genre pour impressionner les gogos de son espèce.

« J'aimerais que vous enquêtiez sur ce suicide.

– Pourquoi ?

– Je viens de vous le dire. Ça m'étonne beaucoup que mon frère se soit jeté par la fenêtre.

– Il avait le vertige ? »

Cet humour noir est du plus mauvais goût.

« Écoutez, je suis sûrement désorienté par tout ce qui m'arrive et je sais aussi qu'on ne peut jamais vraiment connaître nos proches, mais…

– Mais ?

– Mon frère méprisait profondément les gens qui se suicident… Je voudrais juste être sûr qu'il a bien mis fin à ses jours, c'est tout… Si c'est possible, bien entendu. »

Fargo s'époussette méthodiquement le genou.

« Vous n'avez pas plutôt envie d'attendre que la mémoire vous revienne ? Ce serait plus simple, peut-être…

– J'ai besoin d'éclaircir cette affaire pour me l'enlever de l'esprit. Je pense que si Alain avait eu un gros problème, je veux dire au point d'envisager le pire, il aurait tout envoyé balader et serait parti vivre sur une plage, à l'autre bout du monde… Voilà ce qu'il aurait fait, à mon avis. »

Fargo ne réagit pas tout de suite.

« C'est mieux qu'il se soit défenestré.

– Pourquoi ?

– Parce que si ce n'était pas un suicide, ce serait un meurtre. »

Le mot paraît monstrueux.

« Un meurtre ?

– Oui. C'est plutôt rare, les accidents de fenêtre. »

Sadge soupèse cette éventualité.

« Vous savez si quelqu'un aurait pu vouloir sa mort ? À part vous, bien sûr…

– Moi ? Pourquoi moi ? »

Fargo laisse affleurer sur ses lèvres fines un sourire énigmatique.

« Parce qu'il n'y a pas de haine plus tenace qu'entre frères et sœurs, c'est bien connu… Je plaisante, évidemment ! Sinon, il avait des associés ? Des ennemis ? Une maîtresse ? Des dettes de jeu ?

– Je ne crois pas, je n'en sais rien, à vrai dire… On se voyait peu. Mais il devait certainement de l'argent à pas mal de gens.

– Bon. On va regarder tout ça. »

Fargo repose son verre.

Soudain Sadge est traversé par une intuition, une pensée troublante. Il observe le policier comme on évalue une route dangereuse, qu'on hésite à traverser.

« Ma femme, enfin mon ex-femme, m'a avoué qu'elle avait eu autrefois une attirance pour un autre homme. Elle n'a pas voulu me dire qui. Mais tout d'un coup, je me demande si ce n'était pas mon frère, justement... D'ailleurs, quand elle m'a appris sa mort, elle était très émue, et à chaque fois que j'aborde le sujet, elle est gênée...

– Et vous la croyez capable de l'avoir poussé par la fenêtre ?

– Mais non ! Jamais de la vie !

– Alors, ce n'est sans doute pas une piste intéressante.

– Quand même, j'aimerais bien savoir ce qu'il en est.

– Vous voulez que j'enquête sur la mort de votre frère ou sur l'infidélité de votre femme ?

– Ex-femme... Bon, d'accord, concentrez-vous en priorité sur mon frère.

– Vous savez, le plus simple serait que vous demandiez à votre femme qui était son amant.

– Je n'ai pas envie.

– C'est bizarre, un journaliste qui ne veut pas poser de questions. »

Fargo hausse les épaules.

« Eh bien, vous n'avez plus qu'à fouiller dans son portable. C'est encore ce qu'il y a de plus efficace.

– Ce n'est pas mon genre.

– Ça vous regarde, après tout. Mais croyez-moi, maintenant que vous avez cette idée en tête, vous allez vouloir élucider la question. »

Fargo se lève.

« Il vous reste une alternative, qui serait de mettre la main sur le portable de votre frère. La réponse à votre question pourrait s'y cacher. »

Sadge se lève à son tour.

« Et vous, de votre côté, qu'allez-vous faire ?

– Je vais passer quelques coups de fil… Il y a sûrement eu un rapport d'autopsie qui nous apprendra des choses. Et puis je vais faire une enquête de voisinage, essayer de retrouver des témoins. La routine, quoi. »

Il tend une main molle à Sadge.

« Allez, je vous contacterai quand j'en saurai plus. »

Il s'enfonce au milieu de la clientèle dans le hall, et Sadge le perd de vue en un instant.

Il hésite à s'en aller. Finalement il se rassied et commande une coupe de champagne pour fêter cette enquête qui commence. Depuis son réveil à l'hôpital, il a enfin un objectif, qu'il s'est choisi tout seul.

Il est content de faire quelque chose pour Alain. Puis il repense à cette possible histoire entre Catherine et son frère et cela gâche un peu son plaisir. Catherine aura trouvé chez Alain tout ce qui lui fait défaut : la fantaisie, une forme de poésie bohème, épuisante au quotidien, mais si séduisante !

Son téléphone vibre dans sa poche, il affiche le message d'une certaine madame Delannoy, responsable de son compte en banque. *Pourriez-vous avoir l'amabilité de passer me voir ? D'avance merci.* Ce ton faussement cordial le fait frissonner. Il est peut-être à découvert. Il redoute déjà la confrontation avec cette femme, qu'il imagine sévère mais juste, et qui va se faire un plaisir de lui détailler par le menu combien sa situation financière est bancale.

Il n'a plus envie de champagne, il ne touche pas à son verre et s'en va, comme pour se débarrasser de toutes ces pensées perturbantes.

17 juin

C'est un jour d'été, mais on ne sait pas s'il fait beau ; le ciel, qu'on aperçoit entre les immeubles, semble indécis. Il y a peu de pigeons et de passants. Dans l'air plane une odeur de goudron et de pollen.

Aujourd'hui Sadge rend visite à sa mère.

En montant l'escalier, il songe à son âge. Quatre-vingt-deux ans. Il imagine une vieille dame toute menue, posée sur une chaise, une lourde couverture sur ses maigres jambes, le regard fiévreux, les cheveux légèrement bleutés et le nez jauni et décharné comme un bec d'aigle. Il sourit, car son esprit vient de lui servir l'image de sa grand-mère maternelle. Il passait toujours une semaine de vacances d'été chez elle, au Touquet. Il se rappelle la plage immense, traversée par une brise tiède et parfumée d'embruns, l'air jamais tout à fait transparent, le froid de la mer grise, le sel collé à sa peau, la grande maison en bois qui grinçait et sentait l'humidité, même en août, les épaisses tartines de confiture et les histoires de la matriarche, racontées aux plus petits. Cette grande dame régnait sur son royaume avec une autorité considérable, et ses brusques accès de colère faisaient fuir ses petits-enfants comme une nuée d'étourneaux. Dans ce décor, Sadge n'a pas le souvenir de ses parents. Son père et sa mère profitaient de cette semaine pour partir « en amoureux ». Il se demandait ce que ça pouvait bien vouloir dire et un vague cousin, un grand déluré avec de grosses dents qui se croyait malin, lui avait crânement lancé : « Ils vont baiser, qu'est-ce que tu crois ? » Alain qui, du haut de ses douze ans, avait ricané bêtement n'avait pas voulu ou su lui expliquer la chose.

Dans la cage d'escalier qui sent l'encaustique, Sadge a du mal à imaginer ses parents amoureux, leurs corps nus et fiévreux, enlacés sous les draps d'une chambre d'hôtel. Dès lors qu'il s'agit d'eux, il redevient un petit garçon naïf.

Au troisième étage, il prend appui sur la rampe en fer forgé pour se reposer un instant. Est-ce la vieillesse qui lui coupe le souffle, ou le trac à l'idée de revoir cette femme qui a été sa mère ? Il a de nouveau mal au genou et vit cette douleur comme une trahison. On dirait que son corps a décidé lui aussi de le décevoir, de vivre sa vie de son côté, ils ne font plus équipe comme autrefois.

Devant la porte en bois ciré, il hésite à sonner. Rien ne l'empêche de redescendre la volée de marches et de reporter sa visite à une prochaine fois. Redoute-t-il de ne plus aimer sa vieille maman, ou au contraire de l'aimer trop et de souffrir de la voir diminuée ?

Quand il appuie sur le bouton doré, il reconnaît immédiatement le timbre étouffé de la sonnerie intérieure, il revoit les interminables déjeuners du dimanche où il se rendait avec Catherine au début de leur mariage. Son père occupait tout l'espace avec sa silhouette massive, ses silences pesants et son regard tranchant sous des sourcils broussailleux. Sa mère, toujours bien mise, s'asseyait en bout de table. Lorsqu'une dispute naissait, souvent entre Alain et leur père, elle calmait les esprits échauffés en vantant la fraîcheur de la salade ou en racontant une anecdote amusante du passé. Sadge participait à ce rituel hebdomadaire sans jamais songer à le remettre en question. Catherine lui avait demandé plusieurs fois s'il ne préférerait pas plutôt qu'ils restent chez eux le dimanche, mais il répondait toujours que ce n'était pas possible, vu qu'ils étaient invités chez ses parents.

La porte s'ouvre sur une petite femme rousse qu'il rencontre pour la première fois. On a l'impression qu'on a voulu contrarier sa croissance, tant sa poitrine, ses fesses et ses joues débordent, telle une brioche qui aurait gonflé dans un moule trop étriqué.

« Bonjour, Éric ! Ça fait plaisir de vous voir ! Alors, vous avez perdu un morceau de mémoire ?

– Un gros morceau, oui. »

Sadge ne se formalise pas d'être salué avec familiarité par cette inconnue. La rousse a la petite quarantaine. Quand elle s'approche de lui pour l'embrasser, il remarque qu'elle sent un peu. Il sait qu'il s'agit de Marie-Hélène, l'auxiliaire de vie qui s'occupe de sa mère.

« Vous avez de la chance, Éric, aujourd'hui elle est dans un bon jour, si vous voyez ce que je veux dire. »

Sadge contemple le décor de sa jeunesse. Rien n'a changé dans ce musée : le guéridon, la lampe en cuivre, les lithographies marines, le papier peint, les rideaux épais et fatigués, les fauteuils de l'arrière-grand-père, n'ont pas pris une ride. Il s'attend à voir surgir Alain, dans son blouson en cuir élimé, un verre de rouge à la main, prêt à dire une bêtise, suivi de leur père, raide comme un général, cherchant un sujet de conversation « intelligent ».

Il entend Marie-Hélène qui parle à sa mère dans la pièce d'à côté.

« C'est Éric qui est venu vous voir ! On va se pomponner un peu, si vous voyez ce que je veux dire. »

Elle ne lui parle pas comme à une enfant et Sadge lui en est reconnaissant. Il se demande s'il doit les rejoindre dans la chambre, avec le naturel qui sied à un fils.

Dans le doute, il préfère attendre dans le salon.

Sa mère entre sans faire de bruit, elle lui paraît plus petite que dans son souvenir. Elle a les cheveux blancs comme neige et cela lui donne de l'élégance. Elle le scrute avec un regard d'une étrange intensité. Elle a grossi peut-être. Il pensait bêtement la trouver dans une chaise roulante, mais elle trottine vivement jusqu'à son fauteuil favori, dans lequel elle se laisse tomber. Il se penche pour l'embrasser et elle tend la joue ostensiblement, comme pour montrer qu'elle se laisse faire bien gentiment. Il reconnaît son parfum et cela lui fait plaisir.

« Tu ne travailles pas ?

– Non, pas aujourd'hui.

– Mon vieux, si tu continues, tu vas perdre ton job. Tu sais, à ton âge, on ne peut pas se permettre de ne rien faire. Le chômage, à cinquante ans, c'est la fin des haricots. Tu te rappelles Truchis ? C'est ton père qui l'avait nommé… Eh bien, il avait beau être polytechnicien, quand il a perdu son travail au moment du choc pétrolier, il n'a plus jamais retrouvé de situation, le pauvre. Il a dû attendre, terré chez lui comme un malheureux, d'avoir l'âge de la retraite pour se montrer de nouveau dans les dîners en ville… »

Sa mère se plonge dans ses pensées, peut-être à propos de Truchis. Sadge se souvient de cet homme discret, au nez crochu et aux yeux bleus, qui leur faisait des clins d'œil, à Alain et à lui, quand il venait dîner à la maison. Vu les égards auxquels il avait droit, whisky, gâteaux et cigare au dessert, il avait toujours pensé que Truchis était le chef de leur père.

« Alors ? Quel bon vent t'amène ? »

Cette entrée en matière le fait sourire. Il raconte à sa mère les derniers événements. Il aperçoit par moments Marie-Hélène qui passe la tête, intriguée par son histoire.

« Tu as tout oublié ? D'un coup ?

– De 2001 à aujourd'hui, oui… »

La vieille femme réfléchit.

« Mais alors… mon pauvre chéri, tu n'as pas su pour Alain ?

– Si, maman… Catherine me l'a dit… Ça m'a fait un choc terrible. »

Sa mère hausse les épaules.

« Catherine ne peut pas te l'avoir dit, elle n'est pas au courant.

– Mais si, maman, tout le monde le sait… Les gens sont venus à l'enterrement.

– Ah bon ? Parce que tu crois qu'ils ont compris ? Ce que tu peux être naïf ! »

Sadge aimerait bien demander assistance à Marie-Hélène, mais celle-ci s'est volatilisée.

Il se souvient de combien sa mère aimait Alain. Lorsqu'elle parlait de lui, elle disait toujours : « À sa naissance, j'ai failli mourir, tellement il était gros. » Elle rappelait cela avec un demi-sourire, comme un soldat qui narre avec plaisir un fait d'armes dont il s'est sorti miraculeusement indemne. Quand elle posait son regard sur Alain, Sadge voyait bien la place privilégiée qu'il occupait dans son cœur.

Sa mère ne se souvient donc pas de la mort de son fils… De quel droit alors rappeler à cette femme malade le tragique événement qu'elle aura de nouveau oublié demain ? Il serait cruel de lui infliger cette inutile souffrance.

« Tu as raison, maman, je dois me tromper.

– Si je comprends bien, tu es encore plus atteint que moi… Je te plains, mon pauvre garçon ! »

Sadge essaye de faire diversion.

« Elle est magnifique, cette photo de papa ! Je ne la connaissais pas…

– Oh, ton père… »

Sa mère s'abîme de nouveau dans ses pensées. Il se demande quelle attitude adopter face à sa déroutante maladie, qu'il expérimente pour la première fois.

« Un beau salopard, celui-là.

– Pardon ? Pourquoi tu dis ça, maman ?

– Tu le sais très bien, Alain.

– Moi, c'est Éric, maman.

– Ah bon ? Tant mieux, j'avais une peur bleue que vous ne sachiez pas parler français.

– Je suis Éric, ton fils, maman.

– Oui, oui… si vous êtes venu me démarcher pour d'atroces fenêtres en PVC ou un crédit scélérat, vous perdez votre temps. Je ne suis pas née de la dernière pluie, vous savez ! Adressez-vous donc à mon fils, et vous allez vous faire bien recevoir, c'est moi qui vous le dis ! »

Sadge se laisse submerger par une violente indignation contre la vieille femme. Il ne sait pas si c'est parce qu'elle ne l'a pas consolé de son infortune, ou si c'est le fait d'être devenu responsable de sa mère qui lui est insupportable. Il savait bien qu'elle perdait un peu la tête, mais de là à constater une telle déchéance… C'est un nouveau roc qui se dérobe sous ses pieds. Un de plus. Il se sent seul, d'autant que sa mère l'a tout juste reconnu, sans manquer de lui rappeler au passage qu'elle préférait toujours Alain, le plus fantasque et donc le plus charmant de ses deux garçons… Et puis pourquoi insulte-t-elle la mémoire de leur père ?

La colère de Sadge retombe quand il se souvient que lui non plus n'a pas reconnu son propre fils.

Marie-Hélène fait une entrée diplomatique.

« C'est l'heure de votre douche, Irène. »

Sa mère, soudain docile, se lève et suit l'aide-soignante, non sans lancer à son fils un dernier regard noir de colère.

Sadge en profite pour faire un tour du côté de la chambre de son père, dans l'espoir d'y trouver les affaires d'Alain. En passant dans le couloir, il entend des bruits d'eau qui proviennent de la salle de bains.

Il entre dans la pièce mausolée où son père le recevait pour décortiquer chaque bulletin trimestriel. Il ne venait jamais ici sans y être convié, ni sans appréhension. En redécouvrant ce lieu tout imprégné de l'autorité paternelle, il se raidit imperceptiblement, comme si son père allait surgir et le surprendre en flagrant délit d'intrusion. Il ouvre avec précaution les tiroirs du bureau en acajou, y trouve du papier à lettres jauni et des cartes de visite. C'est tout. Dans le placard, sur l'étagère du haut, il y a un carton, sagement rangé. Il le tire à lui, sa lourdeur est prometteuse. À l'intérieur, des dossiers administratifs, des relevés de banque en francs et toute une paperasse typiquement française. Aucune trace d'un passé plus personnel. Tout au fond, il y a une boîte à chaussures sur laquelle son père a inscrit, de son écriture démodée : *Petits bouts de ficelle ne servant à rien.* Il y a aussi un coffret en bois dans lequel il découvre une photo d'Alain et lui en costume marin. Et un vieux canif en nacre qu'il empoche sans réfléchir.

Il termine son inspection en caressant distraitement les costumes paternels qui pendent dans l'armoire, un peu comme des carcasses dans la chambre froide d'un boucher. Il en décroche un. C'est un prince-de-galles bien lourd. Il le serre contre lui en fermant les yeux, en respire le parfum et reste ainsi, dans les bras de son père, à savourer tout le manque qu'il a de lui. C'est donc ça, devenir un homme : ne plus compter que sur soi-même pour aller au-devant de la vie.

Il a soudain une bouffée de tendresse pour sa mère, dont les absences le rapprochent de sa propre amnésie. À l'agacement qu'elle a provoqué en lui tout à l'heure, il mesure ce que les autres doivent endurer quand il ne se souvient pas d'eux.

Il sent alors dans la poche de la veste une rigidité suspecte. On dirait un bout de papier cartonné. Il extrait deux photos en couleurs. L'une montre son père et sa mère enlacés, torses dénudés, sur une plage. Étaient-ils entièrement nus ? Qui a pris ce cliché ? L'infortuné Truchis, peut-être ? Il se dégage de ce couple une joie de vivre qui ne ressemble en rien à l'idée qu'il se fait de ses parents. Ils ont l'air détendus, heureux, naturels. Et le visage de son père qu'il a tellement vu, pour l'aimer ou le détester, voilà qu'il le découvre sous un jour inédit, modeste dans son bonheur, si différent de celui qu'il a toujours connu.

L'autre photo représente une petite fille de sept ou huit ans qui essaye de sourire à l'objectif, malgré l'éclat du soleil qui éclabousse son visage. Sadge retourne le cliché : au dos, quelqu'un a griffonné *Valérie*. L'écriture ressemble à la sienne. Intrigué, il regarde de nouveau la photo. L'enfant porte une robe jaune. Et, posée sur son épaule, il y a une main d'homme. Une main qu'il reconnaît puisque c'est la sienne.

Il entend du bruit dans le couloir, il range les photos dans son portefeuille, remet tout en ordre et repart au salon. Il y retrouve sa mère, assise à sa place. Il repense au commentaire qu'elle a fait tout à l'heure à propos de son père.

« Ah, te voilà, mon chéri ! Je ne savais pas que tu venais me rendre visite ! Marie-Hélène, Éric est là ! Assieds-toi, qu'on papote un peu... »

Sadge obtempère. En contemplant ce petit bout de femme, il sent les derniers restes de son animosité s'évanouir.

Marie-Hélène vient les saluer.

« Je file, je suis en retard. Il n'y a pas eu moyen de lui faire prendre sa douche, si vous voyez ce que je veux dire. Ce soir, on a fait une toilette de chat... On se rattrapera demain... Aïcha arrive dans une heure, pour la nuit. Vous n'êtes pas obligé de l'attendre si vous avez à faire. Bonsoir, Irène, à demain ! »

Sadge se lève pour l'embrasser.

« Dites-moi, Marie-Hélène, est-ce que par hasard vous sauriez où sont rangées les affaires personnelles de mon frère ?

– Aucune idée. Pas ici en tout cas. »

La porte d'entrée claque. Les voilà seuls dans un implacable silence. Sadge a une idée.

« Maman, est-ce que tu veux qu'on se fasse un petit Scrabble ? »

Le visage de la vieille femme s'illumine et il installe le jeu sous son regard gourmand, qui lui rappelle celui de sa grand-mère qu'il laissait toujours gagner.

Il s'apprête à s'adonner au même stratagème avec sa mère, mais celle-ci aligne successivement cinq coups magistraux qui le distancent définitivement.

Tandis qu'il cherche à placer son *K*, il demande à sa mère d'un ton détaché :

« C'est qui, Valérie ? »

Sa mère hausse les épaules comme un enfant innocent.

« Ça ne te dit rien ? Une petite fille… »

Il lui montre la photo. Sa mère la regarde en plissant les yeux, le nez tendu en avant, sans exprimer la moindre réaction.

« Inconnue au bataillon ! »

Puis elle observe son fils intensément. Va-t-elle lui faire une révélation ?

« Sois un peu dans la partie, mon chéri, et débarrasse-toi de ton *K*… Tu joues ou tu passes ? »

Elle remporte la victoire sans exprimer la moindre satisfaction. D'ailleurs elle ne propose pas de revanche, comme si ce jeu l'ennuyait désormais plus que tout.

22 juin

Dans le hall froid de France Télévisions, Sadge et Versini se dirigent vers l'accueil. Les hôtesses leur sourient ostensiblement.

« Bonjour, nous avons rendez-vous…

– Vous êtes attendus, en effet. Je préviens le bureau du directeur général de votre arrivée, si vous voulez bien avoir l'obligeance de patienter quelques instants… »

Une main caresse l'épaule de Sadge. Une petite femme le regarde en souriant, attendrie, puis s'approche de lui et le serre brièvement dans ses bras.

« On déjeune bientôt ? J'ai plein de trucs à te raconter… »

Sadge acquiesce.

« Bien sûr ! »

La femme lui adresse un clin d'œil.

« C'est toi qui m'appelles cette fois, d'accord ?

– D'accord ! »

Sadge se retourne vers son associé qui hausse les épaules, impuissant.

« Pas la moindre idée de qui c'est, désolé.

– Encore une qui va m'en vouloir de ne pas l'avoir rappelée…

– Ça ne sera ni la première, ni la dernière. »

L'hôtesse les précède dans l'ascenseur, puis dans les couloirs du septième étage, jusqu'à un petit salon. Dans son costume gris anthracite, Versini a l'air d'un premier communiant. Il a dû penser que cet accoutrement lui conférait une certaine autorité, alors qu'il souligne au contraire son côté enfantin.

Nicolas Lamentin, un vieux compagnon des débuts de Sadge, conseiller de programmes à l'époque de *Culture ? Vous avez dit culture !* et désormais directeur des antennes, les rejoint. Sadge s'étonne que ce type aussi terne, scolaire et peu inspirant ait réussi à accéder à un poste de cette envergure. C'est à ce genre de saut de carrière spectaculaire qu'il mesure que le temps s'est écoulé. Lamentin n'a pas changé. Malgré les années, il arbore toujours un air propret et innocent de chef scout, ainsi que des manières raides et polies, prouvant qu'il n'a toujours pas songé à extraire le balai qu'il avait déjà dans le cul, il y a seize ans. N'importe, cela fait plaisir à Sadge de revoir un type qu'il a côtoyé jadis.

« Salut, Nicolas ! Tu vas bien ?

– Mais très bien, très bien, je te remercie, si ce n'était ces nouveaux quotas d'œuvres indépendantes qu'on veut nous imposer et qui sont une véritable aberration… »

Tandis qu'ils attendent le directeur général, Sadge remarque que Lamentin marche sur des œufs avec lui. Il ne fait que des phrases sans risques, esquive toutes les questions personnelles et tremble à l'idée de donner son avis sur quoi que ce soit. Sadge se demande quel homme il est devenu pour intimider à ce point ce type.

Ginette, l'ancienne secrétaire de Montgolfier, passe une tête pour prévenir que le directeur général aura cinq minutes de retard.

« Bonjour, Ginette ! Je suis content de vous voir !

– Bonjour, monsieur Sadge.

– Comment ça, monsieur Sadge ? Vous m'appeliez Éric, la dernière fois qu'on s'est vus ! »

Ginette rougit, balbutie quelques mots et s'enfuit.

Le directeur général apparaît enfin et se dirige directement vers Sadge, qu'il salue chaleureusement. Puis il serre la main de Versini sans prendre la peine de remarquer la présence de Lamentin, qui ressemble maintenant à un petit garçon qui aurait fait popo dans sa culotte. D'ailleurs celui-ci ne prononcera plus un mot pendant toute la réunion.

« Cher Éric, nous comptons sur toi pour frapper un grand coup à la rentrée. Je ne te cache pas qu'il serait bienvenu vis-à-vis du nouveau gouvernement – qui est aussi notre actionnaire – que nous affichions début septembre une vraie nouveauté en matière d'information. Il faut que tu imagines une nouvelle formule qui mêle info et entertainment, comme tu sais si merveilleusement le faire. »

De retour à la production, sans perdre un instant, Versini et ses équipes se mettent à gamberger. La seule perspective de cette émission à venir rend Sadge maussade. Il ne voit pas comment il parviendra à rattraper l'abyssal retard de culture générale derrière lequel il court en permanence depuis son amnésie. Mais Versini est serein, ou fait semblant de l'être.

« T'inquiète, ta mémoire va revenir. »

Au milieu de cette intense activité, Sadge ne cesse de penser à Catherine. La pulsion amoureuse qu'il éprouve pour elle continue de s'intensifier, comme au temps de sa jeunesse. Il a bien cherché à chasser ce désir, comme on essaye de décourager une mouche importune, mais partout, à tout moment, le souvenir de sa femme s'immisce dans ses pensées. Cela devient une obsession. Pour Sadge, la relation qu'il entretient avec Vanessa est une histoire passagère, qu'il n'arrive pas à considérer tout à fait comme sérieuse. L'autre soir, en faisant l'amour avec elle, il a fermé les yeux pour ne pas croiser le regard hagard qu'elle pose sur lui quand elle jouit et il a imaginé qu'il étreignait le corps de Catherine.

Cette situation ne peut pas durer.

Pendant que Versini lui propose des concepts plus ou moins improbables, il réfléchit à des stratagèmes pour revoir Catherine, en évitant si possible de croiser Nicolas à qui il n'a rien à dire. Il aurait aimé être un bon père, mais pour l'instant il n'y parvient pas. Le saut à franchir pour rejoindre son fils s'avère trop important et c'est un vrai problème. Il faudrait qu'il renonce à l'homme qu'il est, pour accepter celui qu'il est devenu, mais ces deux êtres qui cohabitent en lui se montrent irréconciliables. Leurs différences le déconcertent et le laissent sans voix.

Catherine accepte de dîner avec lui au Suffren, la brasserie des premières années de leur mariage. Le décor a bien changé, grâce à un effort de modernisation inspiré par les restaurants branchés d'aujourd'hui dans lesquels Versini l'invite toujours et qui se ressemblent tous : musique d'ambiance impersonnelle, décoration outrée, serveuses ultra-sexy, chefs de rang au look mafieux, cartes succinctes avec menus bio et petites salades très chères. Des nouveautés culinaires y sont proposées : jus de légumes détox, burrata di bufala, nems de poulet, ceviche de dorade, fondant au chocolat et café gourmand. Sadge s'amuse en retrouvant certains de ces plaisirs snobs sur la bonne vieille ardoise de la brasserie, nichés entre la choucroute garnie et l'escalope de veau savoyarde.

C'est, du reste, le plat qu'il choisit. Catherine s'en étonne.

« Tu ne fais plus attention à ta ligne ?

– Ici, c'est toujours ce que je prends. »

Tandis qu'elle se décide pour un tartare de saumon aux agrumes, puis un filet de bar avec sa tombée d'épinards, Sadge l'imagine dans les bras d'Alain, prenant un déchirant plaisir.

« Tu sais, Catherine, je voulais te dire… avec Nicolas j'ai du mal. Pour moi c'est difficile…

– Personne ne peut se mettre à ta place, ce que tu vis est tout à fait exceptionnel. Et violent. Je pense quand même que tu devrais voir ton fils de temps en temps, sans forcer, histoire de l'apprivoiser un peu. Quand on y pense, les gens qu'on aime, on les a tous apprivoisés, petit à petit : les membres de notre famille, nos amis, nos collègues… comme le renard avec le Petit Prince, tu sais. »

Elle lève son verre avec un sourire joyeux.

« À nous deux ! »

S'agit-il d'une déclaration ? Sadge en reste sans voix. Catherine serait-elle dans les mêmes dispositions que lui ? Éprouve-t-elle aussi de l'amertume devant le flagrant gâchis de leur séparation ?

Il sort de son portefeuille la photo de la petite fille.

« Tiens, j'ai trouvé ça dans la chambre de papa, l'autre jour… Ça te dit quelque chose, cette Valérie ? »

Catherine étudie la photo avec attention.

« Non. Rien du tout.

– Je me demande qui ça peut bien être…

– Oh, tu sais, c'est sûrement une cousine éloignée… Les vieux aiment garder plein de souvenirs inutiles. »

Elle lui rend le mystérieux document.

« Alors, comment ça se passe avec Versini ? »

Sadge raconte avec humour ses débuts ratés, et tous ces gens qui le reconnaissent sans qu'il puisse dire si ce sont des téléspectateurs ou des collaborateurs. Sans parler de ce qu'on attend de lui pour la rentrée… Il a l'impression d'être entré par effraction dans un film d'anticipation.

Le maître d'hôtel s'approche. Sadge reconnaît le patron de l'établissement et le salue.

« Vous faites erreur, monsieur, moi je suis son fils… Mon père a pris sa retraite, il y a cinq ans. Mais c'est vrai qu'on se ressemble beaucoup physiquement.

– Alors, c'est vous, le fan d'Ophélie Winter ? »

Le jeune homme habillé en noir sourit modestement.

« Oh lala ! Ça ne nous rajeunit pas, tout ça ! Quand j'étais petit, chaque fois qu'elle passait à la télé, je me débrouillais pour être devant le poste. Elle avait même eu son émission à elle, je ne me rappelle plus comment ça s'appelait…

– Le *Ophélie Show*.

– Mais oui ! Le *Ophélie Show*…

– C'était une production de Nagui, et ça n'a pas été un grand succès : environ 11 % de parts d'audience. »

Le jeune maître d'hôtel est stupéfait.

« Monsieur Sadge, vous avez vraiment une mémoire phénoménale !

– Vous êtes bien le premier à me dire ça !

– On parle quand même d'une émission diffusée il y a près de vingt ans ! »

Une fois la commande prise, Catherine regarde Sadge, amusée.

« Il n'en revient pas…

– Tu sais, si ça t'intéresse, je peux aussi te raconter comment t'étais, il y a seize ans. Pour moi, c'était hier…

– Pourquoi pas ?

– Tu as les cheveux châtain foncé. Tes sourcils sont plus fournis et donnent à ton regard une certaine gravité. Tu portes des lunettes en forme de papillon, celles qui te font ressembler à une actrice américaine des années cinquante. Tu n'as jamais osé te faire une décoloration, ou des mèches, parce que tu as peur que ça fasse "dadame". Tu es très belle, mais tu ne le sais pas. Tu es sûre de toi, mais tu ne le sais pas non plus… Souvent tu couds tes vêtements toi-même. J'adore le dernier ensemble en flanelle gris et jaune que tu as porté la semaine dernière, pour aller déjeuner chez les parents…

– C'est vrai qu'on allait chez tes parents tous les dimanches ! On était vraiment des gamins…

– Je suis fier de ton style. Papa aussi admire ton élégance, je le vois à son œil quand il nous ouvre la porte. D'ailleurs, je n'en reviens pas qu'une femme de ta classe m'ait choisi, moi qui suis si… banal. Surtout que, dernièrement, j'ai grossi. Je déteste mon visage empâté et mes bourrelets. Et puis je vois bien que je suis trop convenu, trop raisonnable… Alors que toi, t'as toujours plein de projets amusants et des envies pressantes qui me stressent beaucoup, je dois dire. Un jour tu veux déménager, le lendemain tu penses qu'on devrait s'initier au yoga… Il y a un mois, tu as remarqué dans ton institut de beauté de la rue Blomet un sauna portatif importé de Norvège : tu as pensé que ça serait chouette d'en installer un dans notre salle de bains pour la transformer en spa. Mais l'esthéticienne t'a dit que ce matériel était exclusivement réservé aux professionnels. Ça ne t'a pas arrêtée : tu as profité d'un moment où elle t'avait laissée seule dans la cabine pour carrément dévisser l'appareil à vapeur et trouver au dos l'adresse du grossiste qui distribue ce machin en France. Tu es partie le jour même dans ta Panda déglinguée à Bagnolet acheter ce gadget, qui coûte tout de même deux mille sept cents francs ! »

Catherine rit.

« Je m'en souviens !

– On s'en est servi une fois et on est passés à deux doigts d'un dégât des eaux… On a mis l'appareil à la cave, où il a pourri, bien tranquillement, pendant des années.

– Tu te rappelles le nom des commerçants de la rue Lecourbe ?

– Évidemment. Il y a Got, le pharmacien, et madame Charmetteau…

– Oh lala ! J'avais oublié madame Charmetteau ! Et comment s'appelait la fleuriste ?

– Madame Calcagno. »

Catherine se remémore ces souvenirs avec plaisir.

Sadge poursuit son récit.

« Tu as décidé de ne pas travailler pour te consacrer à ton rôle de mère. Dimanche dernier, d'ailleurs, on s'est même un peu disputés à ce sujet.

– Ah bon ?

– Oui, parce que je vois que tu as des talents à exploiter. Ton père ne t'a pas beaucoup donné confiance en toi, et ta mère, depuis qu'elle est veuve, se laisse un peu aller à son chagrin. »

Les yeux de Catherine s'embuent.

« Tu te souviens de la mort de papa ?

– Bien sûr. J'ai porté son cercueil avec tes frères… En revanche, jusqu'ici, je n'ai toujours pas le moindre souvenir de la mort du mien… Ou de celle d'Alain. »

Sadge en profite pour observer sa femme.

« Je n'arrive pas à digérer tout ça. Pour tout te dire, ça ne passe pas. »

Catherine se tait et se contente de lui offrir un regard limpide. Il hésite à lui confier qu'il a engagé un détective. Il choisit de se taire et renifle, exactement à la manière d'Alain quand il voulait changer de sujet. Cela l'intrigue, car depuis peu il ressent la présence de son frère dans sa propre chair, comme s'il avait soudain reçu son héritage fraternel. Il reconnaît chez lui, plusieurs fois par jour, des expressions physiques d'Alain, une façon de se comporter, des gestes de son aîné, comme si celui-ci s'était délicatement glissé dans sa peau pour vivre à sa place. Il lui arrive même d'avoir envie de déconner sans raison, ou d'envoyer balader ceux qui lui cassent les pieds… Il rit souvent comme Alain, et soupire comme lui aussi. Comme lui, il pense qu'ici-bas tout ne devrait pas être efficace ni rempli de sens. On a le droit, et même le devoir, de perdre son temps à ne rien faire, à savourer les moments gratuits, imprévus, ratés, poétiques.

Les assiettes arrivent.

Sadge n'a pas faim, il a envie de demander à sa femme de vivre de nouveau avec lui. Mais il sait que ce projet est trop naïf. Aussi, il poursuit son récit.

« Tous les deux, on a le même goût pour une vie toute simple, on aime bien aller au restaurant chinois en bas de chez nous ou louer un film au vidéoclub. Hier j'ai été chercher un butter chicken chez Shah Jahan et on a regardé *Sixième sens*. Après on en a parlé, en essayant de nous rappeler les différentes scènes au vu du twist final. »

Catherine ne dit rien.

« Le soir, je me couche avant toi pour le seul plaisir de te regarder te déshabiller. Tu te promènes, nue, sans te rendre compte que, derrière mon livre, je t'observe. Tu te trouves toujours trop grosse, et moi je te trouve belle. Quand je te le dis, tu lèves les yeux au ciel, tu ne me crois pas, tu penses que j'ai une idée derrière la tête, toujours la même… Avant d'éteindre, on se regarde dans les yeux, comme pour vérifier qu'on s'aime toujours… »

Catherine fait une moue dubitative.

« Pour te dire la vérité, je n'ai pas bien compris pourquoi on s'était séparés… Un jour tu es parti, le lendemain tu étais avec Vanessa, et moi, je me suis retrouvée seule. Après, on s'est quand même pas mal perdus de vue… » Elle soupire. « Qu'est-ce que tu veux, c'est la vie ! »

Elle se penche et ramasse son sac. Elle en sort une enveloppe et un album assez volumineux.

« Tiens, je t'ai apporté quelques films de Nicolas petit. Je les ai fait mettre sur un DVD, tu pourras les regarder tranquillement chez toi… Il s'appelle *Reviens* ! Et voici notre album de photos. »

Sadge ouvre l'épais classeur et retrouve son fils comme il le connaissait, dans l'appartement de la rue Lecourbe, avant l'accident. Au fil des pages, il observe Nicolas qui grandit, se transforme et devient l'être énigmatique qu'il est aujourd'hui. C'est un voyage immense. Selon les années, il se découvre tantôt empâté, tantôt mince. Il y a même une courte période où il porte des lunettes. Comme un fan tremblant d'excitation, il dévore les photos de Catherine à différents âges de sa vie, et profite qu'elle s'absente un instant pour chiper un cliché d'elle en maillot de bain, qu'il empoche, le cœur battant. Il est étonné par sa beauté et se rend compte avec tristesse de combien il s'y était habitué. Son amnésie lui aura au moins fait prendre conscience des bonheurs auxquels il s'était coupablement accoutumé. Comment a-t-il pu perdre son don d'émerveillement ? Il comprend à présent pourquoi il a laissé Catherine s'éloigner de lui petit à petit… Devenir blasé est un crime impardonnable.

« Je suis désolée si je t'ai fait de la peine avec tous ces vieux souvenirs.

– Non, je te remercie au contraire. »

Ils sortent du restaurant. La nuit est tranquille. C'est maintenant que Sadge prendrait bien sa femme dans ses bras. À cette idée, il a la gorge serrée. Alors ? Il se décide ? Quel homme est-il ? Cette question revient souvent battre à sa porte, comme un vent mauvais.

Il sent la main de Catherine dans la sienne. Il n'ose pas la caresser comme il le voudrait, avec ferveur, pour lui exprimer la tendresse dont il déborde. Ils marchent, le temps de quelques pas délicieux, jusqu'à sa voiture. Il la regarde chercher ses clés. Dans quelques instants il sera seul.

« Tu sais, je ne suis plus cette femme que tu viens si bien de décrire et que tu connais presque mieux que moi. Aujourd'hui, je suis vieille et fatiguée aussi. J'ai fait ma vie et n'ai pas envie d'en changer. Alors, concentre-toi sur la tienne, sur ton travail et ton couple. Et quand tu seras prêt, tu reprendras ton rôle de père. Tu as un fils qui, du jour au lendemain, t'a vu devenir distant. C'est à lui qu'il faut que tu reviennes, pas à moi… »

Elle affiche un petit sourire fataliste.

« Moi, il vaut mieux que tu m'oublies. »

Elle dépose un petit baiser sur sa joue et monte dans sa voiture.

Il rentre chez lui à pied, sans se presser, dans l'air triste du soir, en réfléchissant à l'excuse qu'il va inventer pour justifier cette soirée à Vanessa.

Le lendemain, il retrouve Fargo au bar du Raphaël. Il y a là toute une faune composée d'hommes d'affaires qui se jaugent discrètement du regard. Ces gens bien élevés font semblant de ne pas avoir reconnu Sadge.

« Vous adorez les bars d'hôtel si je comprends bien… »

Fargo grimace en se curant l'oreille avec l'auriculaire.

« Oh, vous savez… Ici, au moins, il ne fait ni trop chaud ni trop froid, et quand je demande du Jack Daniels, ils en ont. »

Sadge commande un Perrier fines bulles.

« Je me suis procuré le dossier de votre frère, qui a été classé sans suite, ce qui est normal. Le rapport d'autopsie ne contient absolument rien : pas de traces de coups suspects ni d'empoisonnement. Votre frère n'a pas fait d'AVC non plus. Il avait un petit 0,3 gramme d'alcool dans le sang, ce qui n'est pas grand-chose. Pas de résidus médicamenteux, ni d'anxiolytiques non plus. Ni de drogues. Voilà, c'est à peu près tout. Cela semble exclure la piste d'un accident et donc confirmer celle du suicide… »

Sadge aurait aimé plus de détails, mais Fargo n'est pas un homme qu'on importune avec des questions superflues.

Alain s'est donc jeté par la fenêtre… Cette idée demeure insupportable et sonne toujours aussi faux.

Mais si ça se confirme, alors Sadge aura le droit d'éprouver une colère foudroyante envers ce salaud qui a blessé son entourage, tel un kamikaze qui se serait fait sauter au milieu de ceux qu'il aime. Si, après tous les discours enflammés qu'il a proclamés à propos de la lâcheté de ceux qui se donnent la mort, il s'est lui-même suicidé, il restera pour toujours un imposteur méprisable.

Mais Sadge n'arrive pas encore tout à fait à y croire.

« Et vous, vous avez retrouvé les affaires de votre frère ?

– Non, pas encore. Il faut que je rende visite à sa femme.

– OK. Moi je continue d'avancer de mon côté.

– Je compte sur vous. Vraiment.

– Vous pouvez, vous pouvez… »

24 juin

« De toute façon les politiques sont tous des incompétents…

– Et les journalistes, des paresseux !

– Et les grands patrons, alors ? Ils ne pensent qu'à leurs privilèges… Comment voulez-vous qu'on s'en sorte ? »

Vanessa a invité trois couples d'amis à dîner, que Sadge ne connaît pas. Il les regarde égrener les uns après les autres un interminable chapelet de poncifs en tous genres. Face à ces convives, Sadge se sent étonnamment juvénile, parce qu'il n'a pas encore l'âge de patauger, comme eux, dans un jus saumâtre composé de nostalgie, de cynisme et de pessimisme. Il se contente de les écouter poliment en leur servant du vin, beaucoup de vin. Les femmes boivent du blanc et commencent à être pompettes. Il est effaré par le nombre de bouteilles qu'elles ont descendues depuis le début de la soirée. Lui aussi a bu, histoire de s'anesthésier un peu. Il observe Vanessa, de l'autre côté de la table. C'est indéniablement la plus jolie femme de l'assistance. On dirait qu'elle prend plaisir à cette conversation mondaine et il se demande comment elle fait. Lui, avec sa mentalité d'homme jeune, ressent dans ses couilles une hostilité naturelle, instinctive, envers ces cinquantenaires satisfaits d'eux-mêmes. Il ne peut s'empêcher de voir la mort rôder au-dessus de leurs carcasses pathétiques, bronzées, parfumées, bien habillées. Vanessa semble presque fière de faire partie de ce club de vieux. À cette idée, elle lui paraît moins désirable. Même ses seins, qui pointent malicieusement sous son chemisier, ressemblent à deux traîtres.

Il doit pourtant s'y faire : il n'est pas moins pitoyable que ces gens-là. Lui aussi a plus de cinquante ans et lui aussi est parvenu à une certaine aisance bourgeoise, un refuge où l'on se sent au sec et au chaud.

Ce matin il s'est rendu à la banque, étonné d'avoir été convoqué au siège, plutôt que dans son agence habituelle. Il a attendu dans le hall immense en détaillant les signes de puissance et de richesse affichés là pour impressionner le visiteur : marbre aux murs, canapés en cuir, sérigraphies de Sonia Delaunay, agaves obscènes. Il a toujours détesté les plantes d'intérieur, elles lui donnent le bourdon.

Madame Delannoy est une petite dame en tailleur et lavallière, cheveux argentés, joues poudrées, chemisier en soie parfumé, yeux bleus francs et limpides, rouge à lèvres intense, nez crochu, grosses bagues aux doigts, un certain embonpoint habilement dissimulé dans une jupe cintrée, des manières énergiques et le mollet charnu. C'est une bavarde qui ne laisse jamais un silence tranquille. Elle adresse un grand sourire à Sadge et lui offre même un café. Il se dit que décidément, la célébrité a du bon.

« Mon cher monsieur Sadge, je suis contente de vous voir ! Bien. Vous avez l'air en pleine forme ! C'est important, la santé, pas vrai ? Bien. Comme chaque année, on a fini de remplir votre déclaration

ISF. Hervé, vous savez que c'est *le* cador de nos fiscalistes, il tutoie tous les agents des impôts, le pauvre… Bien. Il m'a redit que votre dossier est l'un des plus complexes qu'il ait à gérer…

– Ah. Il y a un problème ?

– Mais non, mais non, aucun problème, ne me faites pas dire ce que je n'ai pas dit… Enfin, monsieur Sadge, vous êtes un coquin de me contrarier comme ça ! Mais je le comprends, le pauvre Hervé : entre vos biens immobiliers, vos SCI et vos innombrables assurances-vie qui contiennent à peu près tout et n'importe quoi, c'est à s'arracher les cheveux ! »

Elle lui fait un clin d'œil.

« Heureusement qu'il est chauve… » Elle rit. « Que je suis taquine !… En même temps, c'est son travail, on va pas le plaindre, pas vrai ?

– Justement, vous pourriez me donner un petit aperçu de mes biens ? Vous savez, j'ai eu un petit accident de voiture et…

– C'est pas vrai ! Les gens roulent comme des fous, de nos jours ! Sans compter les trottinettes et les vélos qui débarquent de nulle part… Rien de grave, j'espère ?

– Non, mais…

– Bien ! La santé c'est essentiel, comme je dis toujours.

– Seulement, j'ai des petits trous de mémoire…

– Ah bon ? Mais ça va s'arranger ? Vous êtes un battant, vous. Vous voulez un topo de vos avoirs ? Bien. Vous avez votre appartement à Paris, votre maison à La Baule, les biens immobiliers de vos SCI et puis ces… que je dise pas de bêtise… dix-sept, non, dix-huit plans épargne et assurances-vie. Vous voyez ? »

Elle lui tend un tableau avec des chiffres suffisamment considérables pour que Sadge n'ait pas besoin de les comprendre tout à fait.

« Alors je n'ai pas à m'inquiéter ?

– Mais non, monsieur Sadge ! Bien sûr que non. Et puis vous savez, je veille au grain ! »

Donc il est riche.

« Moi, je sortirais bien de l'Europe. L'euro, c'est quand même une énorme connerie !

– C'est bien pratique quand tu voyages. L'autre jour, je suis allé à Berlin… »

Sans sa perte de mémoire, Sadge serait sans doute en train de surenchérir dans la course aux clichés qui anime cette conversation parisienne. Il s'exprimerait peut-être avec cette même satisfaction flegmatique, qu'il prendrait pour de l'intelligence ou de la sagesse. Ou bien il jouerait au journaliste éclairé qui connaît les secrets des coulisses du pouvoir. Il est tout de même soulagé de n'être plus le centre de l'attention, comme au début de la soirée quand on lui a posé mille questions sur son état actuel. Il a répondu succinctement en essayant de ne pas donner prise à la curiosité malsaine qui voletait autour de sa personne. L'un des hommes, celui qui se teint les cheveux en marron, a même tenté d'en savoir plus sur sa vie intime. Vanessa a alors habilement orienté le débat vers les prochaines réformes fiscales. Depuis, le flot ininterrompu des banalités ne s'est plus tari, se nourrissant de lui-même.

Il pense à Catherine et son cœur s'étreint, sans savoir si c'est de joie ou de tristesse. Il n'a pas dit à Vanessa qu'il l'avait revue. Il ne lui a pas dit non plus qu'il avait été rendre visite à Marie, la femme d'Alain, ce matin avant son rendez-vous à la banque.

Il a été choqué en découvrant le dénuement dans lequel elle vit. Elle a refusé l'héritage de son mari pour ne pas avoir à honorer ses innombrables dettes. Sadge a toujours été effaré par la manière désinvolte que son frère avait de gérer son argent. Il avait touché de bons salaires, profité des largesses de leur père en de nombreuses occasions et cependant n'avait jamais cessé de jongler avec les découverts, les redressements fiscaux, les pénalités de retard, les ardoises chez les commerçants, les remboursements d'emprunts, ainsi que mille petites dettes disséminées un peu partout dans son sillage. Il avait inutilement couru après la richesse toute sa vie, comme si l'argent, dans ses mains, devenait liquide et s'écoulait entre ses doigts malgré lui… Cette course perpétuelle, au charme adolescent, avait laissé sa veuve avec une maigre retraite, dans un appartement minuscule et assez délabré.

En entrant chez sa belle-sœur, Sadge s'est rendu compte qu'il ne la connaissait pas bien, Marie s'étant toujours dissimulée derrière la personnalité flamboyante de son mari et lui-même n'ayant jamais fait l'effort de l'approcher.

Quand il se comparait à son frère, Sadge se félicitait d'avoir construit avec Catherine un mariage solide, bien pensé, bien ajusté, sans débordements inutiles. Alain avait une conception plus volcanique de l'amour. Il avait épousé Marie sur le tard, une femme douce qui l'admirait, et c'est tout ce qui comptait pour lui. Mais leur histoire, vue de l'extérieur, n'était que hauts et bas rocambolesques, ruptures définitives suivies de réconciliations théâtrales, tendres effusions et sexualité en apparence libérée. Parfois Sadge enviait ce tumulte qui, de loin, semblait attirant. Un jour, Alain avait demandé à son petit frère, à brûle-pourpoint : « Est-ce que Catherine te suce, au moins ? » Que devait-il répondre ? Alain avait ri devant son silence gêné. « Allez ! Tu n'as pas l'air à plaindre, mon salaud. »

Marie lui a servi un café soluble dans la cuisine. Et Sadge n'a pu s'empêcher de l'imaginer, pratiquant une fellation à son frère.

« C'est la première fois que tu viens chez moi, Éric. Ça a dû leur faire drôle, dans le quartier, de voir passer une vedette de la télé… »

En discutant avec elle, il s'est aperçu que sa belle-sœur était une femme lumineuse qui parlait volontiers.

« Et donc, tu as tout oublié ? Catherine m'a raconté… On se voit, toutes les deux, je me suis toujours bien entendue avec elle.

– Dis-moi, Marie… est-ce que je peux te donner un coup de main, financièrement ? Ça me ferait plaisir… J'ai découvert que j'avais plutôt bien gagné ma vie ces dernières années, alors… »

Marie lui a souri et il a compris combien elle avait dû être jolie.

« Non merci. Tu sais, à chaque fois que tu aidais ton frère, ça le rendait malheureux… Je vis simplement et ça me va très bien. Je n'ai besoin de rien.

– Ça le rendait malheureux ?

– Une fois, tu as refusé de lui prêter de l'argent parce qu'il avait oublié de payer ses impôts. Tu t'es même énervé, tu lui as dit qu'il était assez grand pour savoir qu'il devait le faire… »

Sadge est étonné d'avoir eu ce courage. D'habitude, il préférait inventer des excuses bidons qu'il avait astucieusement préparées à l'avance, au cas où… Il ne voulait jamais être pris au dépourvu car, quand Alain avait besoin d'argent, il pouvait se montrer oppressant et persuasif.

« Alain était furieux contre toi. Il disait que les Juifs et les Noirs s'entraidaient, alors que nous, les bourgeois, on était des merdes de ce point de vue là… Tu connais l'argument, je suppose.

– Oui, celui-là, je l'ai entendu souvent.

– Eh bien, quelques mois plus tard, il m'a dit que t'avais été le seul à lui avoir dit la vérité en face et que t'avais eu raison… »

Sadge est ému de l'apprendre.

« Marie, tu sais que tu peux compter sur moi, d'accord ?

– Bien sûr. »

Elle a bu son café, les yeux dans le vide.

« Dis-moi, Marie, est-ce que tu crois au suicide d'Alain ?

– Je ne crois plus en rien. De toute façon j'ai décidé de ne plus me poser la question, parce que c'est un poison, cette chose-là.

– À ton avis il était harcelé, aux abois ? »

Marie a haussé les épaules.

« Tu le connaissais… Il était sans doute fatigué de négocier avec la banque, les impôts et tous les potes à qui il devait du fric. Ça m'épuisait de le voir faire, mais c'était plus fort que lui, il fallait qu'il dépense plus qu'il n'avait. Je crois qu'il prenait un certain plaisir à être à découvert. Pour lui, l'argent épargné était de l'argent gâché.

– Et tu crois que ça aurait pu le déprimer au point de… faire ce qu'il a fait ? »

Marie a allumé une cigarette.

« Je peux t'en prendre une ?

– Tu fumes, toi ?

– Ben, depuis que j'ai trente-cinq ans, je refume.

– Ah oui. J'oubliais que tu étais jeune, de nouveau. Moi, tu vois, je préférerais de loin avoir un corps de trente-cinq ans avec mon esprit de soixante. Tu t'es bien fait avoir, finalement. Être jeune dans sa tête, dans un corps de vieux… Tu me diras, c'est un peu notre cas à tous… »

Elle a fumé en silence.

« Je crois qu'Alain a toujours eu un petit fond dépressif, c'est ce qui le poussait à vivre à cent à l'heure. Mais il ne voulait pas se soigner. Il disait que les psys étaient des cons. C'est vrai que les dernières années, il semblait affecté par autre chose… Mais si j'avais le malheur de lui poser la moindre question, il m'envoyait balader.

– Tu crois que j'y étais pour quelque chose ? Il m'en voulait pour ma réussite ?

– Je ne crois pas. Alain t'aimait et te détestait à la fois, comme il aimait et détestait tous ses proches. Ne commence pas à te sentir coupable, ça ne sert à rien. Fais-moi confiance, je suis passée par là… Le suicide, c'est une belle saloperie. Il faut essayer de ne pas se laisser atteindre…

– Dis-moi, est-ce que t'aurais gardé quelques-unes de ses affaires personnelles ? Je me demandais si tu accepterais…

– Bien sûr. Suis-moi. »

Marie a extrait du haut du placard de sa chambre un vieux carton qu'elle lui a tendu.

« Tout est là. Fais-en ce que tu veux. Moi je vais prendre ma douche. »

Sadge s'est installé dans la cuisine et a ouvert le carton avec délicatesse, comme s'il s'agissait d'un engin explosif. À l'intérieur, il y avait des documents administratifs, des photos, un iPhone et quelques lettres. Il a branché le téléphone sur le secteur et, en attendant qu'il se recharge, a étudié les photos : beaucoup de gens inconnus et quelques-unes en noir et blanc d'Alain petit avec les parents, l'air bien innocent et sympathique. Elles l'ont fait sourire malgré lui. Il y avait aussi un grand cahier d'écolier Clairefontaine, couvert de la belle écriture d'Alain. Les deux premières pages étaient le début d'un roman autobiographique, très vite abandonné.

Journal d'un raté. Roman d'Alain Sadge, non-sociétaire de l'Académie française.

Étant l'aîné de ma famille, j'ai eu le privilège de choisir la meilleure place, celle du fils raté, laissant à mon frère, un blondinet timide mais extraordinairement résistant à la pression, l'ingrate responsabilité de réussir et de combler ainsi l'appétit vorace de mon père en matière d'ascension sociale. Le petit a tenu ses promesses, il a obtenu les bons diplômes, puis est devenu riche et célèbre.

Quant à moi, j'ai tenu les miennes : toute mon existence, j'ai été fauché. De ce point de vue, c'est une réussite. J'ai déçu mon père jusqu'à l'os et je suis persuadé qu'en cela je l'ai satisfait. Si j'avais été décoré de la Légion d'honneur, ou si j'avais découvert le vaccin contre le cancer, il se serait senti trahi. Mon père avait la profonde conviction que je serais un pauvre type et je ne lui ai jamais donné tort. Je crois que c'est pour ça qu'il m'aimait. En revanche, ma mère, elle, a toujours eu pour moi une tendresse toute particulière, celle qu'ont les femmes pour les êtres différents qui savent si bien faire fondre leur cœur.

Sadge s'est amusé de ce qualificatif de « différent » employé par Alain. C'est donc ainsi qu'il se considérait… Puis il a feuilleté rapidement le reste du cahier. Il y avait beaucoup de pages rendant compte de ses dettes, accompagnées de commentaires lapidaires.

Jacques m'a refusé 500 euros. S'il s'imagine qu'il va emporter son pognon au cimetière ! Je le plains, le pauvre…

Mon nouveau responsable aux Impôts est un couillon. Mais pour un fonctionnaire, il est plutôt sympa. Aujourd'hui, il m'a dit : « Monsieur Sadge, des coriaces comme vous, j'en ai pas rencontré beaucoup dans ma carrière. » En attendant, j'ai réussi à lui gratter 12 500 euros. Ça a rendu Bernier fou de jalousie, lui qui paye toujours rubis sur l'ongle, de peur de finir en prison.

Sadge a cherché si son nom figurait au tableau des infâmes pingres ou des pigeons plumés. Il a fini par trouver deux lignes intrigantes.

Éric est très fort. Comment peut-il vivre avec ça ? Moi, je n'y arrive pas. On dirait que les choses glissent sur lui, tandis que moi elles me transpercent.

Ces lignes l'ont interpellé. S'agissait-il de lui ou d'un autre Éric ? Que voulait-il dire par « ça » ? Le téléphone d'Alain semblant revivre, il a regardé ce qu'il y avait dedans. Plein de noms inconnus, de textos sans intérêt, parmi lesquels des conversations banales de la vie quotidienne avec Marie. Il a cherché ce qui le concernait et a découvert peu de chose : apparemment son frère et lui ne communiquaient pas beaucoup. Il y avait tout de même un gentil message qu'il avait écrit à Alain : *Tu seras toujours mon grand frère et j'aurai, comme au premier jour, une profonde admiration pour toi.* Alain n'avait pas répondu.

Comme Marie se séchait les cheveux, Sadge a continué à fouiller le téléphone pour voir s'il restait quoi que ce soit d'une conversation avec Catherine. Il n'y avait qu'un texto daté d'il y a cinq ans. *Bon anniversaire ! Je t'embrasse fort.* Le fait qu'il n'y ait pas d'autres messages indiquait-il un lien distendu ? Ou, au contraire, un vide suspect, dû à une volonté d'effacer systématiquement toute trace équivoque d'une relation clandestine ?

Dans la cuisine de sa belle-sœur, Sadge s'est agacé tout seul devant son impuissance à résoudre cette énigme supplémentaire. Ne rien comprendre devenait une douleur lancinante, une nausée migraineuse, qui le suivait partout.

Il a remis en place les affaires de son frère et a embrassé une dernière fois Marie, sans lui dire qu'il avait déposé un chèque à son intention sur la table. Malgré ce qu'elle lui avait dit, il s'est promis de ne pas la laisser tomber et à cette pensée s'est senti rasséréné.

Avant de partir, il a quand même montré la photo de la fillette à sa belle-sœur. Elle non plus ne savait pas de qui il s'agissait.

Vanessa revient de la cuisine en apportant un parfait au chocolat. L'homme aux cheveux teints poursuit son propos.

« Moi, j'aimerais être servi, avoir un majordome, comme dans *Downton Abbey*… Un mec super-distingué, tu vois, qui m'habillerait le matin…

– Ah, non ! Moi, je ne supporterais pas qu'on m'habille ! Et pourquoi pas quelqu'un pour te torcher, tant que t'y es ?

– Arrête d'être vulgaire, Jean-Pierre ! Ça ne te ressemble pas !

– Et puis j'aurais un chauffeur et une cuisinière à demeure qui me ferait tous les bons petits plats que j'aime…

– Il faudrait qu'elle cuisine léger. Et bio… »

À la fin de la soirée, Sadge est soulagé de voir partir ses invités.

De nouveau seul avec Vanessa, il a l'impression d'être enfermé dans une cage avec elle. Elle se laisse tomber sur le canapé en poussant un profond soupir.

« Ils me fatiguent ! Ils disent toujours la même chose…

– Mais ce sont tes amis, non ?

– Ce sont *nos* amis, Éric… Enfin, disons plutôt des connaissances, si tu préfères.

– Pourquoi on les invite, alors ? »

Vanessa hausse les épaules.

« Pour ne pas s'encroûter devant la télé tous les soirs. Allez, viens te coucher, on rangera demain. »

Sadge est vaguement en colère contre elle à cause de cette soirée idiote. On n'est pas sur terre pour gâcher son temps, surtout quand on en a perdu autant que lui. Il lui demande de but en blanc :

« Pourquoi on est ensemble, toi et moi ? Dis-moi comment ça s'est fait. »

Vanessa semble agréablement surprise par cette question. Elle s'installe confortablement et lui raconte, de façon charmante, la rencontre de deux êtres esseulés lors d'un dîner comme celui-ci. Lui ne comprenait plus sa femme et souffrait de solitude ; quant à elle, elle ne tombait jamais sur l'homme qu'elle cherchait parmi ceux de sa génération. Sadge est attendri par l'admiration qu'elle lui témoigne de nouveau, c'est comme si elle avait trouvé en lui une forme d'autorité tranquille qui l'apaise et la rassure. Elle a conscience que leur différence d'âge suscite des commentaires.

« Ils pensent tous que je profite de ton argent et de ta célébrité, et qu'en échange je t'offre une vie sexuelle débridée… Ils sont jaloux, quoi. »

Sadge s'interroge un instant sur ce qui a le plus de valeur, la jeunesse ou la richesse ? Vanessa se love contre lui.

« Ils ne savent rien de la sincérité de notre amour… »

Cette déclaration le trouble. Et s'ils s'aimaient vraiment ?

Avant de se coucher, il sort sur le balcon respirer l'air du soir. Il pense à Catherine et sait qu'il y a quelque chose de mauvais, de profondément injuste et de faux dans leur séparation. Comme si, en brisant leur mariage, ils avaient enfreint une loi inscrite dans le ciel.

Puis il rejoint Vanessa qui l'attend au lit.

Plus il avance, plus il est perdu.

26 juin

« Comment il s'appelle ?

– Baudet, ou Dadet… Un nom en *et*, en tout cas.

– C'est pas un nom de psy, ça.

– Ben… c'est le nom du tien. »

Vanessa dépose un baiser furtif sur les lèvres de Sadge et s'enfuit vers sa journée de travail.

Resté seul, celui-ci déambule dans le salon pour raffiner ses pensées. Il aurait donc, de sa propre volonté, consulté un psychologue. Il a dû traverser une crise majeure pour dépasser ses préjugés.

Il a beau douter de ce qu'affirme Vanessa, il se méfie de toutes les certitudes qu'il de lui-même. Après tout, il pensait qu'il serait un mari endurant, heureux de vieillir auprès de Catherine, et un chroniqueur carriériste mais trouillard, qui resterait toute sa vie bien au chaud dans son émission, comme certains le lui prédisaient. Et aussi un père juste, plus affectueux avec son fils que le sien ne l'avait été avec lui.

Il consulte la liste des contacts qui encombrent son téléphone et finit par trouver un certain docteur Nabey.

Il appelle.

Le cabinet du psychiatre est situé dans un quartier chic. C'est rassurant. Mais Sadge est désagréablement surpris par la salle d'attente qui sent vaguement l'encens ou le patchouli, enfin, l'une de ces odeurs bon marché censées évoquer la sagesse orientale. Elle est meublée d'une étagère en rotin, qui doit être un vrai nid à poussière, et de chaises dépareillées, posées autour d'un long kilim râpé. Tout cela est bien décevant.

Sadge est à la fois intimidé et impatient de rencontrer ce Nabey qui doit en savoir long sur lui. Il va enfin reconstituer quelques morceaux de son puzzle personnel.

« Monsieur Sadge, si vous voulez bien me suivre… »

Le docteur est un homme sec, le corps enveloppé d'un costume trop élégant pour la circonstance. Sur son nez busqué sont posées de fines lunettes dorées. Il doit avoir dans les soixante-dix ans, si ce n'est plus. Difficile à dire. Sadge est beaucoup plus massif que lui. Il le suit dans le couloir en ayant l'impression d'être un ours marchant lourdement derrière un renard qui trottine, agile et furtif.

Maintenant qu'il est assis en face de lui, il craint que ce spécialiste de l'inconscient ne déchiffre le sien.

« Eh bien, monsieur Sadge, ça faisait longtemps ! Comment allez-vous depuis la dernière fois ? »

Sadge lui raconte son amnésie. Nabey écoute, imperturbable, comme si rien ne pouvait l'étonner.

« J'ai lu qu'il y avait eu quelques cas dans le monde d'amnésie partielle et chronique…

– Vous croyez donc que mon amnésie est définitive ?

– Je n'ai pas dit ça. Je vous cite de mémoire un article que j'ai lu dans une revue scientifique. Il évoquait en effet la perte de mémoire définitive. Mais je ne me hasarderais pas à en tirer la moindre conclusion formelle vous concernant, puisque je n'en sais rien… Comme vos médecins, du reste.

– Mais d'après vous, il est possible que je ne retrouve jamais mes souvenirs ? »

Une moue énigmatique traverse le visage anguleux de Nabey.

« Serait-il souhaitable pour vous de recouvrer la mémoire ? »

Cette question inattendue le frappe. Nabey a raison : cela lui paraîtrait désormais étrange de n'être plus ce personnage unique, ce cas clinique qui intéresse tous ceux qu'il croise… Il mesure l'étendue de sa vanité, sentiment familier s'il en est. Cela lui rappelle les innombrables rêves éveillés qu'il faisait jadis, dans lesquels il rabattait son caquet à son père, clouait son bec à un auteur prétentieux en pleine émission, était reçu par Jacques Chirac en personne, qui disait de lui, devant tous ses ministres : « C'est une flèche, cet homme-là ! » Dès qu'il laissait libre cours à son esprit, celui-ci, comme pour lécher ses blessures d'orgueil mal soignées, le promenait dans des scénarios aussi improbables que ridicules, où il finissait toujours par être le héros intelligent, courageux, celui qui forçait l'admiration, tout en sachant rester humble.

« Pourquoi suis-je venu vous consulter au départ ?

– C'est un secret médical, je n'ai pas le droit de vous en parler. »

Sadge est stupéfait et furieux de cette réponse. Nabey laisse échapper un petit rire malicieux.

« Je plaisante, bien sûr… »

Sadge sourit. Il a l'impression d'être en face d'un mage qui va bientôt résoudre pour lui d'indéchiffrables énigmes. Malgré tout, il se méfie.

« Vous avez commencé à me consulter un peu avant la mort de votre père. Vous traversiez une crise. »

Nabey lui dresse le portrait d'un père distant, avec qui Sadge n'a jamais réussi à parler. Un homme brillant, éclipsant sa femme et ses fils par une personnalité écrasante. Un personnage flamboyant, dispensant sa générosité à des étrangers émerveillés et n'en offrant que des miettes à ses proches. Sadge avait espéré qu'en grandissant, il rassemblerait le courage suffisant pour dire à son père ce qu'il avait sur le cœur, en particulier qu'il ne lui avait pas assez donné confiance en lui.

Il est troublé : dans les mots de cet homme qu'il rencontre pour la première fois, il reconnaît sa propre vérité. Pourtant, dite par Nabey, c'est comme s'il entendait son histoire pour la première fois et cela lui fait de la peine.

« Puis votre père est tombé malade et vous vous êtes occupé de lui. Quand il est mort, sans que vous ayez réussi à lui exprimer vos griefs, vous en avez éprouvé du dépit, alors que votre frère, lui, prétendait avoir réglé ses comptes avec lui. »

Nabey exhale un soupir contenu de fumeur. Sadge remarque qu'il a les doigts jaunes.

« Et pourquoi j'ai quitté ma femme ? Par fierté, c'est ça ?

– C'est un peu plus complexe que cela… Je dirais que vous l'avez quittée par habitude. »

Le psychiatre lui raconte à peu près la même version que celle que lui a servie Catherine. Il lui décrit cette période de sa vie où il n'était pas très heureux. Quand sa femme, sur laquelle il comptait trop, lui avait avoué avoir eu un coup de cœur pour un autre, il ne l'avait pas toléré. Aveuglé par l'humiliation, il avait préféré la quitter et se poser en victime.

« Et vous n'avez pas essayé de me faire revenir sur ma décision ? »

Nabey sourit.

« Ça n'était pas mon rôle, mais… disons que je vous ai quelquefois aidé à regarder dans cette direction.

– C'est un tel gâchis…

– Vous savez, dans ma discipline, il n'y a que des faits, qu'on peut analyser pour tâcher de les comprendre. »

Sadge se rend compte que depuis son accident, il est perpétuellement sur ses gardes, comme une bête traquée. Il aimerait se confier à ce docteur, lui dire qu'il ne sait pas ce qu'il fout dans cette vie, ni ce qu'il doit y faire. Il vit avec une jeune femme attendrissante qu'il pense ne pas aimer, mais dont le corps lui plaît, il profite de sa jeunesse, de sa sensualité et de sa dépendance affective pour coucher avec elle. Il croit toujours être amoureux de Catherine, sans oser se l'avouer… Évidemment il n'est sûr de rien : il se méfie de lui-même et de ses sentiments. Et c'est rageant, à la longue ! Catherine ne représente peut-être que le fantasme d'un bonheur perdu, qu'il serait rassurant de retrouver… Il voudrait crier à cet homme qu'il en a marre, qu'il est en colère, qu'il a envie de tout foutre en l'air.

« Je dois dire que ma vie est un peu compliquée en ce moment… »

La clarté de l'après-midi a décliné. Le ciel s'est couvert de nuages sombres et l'obscurité s'est invitée dans la pièce où les deux hommes se trouvent. Nabey n'a pas jugé utile de se lever pour allumer la lumière. Sadge devine l'éclat de son regard dans la pénombre.

Il aimerait bien profiter de ce tête-à-tête avec le psychiatre pour surmonter son inhibition et révéler ses pensées interdites. Lui demander, par exemple, s'il est normal de ne pas se reconnaître, notamment du point de vue sexuel : sa légendaire excitation, qui le mettait au garde-à-vous, est devenue une chose bien raisonnable… Désormais il ressent moins intensément les sensations physiques et l'urgence de ses fringales, celles-là mêmes qui ont mené sa vie jusqu'ici. Autrefois, la simple idée d'une chatte qui s'offrait à lui l'enivrait d'emblée. À dix-sept ans, il avait aperçu par hasard celle d'une amie de la famille. Il s'agissait d'une Américaine, une grande brune charpentée aux cuisses épaisses, un peu terne et sans charme, que sa mère lui avait demandé d'accompagner poliment à la plage avant le déjeuner. Alors qu'elle s'apprêtait à enfiler son maillot de bain pour venir se baigner avec lui, la jeune femme, après s'être délestée de sa petite culotte, s'était abîmée dans ses pensées et avait laissé un instant ses jambes entrouvertes. Sadge, la gorge sèche, avait dévoré des yeux sa large vulve poilue aux replis sombres, calme et reposée, inconsciente d'être exposée au regard ardent d'un garçon en prise à de bouillonnantes hormones. Du simple fait d'avoir longuement promené ses yeux sur chaque détail de son sexe, il était instantanément tombé amoureux de cette jeune femme, et il avait fallu qu'il se frotte à la conversation ennuyeuse qu'elle lui avait servie d'une voix nasillarde en rentrant de la baignade pour enfin se débarrasser de cet élan spontané, aussi embarrassant que dénué de fondement.

À chaque fois qu'il rencontre une femme à présent, et même s'il ne peut oublier que celle-ci possède au sommet des cuisses un sexe humide et désirable, il constate que sa faim s'est considérablement émoussée, bien malgré lui. On dirait que son corps s'est lassé tout seul, sans lui demander son avis. Après des débuts volcaniques avec Vanessa, il a fini par se fatiguer de leurs galipettes électriques. Pourtant, son esprit jeune lui intime de profiter de chaque occasion pour faire l'amour avec cette femme consentante. C'est pourquoi il se lance à chaque fois sans réfléchir dans d'habiles travaux d'approche… Mais quand il touche au but, il sent dans sa chair une profonde lassitude et une consternante absence d'appétit. Alors il invente un prétexte et rebrousse chemin, l'air de rien, étonné de laisser passer sa chance.

Il fait le calcul : cela doit faire plus de deux semaines qu'il n'a pas touché Vanessa. Elle, toujours si partante, n'a montré toutefois aucun signe d'impatience. Il s'en désole : son désir, ce torrent tumultueux, s'est transformé en un mince filet d'eau qui suinte pauvrement d'une roche aride. Il en va de même pour la plupart de ses plaisirs physiques. Il est devenu moins gourmand : la vue d'une pizza margherita chez Santa Lucia, ou d'une belle entrecôte grillée, qui autrefois le mettait en joie, ne l'excite plus autant. Ses sensations se sont affadies, ainsi que les joies de l'anticipation qui les accompagnent. Il a de plus en plus de mal à se réjouir à l'idée d'une bonne bouteille de vin ou d'un bain chaud. Un seul plaisir résiste à cette navrante érosion : l'envie chaque soir de se coucher dans son lit. Mais là encore, il connaît une déception, car jamais il ne parvient à dormir toute une nuit d'une seule traite. Il se réveille, éprouve une envie de pisser, puis de réfléchir, avant de sombrer dans un sommeil de moins en moins réparateur.

Son corps ne suit plus, et son âme non plus, du reste. L'autre jour, il a écouté *All for Leyna* de Billy Joël. Cette chanson a réveillé en lui le souvenir doré, parfumé, de l'été de ses dix-huit ans en Ligurie, quand il roulait sur une Vespa blanche, dans l'air tiède et odorant de la pinède, en chantant à tue-tête. Il était amoureux, il avait l'âme remplie de rêves naïfs et charmants, et les joies de sa vie, simples et acidulées, lui étreignaient le cœur d'une façon bien délicieuse…

Où sont passés ses jubilations, ses exaltations et ses violents enthousiasmes d'alors ?

Aujourd'hui, tout est calme.

Il a peut-être trouvé une forme de paix, mais elle ressemble à s'y méprendre à l'engourdissement qui doit précéder la mort. Il se dit que pour ne pas désespérer, il lui suffirait de renoncer définitivement à ses désirs. De toute façon, il n'a jamais su d'où lui venaient ses envies et leur cortège de faims inopinées qui l'ont si souvent tourmenté. Le problème, c'est que maintenant qu'il est moins pressé de faire l'amour, il trouve cela désolant et triste. Désormais il se regarde vivre comme s'il s'était détaché de son existence et qu'il flottait à l'écart de la masse grouillante des autres humains, qui eux semblent tous captivés par leur vie, leurs objectifs, leurs frustrations, leurs griefs, leurs besoins… Tout cela les passionne, les occupe, les distrait, les divertit, sans qu'ils s'en lassent jamais. Tandis que lui ne parvient à s'intéresser à rien.

Il prend une profonde inspiration pour s'exprimer enfin.

« Je dois avouer que je me sens un peu désorienté… »

Nabey attend en vain la suite en le regardant attentivement, sans se départir de son silence de sphinx.

« Monsieur Sadge, il est normal que vous vous sentiez désorienté, finit-il par répondre. Ce qui vous arrive est tout à fait inhabituel. Pendant les seize ans que vous avez oubliés, vous avez eu le temps de mûrir, de comprendre des choses, d'évoluer, de mieux vous connaître, de changer d'opinion plusieurs fois… Et aujourd'hui vous bénéficiez des fruits de cette expérience vécue tout en ayant oublié d'où ils vous viennent… C'est pour le moins déstabilisant.

– Vous saviez que mon frère s'était suicidé ?

– Je l'ai lu dans la presse.

– Moi, je l'ai appris il y a quelques jours seulement et je n'arrive pas à y croire… Pourtant les conclusions de l'autopsie semblent le confirmer.

– Pourquoi en doutez-vous ?

– Une intuition… »

Sadge a envie de faire part au psychiatre du sentiment de culpabilité qui lui vrille les tripes, mais il est comme le Spartiate de la légende, celui qui se laisse dévorer le ventre par un renard sans rien dire, prêt à tout pour sauver les apparences. Il est mortifié d'avoir laissé son frère se suicider. Mais il ne peut pas prononcer cette phrase, de peur qu'en éclatant au grand jour elle ne devienne vérité.

« Vous savez, monsieur Sadge, quand il y a un suicide, les proches se sentent plus ou moins coupables et c'est pour eux une souffrance parfois intolérable. C'est peut-être pour ça que vous rejetez l'idée même de ce suicide.

– Est-ce que lors de nos consultations, je vous ai parlé d'un motif qui aurait pu motiver son acte ? »

Nabey réfléchit un moment.

« J'imagine que vous avez oublié votre délit de fuite ?

– Mon délit de fuite ? »

Nabey paraît encore hésiter.

« C'est une situation inédite et inconfortable pour un thérapeute que d'avoir à révéler à son patient ses secrets les plus intimes. Mais vu les circonstances… »

Il expire longuement par le nez.

« Un jour, au cours de votre thérapie, vous m'avez raconté que vous vous étiez rendu coupable, avec votre frère, d'un délit de fuite. Vous sortiez d'un dîner arrosé, rue de Rivoli, si je me souviens bien, et vous avez renversé une femme qui traversait hors des clous. Vous n'en étiez pas tout à fait sûrs, car Alain l'avait aperçue très brièvement dans le rétroviseur… Il avait cru voir une chevelure rouge. Ça ne vous dit rien ?

– Non. »

Sadge réfléchit.

« Qui conduisait ?

– Votre frère… Il essayait votre nouvelle voiture, je crois. Après le choc il s'est arrêté, mais vous l'avez convaincu de repartir parce que vous ne vouliez pas mettre en péril votre carrière. Et puis votre frère avait trop bu et se savait en faute. C'est pourquoi il a suivi votre conseil…

– Et ensuite ?

– Il n'y a pas eu de suite…

– Comment ça ? Je ne me suis pas renseigné à propos de cette femme ?

– Je ne sais pas.

– C'est affreux ! »

Le psychiatre ne fait aucun commentaire.

« Et Alain ?

– Cet épisode a eu sur votre frère et vous des effets différents. D'après vous, il ne s'en remettait pas, la culpabilité le rongeait.

– Vous pensez que ça aurait pu le pousser au suicide ?

– Qui sait ? Les morts emportent avec eux leur mystère.

– Et moi, comment j'ai réagi ?

– Au commencement, vous aviez peur. Vous achetiez la presse, dans la crainte de voir votre nom apparaître, vous redoutiez qu'un passant ne vous ait reconnu. Avec le temps, vos inquiétudes se sont apaisées…

– C'est tout ? Pas de culpabilité ? Je ne m'inquiétais que de ma réputation ?

– Oh si, vous vous sentiez coupable. Très coupable, même. Vous étiez choqué et honteux… Simplement, comme souvent avec vous, vous vous êtes auto-anesthésié par le travail et les responsabilités… Et votre sentiment de culpabilité, au lieu de vous détruire, s'est transformé peu à peu en un moteur puissant qui vous a permis de briser le carcan inhibant de votre éducation, vous avez fait "sauter le bouchon" comme on dit, et vous avez ainsi pu enfin déployer vos ailes. C'est à partir de là que vous êtes devenu un journaliste reconnu et je suis persuadé que, sans cet acte fondateur qui vous a humilié et révélé à la fois, vous seriez probablement resté un modeste chroniqueur sur une petite chaîne. »

Sadge avale sa salive.

« J'ai même publié un article sur votre cas, sans citer votre nom bien entendu, qui s'intitulait « La culpabilité positive ». Cette parution a fait un certain bruit à l'époque et depuis, l'expression est parfois reprise par mes confrères…

– Mais alors, ça fait de moi un sociopathe ? »

Nabey hausse les épaules.

« Pas du tout. Vous avez transformé une faute en action positive. Vous n'êtes pas pour autant devenu indifférent aux autres, ou dénué d'empathie. Au contraire… Et puis vous savez, chacun d'entre nous commet un jour ou l'autre des actes dont il n'est pas fier. »

Sadge secoue la tête.

« Putain ! Alain était quand même plus normal que moi... Peut-être qu'il était un peu déséquilibré, mais au moins il réagissait sainement, comme un homme, quoi !

– J'ai hésité à vous révéler cet événement passé, mais votre amnésie est tellement hors normes que j'ai décidé de prendre le risque... J'espérais que ça provoquerait en vous un choc bénéfique...

– Eh bien, c'est raté. »

Nabey soupire.

« Dans ces conditions, vous devez considérer que vous avez toujours trente-cinq ans et que vous n'avez pas commis de délit de fuite.

– Vous vous moquez de moi ? On nage dans l'absurde, là !

– Pas du tout, je suis sérieux. Vous n'avez pas commis ce crime. D'ailleurs, si je vous disais que je viens de tout inventer à l'instant, vous ne sauriez pas que penser, pas vrai ?

– J'aurais préféré ne pas le savoir.

– Je suis désolé... Vous êtes venu chercher des réponses et j'ai essayé de vous en apporter. »

Un lourd silence s'abat sur les deux hommes. Sadge a la gorge serrée. Il considère avec précaution cette nouvelle information nauséabonde qui vient d'entrer dans sa vie. Ce délit de fuite est si minable, si abominable, si impardonnable, qu'il en veut à Nabey. Mais cet événement explique aussi probablement le suicide d'Alain, dévoré par le remords, usé par la vie, les dettes et l'absence de perspectives apaisées. Il éclaire aussi le fait que Sadge ait quitté Catherine et Nicolas, les deux personnes qu'il aimait le plus au monde, sans doute pour les préserver de la personne nuisible qu'il était devenu. Cette hypothèse le rassérène un peu car si c'est le cas, il n'aura pas gâché son mariage sans raison.

Selon le médecin, il a construit sa brillante carrière à partir de cet acte misérable, d'une piteuse lâcheté. Une femme est restée allongée sur le bitume, blessée, estropiée, morte peut-être, et c'est grâce à elle qu'il est devenu le personnage public que tout le monde respecte. Son succès, il le doit également à Alain, qui l'a protégé, comme toujours. Pour ne pas mettre en danger la carrière de son petit frère, il a accepté de fuir comme un lâche et de se laisser ronger par la culpabilité dans son coin.

L'été de ses treize ans, à La Baule, en sortant d'une boum, Alain et lui étaient tombés nez à nez avec une bande de grands, une meute éméchée, en mal de mauvaise querelle. À leur vue, Sadge s'était liquéfié de peur. Alain avait dix-sept ans et n'était pas bien gros. Le plus déluré de la bande, un type avec une sale tête et des cheveux en brosse, les avait interpellés : « Tiens ! Des petits pédés de Parisiens ! Alors, comme ça on rentre chez papa-maman ? »

Sadge avait soudain regretté d'avoir reçu une éducation bourgeoise et de porter des vêtements proprets. Il aurait tout donné en cet instant pour être né loubard lui aussi et pouvoir se lier d'amitié avec ces dangereux adversaires. Alain lui avait chuchoté à l'oreille : « Dès que je commence à parler, tu pars en courant et tu rentres à la maison par le remblai, t'as compris ? »

Le chefaillon s'était avancé, goguenard : « Eh ben, qu'est-ce qu'ils disent, les pédés ? »

Alain avait lancé crânement : « On t'a jamais dit que tu ressemblais à un hérisson et que ça te donnait une tête de con ? »

Les autres s'étaient mis à ricaner.

« C'est pas trop dur de porter toute la journée ta bêtise crasse sur la gueule ? »

Tandis que le molosse affichait un air stupéfait, Sadge avait pris ses jambes à son cou et s'était enfui dans le silence de la nuit. Il se souvient encore du bruit de ses petites foulées légères et fébriles sur le goudron jonché d'aiguilles de pin, de sa respiration bruyante et du battement de son cœur à ses tempes. Il avait attendu Alain dans le jardin pendant des heures, sans oser rentrer dans la maison, les joues rougies par l'effort et la honte d'avoir abandonné son frère seul contre tous.

Alain était rentré aux premières lueurs du jour, la lèvre gonflée.

« On dit rien aux parents, OK ? »

Nabey hausse de nouveau les épaules avec fatalisme.

« Je suis désolé, monsieur Sadge, mais l'heure tourne et j'ai un patient qui m'attend… Reprenons rendez-vous si vous voulez. »

Le médecin se lève et Sadge l'imite. Il aimerait bien gifler ce visage impassible, juste pour voir l'effet que ça ferait.

En moins de temps qu'il n'en faut pour dire ouf, il se retrouve, désorienté, sur le trottoir. Un camion-poubelle passe lentement, diffusant dans son sillage une odeur chaude. Une petite fille se pince le nez en le regardant.

En marchant dans l'air chargé d'orage, Sadge se demande comment il pourra se pardonner un jour ce qu'il vient d'apprendre.

28 juin

Fargo lui a donné rendez-vous dans le petit jardin public situé en face du Bon Marché. Une mère énervée passe en tirant deux mouflets par la main.

Sadge se sent mal à l'aise quand il expose au vieux policier le délit de fuite. C'est la première fois de sa vie qu'il s'entend avouer un crime.

« J'aimerais que vous enquêtiez aussi là-dessus. »

Il demande à Fargo de retrouver la victime. Il a besoin de savoir ce qu'elle est devenue, même s'il redoute de l'apprendre. Tans pis, il ne peut pas faire autrement, il ne cesse d'y penser, jour et nuit, sans comprendre comment il a réussi à vivre toutes ces années avec cette affreuse plaie en lui.

Fargo extrait de sa veste un long peigne en écaille et se recoiffe méticuleusement. Qui utilise encore un peigne de nos jours ? Sadge observe les cheveux colorés du vieil homme, qui virent à l'orange.

« Je vous préviens, ça va être compliqué, monsieur Sadge. Même s'il y a eu une plainte, elle a dû être classée sans suite…

– Vous savez quelles peines sont encourues pour ce genre de… forfait ?

– À vue de nez, cinq ans si la victime a été blessée. Peut-être plus si elle est morte. Mais de toute façon, à l'heure qu'il est, c'est prescrit. »

Sadge songe que ses remords, eux, ne le sont pas. Il vient tout juste de commencer à purger sa peine.

« Je vous paierai un supplément si nécessaire, mais j'ai vraiment besoin de savoir.

– Je vais regarder, mais ne vous attendez pas à des miracles. Sauf si cette femme est morte : le dossier sera plus facile à retrouver… Si vous saviez ! La plupart des commissariats n'ont même pas numérisé leurs archives… »

Sadge fouille dans ses poches.

« Ah. Il y a autre chose, aussi. Chez mon père, j'ai trouvé la photo de cette petite fille. Personne ne la connaît. Il y a écrit *Valérie* au dos.

– Oui ?

– Comment je pourrais la retrouver ?

– Votre mère ne peut pas vous renseigner ?

– Non, personne ne sait rien. »

Fargo hausse les épaules.

« Que voulez-vous que je vous dise ? Ça peut être n'importe qui…

– Oui, mais regardez : c'est ma main, là, sur son épaule.

– D'accord. Ça n'empêche que je ne vois vraiment pas comment vous aider, là… »

Fargo soupire.

« Je suis d'un fatigué, moi… »

Sadge frissonne, un petit vent léger s'est levé d'un coup. Fargo tire un carnet de sa poche.

« Malgré tout, j'ai réussi à avancer. La concierge de l'immeuble où vivait votre frère est nouvelle, mais elle était au courant du drame, vous imaginez. D'ailleurs il paraît que le propriétaire a eu du mal à relouer le bien. L'ancienne concierge est partie à la retraite, l'année dernière, mais j'ai retrouvé son adresse, en banlieue est… J'irai dès que j'aurai une minute. »

Sadge, lui aussi, se sent épuisé.

4 juillet

Toujours à la recherche d'un concept d'émission révolutionnaire, Versini brasse des idées plus ou moins improbables.

Lors d'une séance de brainstorming, Sadge observe son directeur du développement, un beau garçon très brun, aux yeux noirs et aux traits fins, au visage ouvert et à l'air intelligent. Il est très bien habillé et impeccablement coiffé. Il se poste près du tableau pour noter les propositions intéressantes qui émaneront de la réunion.

Dix minutes suffisent à Sadge pour trouver ce garçon horripilant, car il fait de trop jolies phrases pour qu'elles ne soient pas suspectes. Il s'écoute parler et y prend un plaisir odieux. Sadge le regarde, fasciné de voir sa bouche en cul de poule, humide, pondre, dans une délectation de sphincter, d'innombrables petites sentences, toutes plus creuses les unes que les autres.

« Mes trois mots-clés pour une bonne émission sont : *modernité, authenticité* et *proximité*… Oups ! J'allais oublier mon quatrième, très très important : *bienveillance*, évidemment ! »

Sadge résiste tant qu'il peut à son énervement, cherchant plutôt ce qu'il y a de cocasse dans ce personnage. Mais il est envahi malgré lui par une irritation démesurée qui le démange. Il ne fait rien cependant, ne dit pas un mot et subit son supplice en guettant chaque nouvelle phrase, exaspéré par avance.

« En télévision, il faut cracker *pur concept.* »

Le type n'a peur de rien, ne recule devant aucune banalité et s'immisce inutilement dans la discussion en la truffant de généralités qui doivent flatter son oreille.

« Ce qui compte, c'est *le concernant* : on doit capter l'attention du téléspectateur à chaque instant, sinon il zappe. »

Versini ne paraît pas le moins du monde crispé par ces incantations prétentieuses et stériles. Au contraire, il acquiesce, intéressé, comme si cet être au look extravagant pouvait le faire grandir.

« Il nous faut *juste penser 360*, sinon les jeunes ne viendront pas nous voir. »

Sadge est au bord de l'apoplexie.

« Trouvons une *promesse disruptive*. Je dis toujours : soyons *agiles* dans notre réflexion. »

Pour étoffer l'équipe, Versini a recruté récemment deux jeunes types qui viennent du digital, parce qu'ils sont censés avoir des idées différentes. Ils ont trente ans, sont proprets et ne se quittent jamais d'une semelle. Ils tètent à longueur de journée d'étranges machines à fumer qui leur donnent l'air de drogués. Sadge trouve ces vapoteurs particulièrement inélégants et ridicules. Leurs utilisateurs sont arrimés à leur volumineux gadget comme des bébés à une tétine. Il imagine mal Humphrey Bogart, Vittorio Gassman ou Alain Delon avec cette machine à vapeur dans le bec. Très vite, il a baptisé les deux nouveaux *Tout* et *Son Contraire*, car ils passent leur temps à se chamailler. Il adore capter des bribes de leurs disputes : « Est-ce que j'ai dit que la sexualité des seniors était un bon thème ?

Les vieux n'aiment pas se voir à la télévision, ils préfèrent reluquer les petits jeunes, si possible beaux et en pleine santé » ; « Je me tue à te répéter que la déradicalisation des islamistes, c'est anxiogène ! » ; « Et la guerre des taxis, c'est parisien. En province, on s'en fout ».

À la fin de la réunion, Versini écoute d'un air pénétré les conclusions auxquelles sont parvenus ces deux petits génies puis il soupire et conclut, comme à l'issue de toutes les séances de brainstorming qui se sont enchaînées depuis deux semaines :

« Bien, messieurs. On se reparle de tout ça demain, à tête reposée. »

En réalité, personne ne sait ce qu'il faut faire.

Sadge a réussi à se faire inviter à dîner chez Catherine, au prétexte de lui rapporter son album de photos.

« Tu refumes ? »

Il hausse les épaules en signe d'impuissance. Elle le regarde en secouant la tête.

« Tu avais réussi à arrêter, au moment des problèmes respiratoires de Nicolas, et à l'époque tu avais pris dix-sept kilos, que tu as mis dix ans à reperdre… Et maintenant, parce que tu te crois jeune, tu te forces à refumer ! C'est vraiment trop bête ! »

En arrivant chez Catherine, il a eu un petit vertige. La voir lui ouvrir la porte, les pieds nus et les cheveux encore humides d'avoir été fraîchement lavés, lui a donné l'impression d'être revenu en arrière et de rentrer chez lui. Tandis qu'elle cherche un vase pour les roses blanches qu'il a apportées, son cœur se serre en reconnaissant les objets de leur vie passée : le petit tableau de cette rue de Paris qu'ils avaient acheté avec toutes leurs économies chez un antiquaire à Dieppe, et le bureau de son grand-père que Catherine aime tant. Il le caresse furtivement en souvenir d'un temps où leur mariage était solidement ancré dans un quotidien bien réel.

Comme Catherine s'occupe des fleurs dans la cuisine, il visite l'appartement et passe devant la chambre de Nicolas. Il entrebâille la porte, c'est bien une tanière d'adolescent. Au mur il y a des posters : *La Haine*, *Le Bon, la Brute et le Truand*… Sur le bureau, un fatras d'objets hétéroclites, des mignonnettes de rhum cubain, un cigare dans un étui, un déodorant en stick… Il aperçoit par terre le petit cheval en plastique qu'il avait offert à son fils au Noël de ses cinq ans. Pendant un temps ça avait été son jouet préféré. Il le ramasse et pose un petit baiser sur sa bonne tête.

Catherine apparaît avec son bouquet, qu'elle dépose bien en évidence sur la table basse.

« Elles sont magnifiques ! »

Elle lui sert un verre de vin, puis trinque avec lui en le regardant droit dans les yeux. Il aimerait croire à un rendez-vous amoureux, ce qui justifierait son trac. Tout d'un coup il a peur de paraître gamin auprès de cette femme de seize ans de plus que lui. Il va faire attention à ce qu'il dit, tourner sept fois sa langue dans sa bouche avant de dévoiler des pensées qui trahiraient une immaturité un peu mièvre.

Ils s'asseyent à table. Catherine lui a préparé sa fameuse salade avocat, céleri, parmesan. Il pose sa fourchette.

« Dis-moi, pendant toutes ces années, tu as eu… des…

– Des ?…

– Des histoires.

– C'est-à-dire, des histoires ? Attends, j'ai l'impression que le rôti est prêt. Finis ton entrée, j'arrive tout de suite. »

Elle se lève et court, légère, vers la cuisine, d'où proviennent des bruits familiers et des odeurs appétissantes. Elle revient en marchant lentement, un lourd plat fumant dans les mains.

« Je l'ai sorti du four juste à temps ! »

Sadge observe sa femme et s'émerveille de chacun de ses gestes. Elle reprend sa place, satisfaite.

« Tu veux savoir si j'ai eu d'autres hommes, c'est ça ? »

Il a mal au genou, tout d'un coup. Elle lui sourit.

« Ne me dis pas que tu serais jaloux.

– Ça se pourrait… »

Elle éclate de rire.

« T'exagères, quand même, après toutes ces années ! »

En voyant à quel point cela fait souffrir Sadge d'attendre sa réponse, elle décide de mettre fin à son supplice.

« Non, ma vie en solitaire me convient très bien et je n'ai pas particulièrement envie que ça change…

– Et… qu'est-ce que tu pensais d'Alain ? »

Catherine a un petit sourire triste.

« Écoute, je l'aimais bien parce que c'était ton frère, malgré vos relations compliquées. Mais j'ai toujours plaint cette pauvre Marie d'avoir à vivre avec un mec aussi difficile… À l'époque, je me félicitais d'avoir épousé le bon frère ! »

Elle lui sourit et il comprend que sa suspicion à propos d'une liaison avec Alain ne tient pas la route. Au soulagement qu'il en éprouve, il mesure combien toutes les considérations autour de son frère lui font mal, sans même qu'il s'en aperçoive. En fait, Alain lui empoisonne la vie.

« J'ai été voir Marie…

– Elle m'a dit. Ça lui a fait très plaisir. »

Plus tard dans la cuisine, Sadge ne peut s'empêcher de s'approcher de Catherine qui prépare un espresso avec l'une de ces nouvelles machines à la mode. Un désir irrésistible de plonger son nez dans ses cheveux le pousse à l'enlacer innocemment et à poser sa tête contre elle. Par-dessus son épaule il regarde sa poitrine, et plus bas ses mains sur la table. Il hume son odeur, reconnaît les traces de son parfum, toujours le même, et cela lui donne, une fois de plus, l'impression d'être chez lui. Catherine ne dit rien. Après un imperceptible frisson de surprise, elle se détend et se laisse aller à ce moment d'inoffensive tendresse. D'ailleurs on dirait que leurs corps se reconnaissent, comme deux vieux amis qui se retrouvent. Leurs gestes sont naturels et insouciants. Sadge pourrait rester comme ça, toujours. Catherine lui caresse distraitement la main, comme si elle pensait à autre chose. Quand il desserre son étreinte, elle se retourne et lui fait face. Ils se regardent dans les yeux en se souriant. Sadge perçoit un voile de tristesse traverser le regard de sa femme. Il la prend de nouveau dans ses bras et la serre contre lui. Cette fois elle répond à son étreinte et ils demeurent un moment enlacés. Quand Catherine sent naître chez lui une esquisse d'érection, elle se raidit et se détache brusquement.

« Non, Éric…

– Je suis désolé… c'est une chose difficile à contrôler. »

Elle sourit, résignée.

« Je suis trop vieille pour ça.
– Mais non !
– Je suis tout sauf désirable, mon pauvre ami…
– Mais qu'est-ce que tu racontes, enfin ?
– Et puis, pour nous deux, c'est trop tard…
– Mais non !
– Mais si, Éric ! Mais si… Entre nous, tu l'as oublié, mais c'est cassé. »

Sadge en a assez de réfléchir, de se contrôler, de se retenir, il prend la main de Catherine, la porte à sa bouche et l'embrasse amoureusement. Elle soupire, résignée. Puis il caresse sa joue avec douceur et elle finit par fermer les yeux. Alors il s'approche et dépose sur sa bouche un lent baiser.

Catherine le guide vers sa chambre. Il reconnaît le lit de leur mariage et même les deux tables de nuit achetées à Barcelone. Il manque juste la petite lampe de chevet blanche qui s'y trouvait hier, il y a dix-sept ans. Catherine l'embrasse à son tour et sa langue vient timidement chercher la sienne. Elle le déshabille et le pousse sur le lit. À l'instant de se dévêtir à son tour, elle marque une hésitation.

« Tu peux éteindre, s'il te plaît ? »

Elle le demande avec une timidité qui attendrit Sadge. Il obéit et devine dans l'ombre la silhouette de sa femme qui se débarrasse lestement de ses vêtements.

« Ne me regarde pas. »

Sadge est profondément heureux de retrouver le corps de Catherine. Il respire son odeur comme s'il revenait à sa terre natale. Il découvre sous la pulpe de ses doigts une peau plus fine, plus douce. Il saisit ses seins à pleines mains et ceux-ci lui semblent lourds et volumineux. Il hume ses parfums intimes, intenses et délicats. Catherine le laisse faire. Le sexe de Sadge, endolori de désir, explore celui de sa femme, plus ouvert et accueillant.

Dans le silence de la nuit, Sadge observe sa femme en train de dormir et savoure sa complète satisfaction. Il s'approche de son visage et l'embrasse délicatement. Il a l'impression d'avoir fait l'amour pour la première fois depuis son retour à la vie.

Ses yeux se sont accoutumés à la pénombre et, grâce à un rai de lumière qui provient de la salle de bains, il a tout le loisir de détailler son corps abandonné. C'est vrai qu'elle a changé et cela attise d'autant son appétit. Ses fantasmes ont vieilli en même temps que lui.

Et Catherine, comment aura-t-elle jugé le corps plus flasque de son mari, ses muscles moins saillants et sa peau de poulet dans le cou ? Il y a, dans cette équivalence des déclins, une vérité spirituelle qui les dépasse et les unit.

Il recouvre le corps de Catherine avec le drap. Elle se retourne en soupirant et s'enroule dedans. Sadge se lève furtivement et se dirige vers la salle de bains. Il s'examine dans le miroir sans pouvoir réprimer un sentiment de fierté inexprimable, une excitation de conquérant, à l'idée d'avoir couché avec sa femme. Soudain il frémit en entendant la voix de Nicolas dans le salon.

« Maman, je suis rentré ! T'es réveillée ? »

Sadge se fige. Il devine les pas de son fils dans le couloir. Il ramasse furtivement ses vêtements et se dissimule juste à temps derrière la porte. Nicolas passe une tête et murmure :

« Maman ? Tu dors ?… »

N'obtenant aucune réponse, il repart. Sadge respire. Mais Nicolas se ravise et il l'entend qui revient.

Toujours en susurrant, Nicolas fait semblant de gronder sa mère.

« Dis donc, ma vieille, la prochaine fois, tu me rangeras la cuisine mieux que ça ! C'est un vrai capharnaüm ! Je te ferai savoir qu'on n'est pas à l'hôtel, ici ! »

Il glousse de sa plaisanterie et s'éloigne en riant. Sadge se rhabille en vitesse. Catherine ne s'est pas réveillée.

Il se faufile à pas de loup dans le couloir. Par l'entrebâillement de la porte, il aperçoit son fils affalé sur le canapé du salon, le visage vaguement éclairé par les images blafardes et mouvantes de la télévision.

Obligé d'attendre que Nicolas lui laisse le champ libre pour atteindre la porte d'entrée et s'échapper discrètement, il l'observe, fasciné par l'immobilité surnaturelle de son visage. Dort-il les yeux ouverts ? A-t-il fumé de l'herbe ? Sadge a appris que la consommation de cannabis s'était banalisée dernièrement.

Il en profite pour tenter de déchiffrer, dans les détails anguleux du visage de ce garçon, les traits de l'enfant qu'il a éperdument aimé. Rien n'y fait : celui-là est un imposteur, un être sans charme pour lequel il éprouve une méfiance qui lui semble justifiée.

Soudain, avec une surprenante agilité, Nicolas se lève pour se diriger vers la cuisine.

Sadge ne fait ni une, ni deux et s'enfuit. Une fois sur le trottoir, dans la fraîcheur de la nuit, il rit comme un gamin.

Le lendemain matin, Vanessa lui annonce qu'elle a pris un jour de congé pour rester avec lui, parce qu'ils ne se voient pas assez.

« On va profiter un peu de la vie tous les deux… »

Devant son inoxydable gentillesse, Sadge se sent minable de l'avoir trompée avec sa femme. Il a le sentiment une fois de plus d'être enrôlé dans un mauvais vaudeville dont il serait le héros. S'il continue, un jour ou l'autre, il finira caché dans un placard.

Vanessa l'emmène au golf. Il se souvient d'y avoir joué une fois ou deux dans son enfance, avec son grand-père, l'été. Il parvenait parfois à taper la balle, mais n'avait jamais persévéré, manquant de temps et de talent pour dominer ce sport technique, si peu indulgent avec les débutants.

Il découvre qu'il est membre d'un club luxueux, dont le personnel le salue avec déférence. Après s'être changé, il retrouve Vanessa, ridiculement attifée d'une jupette en tissu acrylique jaune poussin qui met en valeur ses cuisses fuselées. On dirait qu'elle joue à la bourgeoise qui adhère religieusement à tous les codes de bonne conduite. Il a été soulagé, lui-même, de n'avoir pas à enfiler l'un de ces horribles bermudas en tissu écossais dans lesquels certains vieux s'exhibent, espérant ainsi qu'un peu du prestige britannique retombe miraculeusement sur leur grotesque personne. Le casier à son nom contenait un sobre pantalon en toile claire. Sadge s'est regardé dans la glace et s'est trouvé assez élégant avec ses belles chaussures bicolores.

En sortant du vestiaire, il est abordé par un golfeur en pantalon rouge. L'homme a la soixantaine, une moustache jaunie et une haleine qui sent la dent creuse.

« Salut, vieux frère ! Tu sais que je viens de faire un birdie au 8 ? Tu vois le bunker à droite du green ? Eh bien j'étais dedans, figure-toi ! Je prends mon wedge et hop, je sors de là comme une fleur ! Et tu sais quoi ?

La balle va mourir dans le trou… Qu'est-ce que tu dis de ça ? »

Sadge se débarrasse comme il peut de ce Séraphin Lampion.

Maintenant il est intimidé d'avoir à jouer, au départ du trou numéro un, devant tout un parterre de flâneurs qui traînent près du club house, attendant discrètement de voir les types comme lui se ridiculiser en ratant leur premier coup. Il est étonné de réussir un drive merveilleux. Sa balle s'élève dans les airs, dans une trajectoire parfaite. Il en est presque inondé de bonheur. Il savoure la satisfaction d'avoir étouffé dans l'œuf les éventuels sarcasmes de tous ces cyniques vautours. Il est sauvé.

Il va de surprise en surprise, car il est devenu un excellent joueur. Son jeu est à la fois puissant et fin. Il réalise des approches inouïes de précision, rentre d'improbables putts. Son mouvement est souple, naturel, et ses balles s'envolent avec facilité et élégance. Il en reste ébahi. Il a appris à jouer pendant les dernières années de sa vie… Il existe ainsi une mémoire physique qui n'a pas oublié le bon geste, tandis que sa mémoire consciente demeure en panne. Il va peut-être découvrir aussi qu'il est un pianiste virtuose ou qu'il sait skier comme un dieu. Dans la voiture, au retour, Vanessa se sent obligée de l'encourager.

« Tu n'étais pas dans ton meilleur jour, aujourd'hui. Mais ne t'inquiète pas, avec un peu d'entraînement, ça va revenir, mon chéri. »

Donc, il joue encore mieux que ça.

En entrant dans son immeuble, Sadge tombe sur Nicolas, qui l'attendait dans le hall.

« Je peux te voir cinq minutes ?

– Monte, on va boire quelque chose.

– Cool… »

Tandis que Vanessa prend sa douche, Sadge débouche deux bières en se disant que c'est ce que doivent faire les pères avec leurs fils. Mais, très vite, il se lasse de l'apparente apathie de Nicolas.

« Bon, depuis la dernière fois, est-ce que tu as réfléchi à ton avenir ? »

Nicolas ouvre un œil.

« Tu ne vas pas recommencer !… »

Même sa façon de boire est nonchalante, comme si lever la bouteille à chaque gorgée lui coûtait un regrettable effort. Sadge décide de garder son calme et de se montrer pédagogue.

« Écoute, Nicolas, il va bien falloir qu'à un moment donné, tu te ressaisisses et que tu te donnes quelques objectifs concrets, tu ne crois pas ? »

Son fils lui adresse un regard atone.

« C'est pas toi qui me racontais que chaque année Versini t'obligeait à faire des business plans à trois ans parce que ça le rassurait, mais que toi, tu trouvais ça artificiel et inutile ?

– J'ai dit ça, moi ? »

Nicolas hausse les épaules.

« Mais putain ! Il n'y a rien qui te fasse réagir ? Rien qui t'excite, qui te donne envie, je sais pas… ou au contraire qui te révolte ? Tu te fous de tout ?

– De pas mal de choses, oui. »

Sadge reste sans voix.

« T'étais drôlement plus énergique quand t'étais petit !

– Et toi, tu étais drôlement plus cool quand t'avais cinquante ans… »

Sadge ne supporte plus cette impertinence bonhomme.

« Écoute mon vieux, j'ai pas de leçons à recevoir d'un, d'un… d'un mollusque qui vit encore aux crochets de ses parents ! »

Nicolas éclate de rire.

« C'est marrant, parce que t'es moins crédible qu'avant ! Je ne saurais pas dire pourquoi… »

Sadge sent un flot de rage monter en lui.

« Mais putain, au lieu de ricaner bêtement, regarde-toi ! Tu es mou, mou, mou ! Tu n'as pas de rêves, pas d'ambition, à part lambiner toute la journée ! Je ne te reconnais pas et je suis déçu ! Voilà ! C'est dit ! »

Nicolas se lève en soupirant. Il pose délicatement sa bière sur la table basse, époussette son pantalon et fouille dans la poche de son blouson.

« Au fait, j'étais venu te rapporter tes lunettes. Tu les as oubliées sur la table de maman, hier soir, quand tu t'es enfui derrière mon dos… Allez, salut. Merci pour la bière et la bonne conversation. »

15 juillet

Hier, quand il a ouvert la porte d'entrée de sa villa à La Baule, une alarme stridente s'est immédiatement déclenchée. Sadge n'avait pas la moindre idée de comment la désactiver. Heureusement le téléphone a sonné, c'était la société de sécurité qui lui demandait son mot de passe. Il a expliqué la situation, le type l'a reconnu et a mis fin à l'enfer sonore.

Sadge a pu explorer sa maison pour la première fois et l'a trouvée somptueuse, presque gênante d'opulence. Il y a toutes sortes de gadgets dont il ne savait même pas qu'ils avaient été inventés : des lumières qui s'allument toutes seules à son passage, une climatisation gérant la température de chaque pièce de façon autonome, deux machines à café, un four à pizza personnel, un distributeur de bière à la pression, un système hi-fi qui diffuse de la musique partout et des écrans de télévision à la taille pharaonique dans toutes les chambres, et même dans les salles de bains.

Ce matin il contemple le ciel tumultueux et magnifique, la mer tourmentée et ses rouleaux vert-de-gris qui se renouvellent en produisant une écume étonnamment blanche et furieuse. De grands chevaux, élégants et tranquilles, trottent sur le sable orange. Debout sur son balcon, il se remplit de ce spectacle immense.

Il a dit à tout le monde qu'il avait besoin de quelques jours de solitude.

Il est heureux de retrouver cet endroit où il a passé tant de vacances avec Catherine. Il renifle l'air iodé, traversé ici et là par les parfums discrets de terre mouillée et d'écorce de pin. Cette signature olfactive inimitable le fait se sentir ici chez lui. On entend le cri déchirant d'une mouette ; elle plane avec lenteur dans la transparence épaisse de la brise, juste au-dessus des toits. Il aimerait l'accompagner un moment dans son désinvolte voyage.

Des bras enserrent sa taille.

Il se retourne et découvre le visage rayonnant de Catherine. Il l'embrasse longuement, tout en dénouant la ceinture de son peignoir qu'il fait glisser par terre. Elle ne recule pas malgré la lumière crue qui éclabousse son corps nu. Il contemple ses épaules rondes, ses taches de rousseur, sa poitrine, son ventre. Il la prend dans ses bras et la porte jusqu'au lit. Ils savourent chaque instant, chaque caresse, chaque regard, comme des amants adultères.

Plus tard, ils regardent ensemble un réconfortant documentaire à la télévision. Sadge s'émerveille du lent galop des girafes, qui semblent toujours se déplacer au ralenti avec une grâce inimitable. Catherine a posé sa tête sur son torse. Parfois il passe ses doigts dans ses cheveux. Il se demande s'il n'aime pas ces images du bout du monde parce qu'il se dit que depuis là-bas, on doit mieux rêver du chez-soi qui nous manque. Il n'y a que les reportages animaliers qui l'apaisent.

Ils vont dîner chez les Balaran, leurs amis ostréiculteurs. Sadge retrouve avec joie la petite maison au bord de la route, la cuisine encombrée de cartons, l'odeur d'intérieur et de ragoût, la poignée de main noueuse du grand-père, les joues rebondies de Chantal, qu'il embrasse avec toute l'affection qu'il a pour elle. Ici, rien n'a changé depuis vingt ans, ni le décor, ni les gens, et il a l'impression que le monde est exactement tel qu'il le connaissait.

Ils prennent un verre dans la cuisine éclairée au néon, sur la table en formica qui date des années quatre-vingt.

Chantal lève son verre, elle a les yeux qui pétillent.

« Alors, vous deux… c'est reparti comme en quarante ? »

Ils se laissent surprendre par la question.

« Eh bé ! Ils rougissent comme deux amoureux ! Ça promet ! »

Tout le monde rit.

Chantal les étreint brièvement.

« En tout cas, moi, ça me fait plaisir de vous voir ensemble. C'est dit. »

Le lendemain soir, ils se quittent sur un quai de la gare Montparnasse. Sadge propose à Catherine de la raccompagner chez elle en taxi, mais elle préfère prendre le métro.

Ils s'embrassent une dernière fois.

« À bientôt ? demande-t-il.

– À bientôt. »

À peine a-t-elle tourné les talons qu'il éprouve une cuisante solitude. Il lui envoie un message.

Tu viens tout juste de me quitter et tu me manques déjà.

Il rentre chez lui. Vanessa s'est assoupie. Il se couche, un peu minable, en redoutant le moment où il devra faire souffrir cette jeune femme qui lui veut tant de bien.

En attendant le sommeil, il réfléchit. Depuis son retour de l'hôpital, il ne tient à la vie que par un tout petit nombre de fils humains. Son voyage à travers l'oubli l'a considérablement isolé. Jusqu'ici il avait vécu dans l'illusion qu'une multitude d'autres personnes comptaient sur lui : sa femme, son petit garçon et ses parents vieillissants, ses amis, ses collègues. Et même son grand frère, moins équilibré que lui. Alain jouait au dur, mais il savait bien que ce garçon était plus fragile qu'il ne le paraissait. Il s'était donc construit sur cet enchevêtrement d'engagements affectifs qui le valorisaient et l'obligeaient : tous ces gens avaient besoin de lui.

Et voilà qu'aujourd'hui il est pétrifié à l'idée d'être lui-même abandonné, sans personne sur qui se reposer. Il regarde Vanessa dormir et la perspective de la quitter le terrifie. Son téléphone s'éclaire silencieusement dans l'obscurité.

Toi aussi tu me manques, mon chéri.

Les bras sous la nuque, les yeux ouverts, il est inondé d'un merveilleux petit bonheur.

19 juillet

Sadge ne se résout pas à parler à Vanessa, tandis qu'il multiplie les occasions de revoir Catherine. Ils font l'amour dans des chambres d'hôtel et même une fois sur le banc d'un jardin public fermé pour la nuit. C'est lui qui en a pris l'initiative. Catherine a protesté, juré qu'elle n'avait plus l'âge de ces bêtises, mais a fini par se laisser faire en rougissant. C'est cette pudeur gênée qu'il guette et savoure comme un précieux nectar.

Il emmène Catherine dans un grand magasin pour lui acheter des sous-vêtements. Dans la cabine d'essayage, il lui caresse les seins. Elle proteste, menace d'appeler au secours. Mais ils s'étreignent, debout, presque en silence, puis se séparent, échevelés, essoufflés, en souriant, comme deux complices qui viennent de réussir un mauvais coup.

« Tu veux bien aller me chercher l'ensemble mauve qu'on a vu tout à l'heure. Je t'attends ici… »

Sadge ressort après s'être rapidement recoiffé.

« Tout se passe bien ? » lui demande la vieille vendeuse d'une voix traînante et doucereuse.

Il lui adresse un sourire crispé.

Quand il revient avec l'article convoité par Catherine, il est saisi d'effroi. Vanessa est là, devant les cabines, qui l'observe froidement.

« Alors voilà ce que tu fais de tes journées ? Je te prends en flagrant délit ! »

Il s'approche d'elle, prêt à tout avouer, et Vanessa l'embrasse tendrement. L'air coquin, elle regarde le soutien-gorge qu'il tient à la main.

« Dis-moi, mais c'est ravissant, cet ensemble ! On voit que tu sais ce que j'aime ! À ce soir, mon bébé ! J'ai hâte… Et n'hésite pas à prendre une taille en dessous ! »

Puis elle s'éclipse en lui lançant un clin d'œil appuyé.

Il retrouve Catherine dans la cabine, tout habillée, le visage fermé.

« On va s'arrêter là, Éric. Tu ne lui as toujours rien dit pour nous, et moi je ne veux pas de cette situation minable. J'aurais préféré ne pas me sentir sale, cachée ici comme une vulgaire maîtresse, à devoir considérer Vanessa comme une rivale. Je n'ai plus l'âge d'avoir une rivale, Éric… Et puis l'entendre évoquer votre intimité… Ça m'a dégoûtée, pour tout te dire. Tu aurais pu me protéger de ça. Allez, ciao ! »

Sadge la regarde partir et ressent un violent pincement à la poitrine. Les chocs émotionnels ont eu raison de son cœur fatigué et il va crever ici, au rayon lingerie, et personne ne le regrettera. Sauf Vanessa peut-être, la pauvre petite.

« Alors, finalement, vous le prenez ? »

La vendeuse attend, son morne visage éclairé par une lueur de cupidité.

Sadge lui tend la parure de Catherine.

« Non. Merci. »

21 juillet

Sadge est mortifié : comme Sisyphe, il tâche sans relâche de reconstruire sa vie, mais celle-ci se délite sous ses yeux dès qu'il approche du but. Il avait réussi à reconquérir Catherine tout seul, et voilà qu'il l'a de nouveau perdue. L'amertume qu'il en éprouve est comme une faim tenace, sourde, obsédante.

Il avait promis à Catherine qu'il s'occuperait de Nicolas en tentant de l'intéresser au métier de producteur de télé. Pour regagner les faveurs de sa femme, il va proposer un stage à son fils. Ce n'est pas un stratagème bien glorieux, mais à la guerre comme à la guerre.

Malgré la teneur un peu houleuse de leur dernière entrevue, il a réussi à convaincre Nicolas de venir le retrouver au bureau. Quand celui-ci arrive, Nathalie, selon ses instructions, va le chercher à l'accueil, comme un invité de marque, et lui propose un café dans la grande salle de réunion. Sadge est content : pour une fois, son fils a l'air un peu impressionné.

Il lui explique les arcanes de la fabrication d'un magazine d'information en essayant de rendre les choses vivantes. Il lui fait valoir combien la télévision est un travail d'équipe, où l'on réussit en fédérant toutes sortes de talents remarquables. Quand il lui semble que son fils est séduit, il lui propose de travailler avec lui.

« À la télé, pas besoin d'avoir fait d'études, on apprend sur le tas. Et tu verras, il y a plein de choses marrantes à faire… »

Nicolas acquiesce.

Voilà une affaire rondement menée.

Sadge se réjouit déjà à l'idée d'appeler Catherine pour lui annoncer qu'il a trouvé un avenir à leur fils. Ce sera l'occasion de la revoir, de l'approcher, de la séduire à nouveau. Il imagine, avec une certaine gourmandise, comment il va tourner sa première phrase, quand Nicolas reprend la parole.

« Sans vouloir t'offenser, la télévision ne me fait pas rêver. Je la regarde pas et puis… de toute façon ça m'intéresse pas.

– Mais comment tu peux savoir si tu ne tentes même pas l'expérience ? Fais au moins un stage ! Et si ça ne te plaît pas, tu t'arrêteras là. T'auras perdu trois mois, la belle affaire !

– Non, merci. Sans compter que j'ai vraiment pas envie d'être le fils pistonné du patron… Je préfère réussir par moi-même. »

Il se lève.

« Bon, allez, salut, j'ai des trucs à faire.

– Quels trucs ?

– Ben… des trucs. »

Nicolas embrasse Nathalie comme s'il la connaissait depuis toujours et s'en va de sa démarche tranquille.

Sadge est soufflé par le toupet de ce garçon… Ce bon à rien est non seulement paresseux, méprisant et mal élevé, mais en plus il est bête. Il se permet de refuser une opportunité magnifique, comme si on lui faisait l'aumône par-dessus le marché ! Sadge est tellement soufflé qu'il en oublie même de se mettre en colère.

Il décide de suivre son fils en cachette, comme le ferait un personnage de série américaine. Il sort de son bureau. Dans le couloir il est happé par Philippe Labbé, son directeur de production. À chaque fois qu'il le voit, il s'étonne de constater à quel point ce collaborateur qu'il connaît depuis toujours a vieilli. Ses petits cheveux blonds sont brusquement devenus des petits cheveux blancs et son visage poupin s'est affaissé, transformant sa mine d'enfant boudeur en celle d'un vieux grincheux.

« Éric, permets-moi de voler une minute de ton précieux temps pour te signaler que pour la livraison du 28, on a un maousse problème : figure-toi que notre transporteur vient d'être arrêté à la frontière franco-espagnole pour de bêtes raisons administratives. Seulement, dans son camion il y a tout notre décor ! Si c'est ça, on est battus pour l'émission de TMC… »

Sadge ne sait que répondre. Il est impatient de sortir filer Nicolas et au lieu de ça, il est obligé de subir, impuissant, l'exposé assommant d'un problème dont il ne sait rien et pour lequel il ne peut rien.

« Heureusement que mon beau-frère est dans la gendarmerie, je ne sais pas si je te l'avais dit. Ça peut rendre quelques services appréciables, si tu vois ce que je veux dire… Bref, il a passé un coup de bigot à ses collègues douaniers et tout et tout, et les mecs ont finalement accepté de nous laisser passer. Mais on a frisé la cata ! »

Sadge félicite chaleureusement Labbé et s'enfuit, fasciné par ces gens qui prennent plaisir à vous tourmenter avec les incendies qu'ils ont déjà éteints.

Nicolas est facile à suivre parce qu'il marche lentement, sans se retourner, comme si rien ne pouvait jamais le distraire. Sadge admire son impénétrable inertie, mais il doute sérieusement que ce garçon soit son fils.

Au bout d'une heure, Nicolas déambule toujours, au point que Sadge commence à se lasser de cette promenade forcée. Au départ il était tout excité, comme un enfant qui se lance dans un nouveau jeu, maintenant le temps lui paraît bien long.

Nicolas se dirige alors vers une station du métro aérien. Il s'arrête devant et discute avec une vieille dame, qui lui tend un tablier. Sadge remarque des tréteaux sur lesquels est posée de la nourriture. Nicolas allume une cigarette, puis se dirige vers des clochards, il les salue, leur tape sur l'épaule, en embrasse même un. Sadge le voit de loin s'animer et rire avec eux. Une fois qu'il a fini de fumer, il retrouve la dame derrière les tréteaux et l'aide à distribuer les repas.

Sadge a toujours eu peur des pauvres et n'a jamais été capable d'en aider un autrement qu'en envoyant un chèque à une association, ou en glissant pudiquement une pièce dans un gobelet tendu. À présent il aimerait rejoindre Nicolas, enfiler lui aussi un tablier et servir à ses côtés… Mais il n'ose pas. Il se contente de rester caché et d'admirer son garçon. Depuis sa sortie de l'hôpital, il n'a cessé de se demander s'il avait encore une chance d'élever son fils, mais il comprend avec une certaine ironie que c'est Nicolas qui est en train de l'éduquer, et en ce moment même.

Captivé, il le regarde plaisanter avec ces gens. De qui tient-il ? De son grand-père, peut-être, qui aimait bavarder avec les mendiants dans la rue. Non, il ressemble à Alain. Il a le même panache insolent quand il conteste son autorité, méprise l'argent et la sécurité qu'il procure. Il est une version d'Alain, en moins énergique. Il lui manque ce perpétuel creux au ventre qui caractérisait celui-ci et faisait naître en lui autant de désirs qu'une reine peut pondre d'œufs dans une ruche. Alain était sans cesse charmé, tourmenté, distrait, amusé, excité par mille envies nouvelles qui jaillissaient spontanément en lui : il passait son temps à rêver, à concevoir des plans, à espérer, à se désespérer, à s'impatienter, comme un enfant qui court après des bulles de savon sans parvenir à les faire éclater… Chez Nicolas, l'appétit est atrophié, c'est pourquoi il se montre si sage et dénué de tout enthousiasme inutile. Le secret du bonheur doit peut-être résider dans cette capacité à éradiquer les désirs.

En attendant, dissimulé derrière un pylône, Sadge constate que même si le monde qu'il découvre chaque jour a beaucoup changé, la pauvreté reste une valeur sûre.

23 juillet

Alain et Sadge sortent dans l'air rafraîchi de la nuit, échauffés par les derniers armagnacs que leur a offerts le patron du restaurant. Dans la voiture cependant, ils frissonnent en attachant leur ceinture. Puis le ronronnement discret du moteur les réconforte. Les rues désertes de Paris sont belles et majestueuses : la rue de la Paix, la place Vendôme, éclairée et silencieuse, les arcades solitaires de la rue de Rivoli, et soudain ce drôle de bruit, un froissement presque, dont on ne sait pas s'il a vraiment eu lieu. Alain baisse la musique.

« T'as entendu ? »

Il ralentit et s'arrête. La rue est muette à cette heure avancée de la nuit.

« Je me demande si on n'a pas touché quelqu'un…

– Tu crois ?

– Il me semble avoir aperçu une chevelure rouge… mais je suis pas sûr.

– T'as trop bu, toi.

– Non, je te jure… T'as pas entendu un bruit, comme moi ?

– Pas vraiment. »

Alain soupire.

« Qu'est-ce qu'on fait ? »

Sadge réfléchit. Alain enclenche la marche arrière.

« Allons voir. »

Sadge pose la main sur l'avant-bras de son frère.

« Attends, attends, Alain… Réfléchissons deux minutes, OK ?

– Il n'y a pas à réfléchir !

– Si ! Parce que si on a renversé quelqu'un, ça va mal se terminer, tu comprends ?

– Non, je comprends pas. Allons voir !

– Tu veux finir en taule ? »

Alain éclate d'un ricanement méprisant.

« Tout de suite les grands mots ! Et pourquoi pas la guillotine ?

– Écoute, imbécile : tu as beaucoup trop bu ! Si t'as écrasé quelqu'un, et même si tu lui portes secours, tu vas écoper d'une peine de prison, je peux te le garantir ! »

Alain lève les yeux au ciel en signe d'exaspération. Il se retourne et commence à faire marche arrière.

Sadge hausse le ton.

« Arrête, Alain ! Écoute-moi : je suis quelqu'un de connu, tu vois ?

– Et alors ? Qu'est-ce que ça peut bien foutre ?

– Eh bien, j'ai pas envie de me retrouver dans tous les journaux !

– Mon pauvre !

– Je ne pense pas qu'à moi, figure-toi : Catherine et Nicolas aussi seront éclaboussés ! J'ai une responsabilité vis-à-vis d'eux, tu saisis ?

– Laisse-moi juste jeter un petit coup d'œil… »

Sadge s'énerve.

« Non ! On dégage. Maintenant ! »

Alain regarde son frère, incrédule. Puis il secoue la tête en soupirant.

Ils repartent en silence, doucement, comme de paisibles citoyens. Ils ne disent rien, ils n'osent plus écouter la radio, conscients de ce qu'ils viennent de faire. Sadge se promet, dérisoire résolution, de ne plus jamais boire.

Il se réveille en sursaut.

Il regarde par sa fenêtre les nuages qui traversent lentement le carré de ciel. La chambre embaume d'odeurs légères. Tout à l'heure ils ont fait l'amour avec Vanessa et à présent il n'éprouve plus le moindre besoin. Il n'a pas envie de pisser, ni de se dégourdir les jambes, ni même de se gratter. Il pourrait s'élever en apesanteur au-dessus des draps froissés, dans l'air frais de cet après-midi de grise romance, si le souvenir vivace de son rêve ne le clouait au matelas.

Il prend la décision de quitter Vanessa. Il ne peut pas continuer à étreindre son corps tout en rêvant à sa femme. Mettre fin à son histoire avec Vanessa serait une hypocrisie en moins, une décision honnête qui le rachèterait peut-être. Et ferait de lui un homme. Ce n'est pas une affaire de morale, c'est une question de dignité.

Il se lève et se promène, nu, dans l'appartement. Il s'est vite habitué au luxe qui règne ici. Dans la cuisine accueillante et silencieuse, il se sert un verre de vin rouge. Il déniche un reste de chiffonnade de Parme, qui fond sous sa langue. Le bordeaux donne au jambon un goût minéral de sang cru. Il prend conscience du poids de ses bourses tièdes, posées sur le tabouret froid, savoure aussi le repos tranquille de son sexe rassasié, la lourdeur rassurante des muscles de ses cuisses, et même la présence apaisante de son ventre. Il admire l'acuité de ses orteils qui déchiffrent chaque anfractuosité du parquet. Il aime l'imperceptible frissonnement qui parcourt son dos caressé par la tiédeur de l'air. Il apprécie la légère raideur dans sa nuque et le bruit que font ses mâchoires en mastiquant. Ses narines frémissent à chaque gorgée. L'alcool le pénètre intimement, inocule dans ses veines une chaleur enveloppante qui le saisit tout entier, de l'intérieur. Un instant la tête lui tourne et ce n'est pas désagréable.

Vanessa le rejoint. Elle boit une gorgée dans son verre et avale elle aussi un lambeau de jambon. Puis elle lève son regard clair vers lui.

« J'ai quelque chose à te dire, Éric.

– Moi aussi. »

Sadge frémit : est-elle enceinte ?

« Voilà, j'ai réfléchi : on s'aime et tu es mon type d'homme, tu le sais, mais… ça ne va pas le faire.

– Qu'est-ce que ça signifie ?

– Ça signifie que c'est fini. Ça me fend le cœur, crois-moi, parce qu'on était bien, tous les deux. Mais il faut se rendre à l'évidence, depuis ton accident, ce n'est plus pareil.

– Pourquoi ?

– Je te l'ai dit, j'ai besoin d'un homme plus mûr que moi, qui m'apprenne des choses, qui ait de l'expérience, me guide… Pas d'un jeune de trente-cinq ans qui pourrait être mon petit frère !

– Je te signale que j'ai cinquante et un ans.

– Non. Depuis ton accident tu es affreusement jeune, tu veux toujours faire l'amour, tu trouves nos amis trop vieux, tu as besoin d'exprimer tes opinions… Je suis désolée de te dire ça, parce que c'est pas de ta faute, mais moi, j'étais tombée amoureuse d'un homme sage qui m'apportait des repères. Pas d'un débutant rempli de désirs… »

Après une nouvelle rasade de vin, elle a les joues écarlates.

« Et puis je ne veux pas rivaliser avec Catherine. Je vois bien qu'elle accapare tes pensées. Je ne suis pas une voleuse, tu sais… Reprends ta liberté, ça vaudra mieux, crois-moi. »

Sadge est touché par tant de franchise.

« Tu as raison. »

Vanessa espérait peut-être qu'il se battrait plus, car en entendant ce verdict tout simple, elle se met à verser de grosses larmes qui inondent son charmant visage. Sadge la prend dans ses bras et la console. Elle se laisse faire. C'est alors qu'il s'aperçoit qu'elle est nue, elle aussi.

« Et toi, qu'est-ce que tu voulais me dire ?

– Rien d'important. »

Ils restent ainsi, enlacés dans la pénombre, à s'apporter un peu de chaleur, tandis que les derniers rayons du soleil caressent leurs peaux livides.

Le lendemain, Sadge fait ses valises.

Versini lui a dit, sans même réfléchir : « Viens dormir à la maison quelques jours », et Sadge a admiré son hospitalité si spontanée, profond témoignage d'humanité. Accueillerait-il pareillement Versini chez lui ?

Il mesure l'étendue de sa pauvreté, parce qu'il n'a personne d'autre chez qui aller, le temps de se retourner. Pour autant il ne s'apitoie pas sur son sort. Il sait qu'on ne possède rien, ici-bas. Catherine n'est plus à lui, son fils lui échappe, son corps le trahit petit à petit, son frère l'a abandonné… Même Vanessa le quitte. Son destin est désormais entre les mains d'un autre, un être puissant qui joue avec sa vie et s'en amuse.

En arrivant chez Versini, il se sent presque joyeux, comme si le fait d'avoir pris la seule décision possible la rendait agréable. Au moment de sonner, il se félicite d'avoir une bonne capacité d'adaptation. Versini lui ouvre immédiatement, comme s'il l'attendait derrière la porte.

« Bienvenue chez Versini et compagnie ! »

Toujours cette voix de stentor et cette inoxydable gaieté… Cela amuse Sadge, qui trouve cette énergie remarquable. La famille est réunie autour de la table du petit déjeuner, ça sent le pain grillé, le café et la bonne humeur. Quand il entre dans la cuisine, on se tait.

Il s'excuse auprès de Nadège, la femme de Versini, de ne pas se rappeler d'elle, l'amnésie lui a fait oublier les choses les plus importantes. Nadège est une grande femme brune et discrète, qui l'embrasse timidement. Elle le rassure, son mari l'avait prévenue. Les quatre enfants se lèvent à leur tour pour dire « Bonjour, monsieur ! » avec un entrain digne de leur père. Versini rayonne de fierté devant cette indiscutable démonstration de bonne éducation. Quand Sadge l'en complimente, son associé fait le modeste, comme s'il ne voulait pas qu'un excès de louanges monte à la tête des petits. Versini termine ses présentations par une dame élégante, la seule qui soit déjà habillée, maquillée, coiffée.

« Tu connais ma mère… »

Sadge salue l'autre madame Versini, qui lui dit avec familiarité : « Bonjour, mon cher Éric. Gilbert vous a sûrement dit que j'étais une grande fan de votre émission… Vous voulez du café ? »

Sadge prend place. Dans la chaleur de cette couvée, il se voit tel qu'il est : un apatride errant.

L'un des garçons, qui doit avoir huit ans et ressemble à son père en miniature, le toise.

« C'est vrai que t'as oublié mon papa ? »

Nadège lui fait les gros yeux et le petit baisse les siens.

« Oui, tu te rends compte ? Et pourtant c'est pas facile de l'oublier, ton père ! »

Ça rigole et Sadge retrouve alors une impression familière de certains dîners de son enfance.

« Allez, les monstres, c'est l'heure de s'habiller ! »

Versini mène son petit monde à la baguette, avec la conviction joyeuse d'avoir toujours raison. Il montre sa chambre à Sadge, un petit bureau dans lequel on a déplié un canapé-lit. On sent que le ménage a été fait à la hâte, les papiers sont rangés sommairement dans un coin.

« Je suis désolé, ce n'est pas très spacieux, mais c'est ici que je dormais quand j'étais môme, et tu vois, ça ne m'a pas empêché de devenir le beau jeune homme que je suis ! »

Sadge remercie maladroitement Versini, qui rit pour masquer sa propre gêne, avant de l'abandonner pour aller s'occuper de sa marmaille qui piaille au fond du couloir. Sadge parcourt la pièce des yeux. L'exiguïté des lieux lui convient. Ce confort spartiate correspond à son état d'esprit du moment. Sur la commode est posé un grand cadre qui contient un pêle-mêle de photos de la famille Versini. Il est surpris d'y figurer aussi, bronzé, au bord d'une piscine.

Les bruits s'estompent et le silence envahit bientôt l'appartement. Versini et ses enfants sont partis, Sadge les a entendus claquer la porte. Il s'assied sur son lit, une valise posée de chaque côté de ses grandes jambes. Il a l'impression d'être sur un quai de gare et d'avoir raté son train. On frappe discrètement à la porte. C'est Nadège. Sadge est heureux de constater qu'elle est toujours en robe de chambre, ça lui donne un petit avantage sur elle.

« Voici ton trousseau de clés… La grande, c'est celle de la porte d'entrée, et l'autre ouvre le portail, sur la rue. Fais comme chez toi et ne reste surtout pas enfermé dans ce bureau. C'était la chambre de Gilles quand il était enfant. Nous avons racheté l'appartement à ses frères et sœurs, à la mort de leur père…

– Et ta belle-mère habite avec vous ? »

Nadège lève les yeux au ciel.

« Dieu merci, non ! Elle vient les lundis et mercredis pour voir ses petits-enfants. Elle a les clés, Gilles n'a pas eu le cœur de les lui reprendre. Mais elle est gentille… Enfin, surtout avec Gilles ! »

Sadge sourit, il trouve cette femme séduisante malgré les traits épais de son visage et sa silhouette de mère fatiguée. Son sourire est vraiment charmant et sa voix douce comme une caresse. Soudain elle prend un air sérieux.

« Est-ce que tu as des choses à laver ? J'allais justement faire une machine…

– Ne t'inquiète pas, j'irai au pressing, j'ai vu qu'il y en avait un, au coin de la rue…

– Il n'en est pas question ! Donne-moi tes affaires sales, s'il te plaît. »

Sadge, gêné, ouvre une de ses valises et lui tend à la hâte une poignée de vêtements. Nadège s'en empare comme s'il s'agissait d'une prise de guerre précieuse. Il lui est reconnaissant de ne pas en inspecter le contenu devant lui. Certaines femmes vont même jusqu'à renifler brièvement le tissu pour se faire une idée du degré de saleté.

« On t'a vidé le placard blanc, tu peux y ranger tes affaires. Allez, au boulot ! » Elle lui lance cette dernière injonction avec une autorité de mère, comme pour souligner l'intimité qui règne désormais entre eux. Sadge admire toute la subtilité de cette dernière délicatesse.

Resté seul, il s'efforce d'imprimer à ses gestes un peu de l'entrain de cette famille. Il vide ses valises, pend ses vestes, range les quelques paires de chaussures qu'il a emportées avec lui. Très vite, il n'a rien à faire. Il n'ose pas s'aventurer dans le couloir sans y avoir été convié, de peur de croiser Nadège en sous-vêtements. Il essaye de caser son grand sac au fond du placard. En le manipulant, il remarque qu'il contient encore quelque chose. Il s'agit d'un petit carnet noir de la marque Moleskine, sur lequel est imprimée la silhouette du Petit Prince, avec ces mots : *L'essentiel est invisible pour les yeux.* Intrigué, il s'assied sur le lit et découvre des pages entières écrites de sa main.

Mars 2007

Sœur Aude m'a raconté son entrée dans les ordres. C'est fascinant et un peu effrayant aussi. Elle m'a dit qu'elle avait eu la chance d'être appelée par Dieu, et je l'ai sentie si émue en disant cela que ça m'a touché. Apparemment elle vit une vraie relation avec Jésus. Je lui ai objecté que toute cette histoire relevait quand même de l'invisible. Elle m'a rétorqué que moi aussi je croyais à des choses invisibles, comme les droits de l'homme ou l'amour, par exemple. Ça m'a fait réfléchir, je l'avoue. Je n'ai pas osé lui demander si, avant de se faire manger par son bon Dieu, elle avait eu le temps de connaître le corps d'un vrai bonhomme. Je ne peux m'empêcher de penser que ce serait dommage pour elle d'être passée à côté de cette expérience, au moins une fois dans sa vie. Catherine dirait que je suis un obsédé.

Sadge reste interdit : il y a dix ans, il fréquentait une nonne ? Qu'est-ce que c'est que cette histoire ?

Il parcourt la suite de ses notes avec curiosité. Au fil des pages, il constate qu'une relation nourrie semble s'être nouée entre lui et cette sœur Aude. Visiblement ils se rencontraient de temps en temps et il n'hésitait pas à lui faire part de ses états d'âme et de ses déceptions professionnelles.

Il se demande s'il a eu en 2007, après la mort de son père, une sorte de crise mystique. Le psychiatre lui a dit qu'il était passé par une période dépressive… Voilà qu'après avoir acquis un haut niveau au golf, il serait devenu croyant, lui qui de tout temps a consciencieusement fui l'ennui de la messe ?

Je lui ai avoué que je buvais un peu trop et que j'étais dévoré par un orgueil particulièrement pernicieux qui me pousse à faire souvent mon « saint »… J'essaye d'être trop parfait, de rendre service, sans jamais me laisser aider en retour… Mais je me prends sans cesse les pieds dans le tapis, notamment à cause de mon désir sexuel débordant pour ma femme, dont j'aimerais être parfois libéré tant il me tourmente. Aude m'a cité cette phrase : « L'Homme devient vraiment lui-même quand le corps et l'âme se retrouvent dans une profonde unité. Si tu refuses la chair, pour ne plus être un animal, tu perds ta dignité, et si tu renies l'esprit, tu perds ta grandeur. » Je lui ai fait remarquer qu'elle avait bien renoncé à la chair, elle. « Pas du tout ! Il n'y a pas que le sexe dans la vie. Je profite des plaisirs charnels et terrestres. J'aime la bouffe, la caresse du vent, la beauté des choses et la tendresse humaine. » Je ne suis pas convaincu. « Et ne crois pas que je ne sois jamais traversée de désirs. Certains sont agréables, d'autres me troublent un peu. »

Au moment de nous quitter, elle m'a conseillé de prier. « Comment veux-tu que je prie puisque je ne crois pas en Dieu ? » Elle s'est mise à rire. « Prier, tu sais, ça ne consiste pas à réciter des litanies de mots auxquels on ne comprend rien, ni même à dire des choses honnêtes ou très intelligentes à Dieu. En fait, prier, c'est parvenir à faire le silence en soi pour enfin entendre Dieu, qui murmure sans cesse à notre oreille. » Je lui ai demandé pourquoi Dieu murmurait, au lieu de nous parler franchement. Aude a pris son petit air sérieux, celui qu'elle adopte quand elle parle de son boss. « Parce qu'il veut nous laisser libres de Le chercher et de Le trouver. Le chemin qui mène à Dieu n'est pas difficile à gravir, comme on le croit, mais long à trouver parce qu'on ne le cherche pas vraiment. On fait même tout pour l'éviter parce qu'on a peur du trop beau… Pour s'en approcher, il faudrait abandonner nos idées les plus intelligentes, qui ne sont pas celles de Dieu. Nous, on préfère les choses en apparence difficiles qui valorisent notre intelligence et flattent notre orgueil, plutôt que les choses faciles qui nous humilient. Nous avons le cœur dur. »

Je ne suis pas près de prier.

Les pages suivantes sont vierges, comme si les rencontres avec sœur Aude s'étaient espacées. Peut-être a-t-il été dégoûté par ce trop-plein de théologie ? Ou bien peut-être sœur Aude a-t-elle été envoyée en mission en Afrique ? Qui sait… L'année suivante, il a noté quelques citations.

« Notre Père, qui êtes aux Cieux… » En attendant, je me demande bien qui était mon père…

« Deux choses sont infinies : l'univers et la bêtise humaine. En ce qui concerne l'univers, je n'en ai pas encore acquis la certitude absolue. » Albert Einstein.

Il éprouve de nouveau le besoin de regarder la photo de Valérie, la petite fille en robe jaune qui grimace malicieusement au soleil. Il a envisagé qu'il pouvait être le père de cet enfant, même si cette hypothèse lui paraît peu plausible. Car dans ce cas, pourquoi personne ne serait au courant, pas même Nabey, son confident professionnel ? Et aujourd'hui, où se cacherait cette petite ? Non, cette thèse n'est pas vraisemblable… Il est découragé à l'idée de se laisser entraîner à de pareils doutes.

Il aimerait bien reprendre le contrôle de sa vie, sans faire de bruit, sans déranger personne, au lieu de flotter comme une plume, au gré d'un vent qui souffle dans tous les sens, sans cohérence. Il reste allongé sur son lit à chercher dans son petit carnet la moindre annotation concernant cette mystérieuse Valérie. Il ne trouve rien. Elle doit être en effet une cousine éloignée, comme l'a suggéré Catherine avec un certain bon sens. La vérité est toujours plus simple qu'on ne l'imagine. En revanche, il découvre une nouvelle trace de la bonne sœur.

Pour moi, la plus grande leçon d'humilité qu'on puisse recevoir, c'est de voir souffrir ceux qu'on aime sans rien pouvoir y faire. J'ai vu papa gémir et se tordre de douleur sous mes yeux, son corps réduit par la maladie et les traitements à une petite enveloppe boursouflée et misérable. Je n'ai jamais éprouvé mon impuissance de façon aussi cruelle. En m'écoutant lui raconter cela, Aude était très émue. « Mais tu n'étais pas impuissant puisque tu étais là pour lui, tu le sais bien. Sinon il ne t'aurait pas parlé comme il l'a fait… Pardon de tout ramener à Dieu, je n'y peux rien, mais Claudel a dit : "Dieu n'est pas venu mettre un terme à la souffrance. Il n'est même pas venu l'expliquer, mais il est venu la remplir de sa présence." J'ai rétorqué à Aude que dans cette chambre d'hôpital qui puait la mort à plein nez, je n'ai pas vu Dieu une seule fois. J'étais bien seul.

Quand Sadge décide de sortir, la mère de Versini le hèle au passage.

« Vous allez vous promener ? Quelle bonne idée ! Revenez pour le déjeuner, je vais vous préparer des boulettes, c'est ma spécialité. Si, si, si, ça me fait plaisir ! »

Sadge promet de rentrer à l'heure et s'en va, pressé de mettre de l'ordre dans ses pensées. Il marche d'un pas décidé. Un instant il est porté par l'air vif du matin, les bruits actifs de la ville et l'énergie des gens qu'il croise. Il fait semblant d'avoir un but, lui aussi. Mais quand il se rend compte qu'il ne sait même pas où il va, un vide inquiétant l'envahit et il n'est plus rempli que par un silence transparent sur lequel il n'a aucune prise… C'est une sensation vertigineuse.

Il appelle Nabey.

« Docteur, pardon de vous déranger, mais j'ai juste besoin de savoir une chose : est-ce que j'aurais pu avoir un enfant avec une autre femme que la mienne ?

– Certainement pas.

– Comment pouvez-vous en être sûr ?

– Parce que vous me l'auriez dit. »

Cet échange le rassure.

Il aperçoit une église et décide d'y entrer. Il a bien envie de vérifier s'il a la foi. Qui sait ? Il n'est pas à une découverte près. À l'intérieur, il se sent rassuré par le calme qui y règne. C'est comme si, ici, on avait le droit de dire « pouce ! » comme le font les enfants quand un jeu devient trop intense. Il n'y a personne. Il aime mieux ça, il n'a pas envie d'être reconnu. Il est fatigué, il aimerait s'éteindre et qu'on lui foute enfin la paix, une bonne fois pour toutes.

L'ambiance est paisible et lumineuse. Les bancs, les travées, les statues des saints, l'odeur de pierre froide, de bougie et d'encens… tout cela lui rappelle son enfance. Ses parents l'emmenaient quelquefois à la messe. Ils s'asseyaient en famille sur un banc et assistaient à la cérémonie, aussi incompréhensible qu'ennuyeuse, pendant laquelle le prêtre, dans sa tenue de sorcier, opérait des rites obscurs en prononçant des formules magiques. À chaque fois, il espérait assister à un miracle ou à une apparition, mais il ne se passait jamais rien. Alain lui faisait des grimaces, pour rigoler.

Il n'empêche, la douce nostalgie qui le berce n'est pas désagréable.

Soudain il pense au corps nu de Vanessa. Il aimerait bien la déshabiller encore une fois, soulever sa jupe, faire glisser sa petite culotte le long de ses longues cuisses, lécher sa peau et la regarder soupirer…

Puis il pense au délit de fuite et c'est comme une douche froide.

Il regarde le grand Christ en bois sombre et lui demande pardon.

Aujourd'hui encore, ni apparition ni miracle. Pas de révélation spirituelle, aucune trace de foi, même vacillante, cachée au fond de lui.

Sadge sort de l'église et retrouve avec plaisir la rumeur de la rue et les passants qui l'ignorent. Un mendiant le hèle. Il se doute qu'il a été reconnu, il va devoir donner quelque chose. Il n'a pas de monnaie et tend à l'homme un billet de dix euros, que celui-ci empoche sans manifester de reconnaissance particulière. C'est un grand escogriffe au visage intéressant. Sadge s'attarde un moment.

« Et vous alors, qu'est-ce qui vous est arrivé ?

– Ben j'ai pas eu de chance. »

Apparemment le type ne l'a pas reconnu. Sadge se détend.

« Eh bien, moi non plus, j'ai pas eu de chance : j'ai oublié seize ans de ma vie ! »

Le type hoche la tête.

« Ça fait à peu près ce temps-là que je traîne dans la rue.

– Et c'est pas trop dur ?

– Ben si, c'est dur. Mais bon, d'un côté je l'ai pas volé…

– Pourquoi ?

– Avant, j'étais trop fier. »

Ils se taisent un instant.

« Et vous, m'sieur Sadge, vous avez mérité ce qui vous arrive ? » demande finalement le mendiant.

Sadge sourit.

« Je ne sais pas. Peut-être que moi aussi, j'étais trop fier. »

L'homme s'éloigne et Sadge poursuit sa route. Il dévisage les personnes qu'il croise et ne peut s'empêcher de les déshabiller en pensée. Il essaye d'imaginer leur corps dissimulé sous leurs vêtements. Les jeunes filles, même jolies, n'attirent pas autant son regard que les femmes de son âge ; leurs rondeurs, leurs traits vaguement fanés, moins tenus, moins arrogants de fermeté, le touchent davantage. Il y a des gens qui marchent comme s'ils s'excusaient d'exister. D'autres au contraire avancent comme si le monde leur appartenait. Un vieillard calcule minutieusement la dépense avant chacun de ses pas et c'est un spectacle d'une émouvante beauté que cette progression fragile, incertaine, d'une lenteur infinie.

Au déjeuner, madame Versini se montre réconfortante. On sent qu'elle aime son rôle de mère. Ils sont assis à table tous les deux, dans la salle à manger. Nadège est sortie.

« Vous savez, Éric, vous ne devez pas chercher d'explication à tout ce qui vous arrive... »

Les savoureuses boulettes rappellent à celui-ci le fameux pain de viande que cuisinait si bien sa mère.

« Vous devez plutôt chercher quelle leçon tirer de tout cela. Personnellement je trouve que la vie ne s'explique pas. »

Elle suspend son propos, pleine de l'espoir que Sadge y réagisse. Mais celui-ci se contente de vider son assiette.

« À la mort de mon mari, j'ai compris que la vie est un risque. Un risque à prendre, qui nous permet d'avancer sur le chemin de la connaissance. »

Sadge refuse poliment le café qu'elle lui propose, il est fatigué. Avant d'aller faire sa sieste, il éprouve le besoin de dire à madame Versini que son fils lui a très généreusement proposé de rester tant qu'il voulait. « Le temps que je trouve un appartement. » Il regrette d'avoir dit cela, il n'avait pas à se justifier auprès de cette femme. Celle-ci lui tapote la main en souriant et il se sent tout petit. Il la remercie pour le déjeuner et s'enfonce dans le couloir. Une fois dans sa chambrette, il se laisse lourdement tomber sur le lit.

Quand il se réveille, il a dormi une heure. Il reste allongé, à ne rien faire. Il observe le plafond et ses moulures qui ressemblent à de la crème Chantilly. Puis il pense à Catherine et se caresse. Après il se sent triste, désœuvré, sans ressource.

Il attrape son carnet noir, posé au pied de son lit.

J'ai raconté à Aude que je me levais la nuit pour regarder des documentaires animaliers. Ça l'a amusée. « Moi, quand j'ai une minute, je regarde des séries américaines. C'est ça qui me plaît. J'aime beaucoup *Les Soprano*. J'ai aussi un petit faible pour *Ally McBeal*, je trouve que je lui ressemble un peu… »

Je n'ai pas assez aimé Catherine. L'aimer était pourtant ma mission et mon honneur.

Cette note n'est pas datée. Plus loin, il a griffonné ceci :

Je suis fasciné par Versini, parce qu'il a une personnalité « extérieure », c'est-à-dire qu'il vit essentiellement en dehors de lui-même ; il se jette dans toutes sortes de mondanités et il adore les conversations superficielles d'un soir, celles qui ne risqueront jamais de déranger son intimité. Toutes les rencontres nouvelles l'amusent, il fait tout pour ne jamais rester seul avec lui-même. On dirait que la perspective de la solitude le terrifie. Comme s'il redoutait d'ouvrir son jardin secret et d'y découvrir un cimetière abandonné à la désolation. Il préfère de loin se fuir perpétuellement et courir toute la journée. Je peux me tromper, mais il me semble qu'il est uniquement occupé à se distraire et à s'oublier. Il se donne mille buts bien visibles, il recherche l'excitation dans des objectifs utiles, reconnus de tous, qui justifient son existence sociale… Moi je ne suis passionné que par l'exploration permanente de ce qui est caché au fond de moi, ce silence qui me dépasse et ne m'appartient pas. À mesure que je vieillis, je me désintéresse des ambitions du monde parce qu'elles me paraissent futiles et ridicules. Je reconnais qu'il m'est facile d'adopter cette posture puisque je n'ai ni argent ni célébrité.

Sadge sourit en lisant cela.

Après le dîner, Versini le rejoint dans sa chambre. Il frappe timidement et entre. Quand il se hisse lourdement pour s'asseoir sur le bord du bureau, la pièce a l'air soudain minuscule.

« Je te préviens, je viens en mission commandée. Ma mère te trouve morose. Elle se demande si tu ne fais pas une petite déprime… Voilà, je t'ai transmis le message. J'espère que ce n'est pas trop dur, la journée ici avec les deux femmes de ma vie…

– Surtout, Gilles, je t'en prie, si tu veux que je m'en aille, dis-le-moi sans façon. C'est très facile pour moi d'aller à l'hôtel… D'ailleurs, j'ai déjà une piste pour un studio. J'ai dit à Vanessa qu'elle pouvait rester dans mon appartement pour l'instant…

– Il n'en est pas question. Elles t'aiment bien, toutes les deux. Mais fais gaffe : le jour où elles t'auront mis le grappin dessus, tu seras foutu, mon pote ! J'en sais quelque chose ! »

Ils restent ainsi un moment, abîmés dans leurs pensées respectives, comme si l'occasion qui leur était donnée de souffler un peu ne se représenterait pas de si tôt. Sadge se sent fatigué, alors qu'il n'a rien fait de la journée.

« Il faut que je t'avoue quelque chose… »

Versini donne un petit coup de menton dans sa direction pour l'inviter à poursuivre.

La gorge nouée, Sadge raconte à son ami son délit de fuite.

« C'est Fargo qui t'a appris ça ?

– Non, c'est mon psy… Mais depuis, j'ai demandé à Fargo d'enquêter et de retrouver la victime. »

Versini réfléchit un instant.

« Tu ne devrais pas remuer cette affaire. Tout ça, c'est du passé. On ne peut jamais rien réparer, je te l'ai déjà dit… Même Dieu ne peut pas changer le passé, alors… »

Sadge n'a rien à redire à cela.

« Et en plus, comment peux-tu être coupable si tu ne te souviens de rien ? Imagine si Dupont de Ligonnès se réveillait aujourd'hui comme toi, amnésique !

– C'est qui, Dupont de Ligonnès ?

– Un type qui un jour, sans explication, a pris son fusil et zigouillé sa femme, ses enfants et même ses chiens, puis les a enterrés chez lui, avant de prendre la fuite… T'imagines s'il ne se souvenait plus de tout ça ?

– Eh bien il serait quand même coupable. Il serait jugé et condamné à de la prison. Ou à être enfermé dans un hôpital psychiatrique, à la rigueur…

– Ben moi, je ne crois pas.

– Mais si, c'est sûr.

– Ça se discute, je suis désolé. Psychologiquement, et même médicalement, tu n'as pas commis ce délit de fuite…

– Tu parles comme mon psy.

– Ah, tu vois ? D'ailleurs, si ton psy t'avait rien dit, tu n'éprouverais aucun sentiment de culpabilité.

– Tu m'embrouilles, là. Je sais que je suis légalement responsable, c'est tout.

– Mais moralement tu ne l'es pas.

– Je ne sais plus… En tout cas, je me sens coupable.

– Ben voyons ! De toute façon, tu t'es toujours senti coupable de tout. C'est même ça qui t'a amené chez un psy au départ… Écoute, considère plutôt que cette amnésie est une chance pour toi.

– Tu rigoles ?

– Pas du tout, je suis très sérieux. C'est ta chance de redémarrer ta vie sur de bonnes bases… »

Versini secoue machinalement les jambes dans le vide, comme un enfant qui savoure une friandise. On entend Nadège qui l'appelle depuis le bout du couloir. Il soupire et crie d'un ton fatigué :

« J'arrive !… »

Puis il hausse les yeux au ciel.

« Ta chance, c'est qu'il te reste tout à apprendre. T'as de nouveau trente-cinq ans… Ça te donne un énorme avantage pour ton travail.

– Je ne vois pas en quoi c'est un avantage d'être jeune dans un corps de vieux. Le contraire aurait été plus avantageux…

– Tu te rends compte de tout ce que tu ignores, de tout ce que tu as encore à découvrir ?

– Quoi, par exemple ?

– Eh bien, par exemple, tu ne sais rien de la crise de la quarantaine et de ses tentations. Tu ne sais rien de la crise de la cinquantaine et de ses déceptions… Tu vas découvrir que tes succès ou tes échecs n'ont aucune influence sur ton talent. Quoi d'autre ? À trente-cinq ans, on ne s'imagine pas que ses parents vont perdre leur autorité, et… »

Tandis que Versini détaille avec une visible satisfaction tout ce que la vie lui a appris, Sadge, du haut de ses trente-cinq ans, considère qu'en effet il ne sait pas grand-chose. Il sait seulement qu'on ne peut rien apprendre sans l'avoir expérimenté soi-même. Il se rappelle une discussion animée avec Catherine, qui voulait à tout prix empêcher Nicolas de plonger un instant son petit doigt d'enfant dans la flamme attirante d'une bougie d'anniversaire. « Ne fais surtout pas ça, mon chéri ! Tu vas te brûler et te faire mal ! »

Sadge disait qu'il fallait le laisser faire son expérience, sinon il ne saurait jamais l'effet que ça faisait. Catherine s'était énervée, arguant que les parents servaient justement à protéger leurs enfants de ces expériences idiotes. « Pourquoi ne pas le jeter par la fenêtre, tant qu'à faire, pour lui apprendre une bonne fois pour toutes qu'il ne sait pas voler comme un petit oiseau ? »

Sadge sourit à ce souvenir. Versini a peut-être raison, ses trente-cinq ans d'âge mental lui donnent une fraîcheur qui pourrait lui servir à quelque chose, un jour ou l'autre. Qui sait.

Celui-ci saute alors du bureau en grimaçant.

« Putain, j'ai mal partout. Ça, en revanche, avec ton corps de vieux, tu vas vite t'en apercevoir tout seul. Allez ! Ne te bile pas trop, demain sera un autre jour… » Il s'étire. « Au fait, tu devrais essayer de revoir Catherine. Je suis sûr qu'elle n'attend que ça ! »

Il lui adresse un clin d'œil et s'éclipse. Sadge entend ses pas lourds s'éloigner en faisant vibrer le parquet du couloir. Il s'allonge sur son lit, songeur. Son esprit vagabonde de nouveau. Il se demande tout d'un coup ce qu'est devenue cette mystérieuse sœur Aude. Pourquoi ne l'a-t-elle pas appelé depuis deux mois ? Et comment est-elle entrée dans sa vie, il y a dix ans ? Il ne connaît aucun prêtre, aucune bonne sœur, la religion ne l'intéresse pas, il s'est toujours dit qu'il était trop jeune pour s'occuper des affaires de l'au-delà. Et puis il est méfiant vis-à-vis de l'Église qu'il suspecte d'être une usine d'embrigadement. Dans ce contexte, comment aurait-il rencontré sœur Aude ? L'a-t-il abordée dans la rue ? Était-elle particulièrement jolie ? A-t-il effectué une retraite dans un monastère parce que c'était à la mode ? Quel âge a-t-elle ? Peut-être s'agit-il d'une vieille dame, qui sait ? Sadge cherche dans ses contacts téléphoniques et ne trouve rien à *Aude*, ni à *Sœur Aude*.

Sans même se lever, il retire ses chaussures et son pantalon et se glisse sous les draps. Puis il pense à Versini, ce compagnon de route qu'il avait si mal jugé : ce type superficiel et inconsistant s'avère être un mari, un fils et un père solide et généreux, ainsi qu'un ami attentif et fin.

Avant de s'endormir, il ouvre une dernière fois son journal intime, au hasard.

> Pour son anniversaire, j'ai offert la montre de ses rêves à Alain. Devant son prix faramineux, j'ai failli flancher, j'avoue. Puis l'envie de lui faire plaisir a balayé mes derniers scrupules et j'ai fait le chèque. J'ai quand même eu un frisson et j'ai appelé la banque pour les prévenir. J'ai caché cet achat déraisonnable à

Catherine, qui m'aurait sans doute reproché ma trop grande prodigalité. Mais que sait-elle de mon enfance avec mon frère ?

Ce qui m'a frappé, c'est la réaction d'Alain en ouvrant son cadeau. Il est resté comme saisi et m'a regardé, les yeux remplis de larmes. « Tu es fou… »

Voilà ce que j'admire le plus chez lui : il est toujours capable, à son âge, de désirer des objets avec le même enthousiasme qu'aurait un enfant pour un jouet. Comment fait-il ? Je ne sais pas. Moi, ça fait bien longtemps que rien ne peut plus me faire plaisir, je ne désire ni voiture, ni maison, ni bijou. Je n'ai besoin de rien, je n'ai envie de rien. Je ne sais pas si cela constitue un avantage, ou un handicap. Peut-être suis-je déjà mort ?

Le lendemain matin, Versini lui annonce : « Tes vacances ont assez duré. À partir d'aujourd'hui, tu viens au bureau avec moi. On va réussir cette émission, et on va la réussir ensemble. De toute façon, tout seul, je m'emmerde. »

27 juillet

La carcasse lugubre de Fargo est enfoncée dans un fauteuil bas, tout au fond du restaurant. Il porte toujours le même costume informe et affiche son air passe-partout, il ressemble à tout le monde et à personne à la fois. Sadge se dit qu'il pourrait être tout autant un milliardaire radin qu'un professeur de physique-chimie à la retraite.

Il salue Sadge d'un hochement de tête discret, sans prendre la peine de sourire, trop occupé à se curer consciencieusement les dents avec le bâtonnet en bambou destiné aux olives.

« Je déteste ces restaurants pour bobos branchés. Mais regardez-moi ces gens ! Ils sont si contents d'eux ! Le simple fait de poser leur cul ici leur donne l'illusion de faire partie d'une putain d'élite… »

Sadge n'ose pas lui demander pourquoi il a choisi cet établissement.

« Au tribunal, on commence à se lasser de mes demandes. J'ai quand même pu étudier les archives concernant les délits de fuite aux alentours de la rue de Rivoli.

– Et alors ?

– Rien : la plupart des dossiers ont été classés sans suite et expurgés des fichiers. Autrement dit, personne n'est mort, sinon je l'aurais trouvé. Vous n'êtes pas complice d'un accident mortel, c'est toujours ça. »

Sadge se commande un verre de rouge frais.

« Et la victime ? Vous croyez qu'on peut la retrouver ?

– Pour quoi faire ?

– Eh bien, je ne sais pas, pour la dédommager…

– Trop compliqué. »

Sadge se garde d'insister, tant Fargo a l'air excédé.

« Sinon, j'ai retrouvé la concierge de votre frère, à Bagnolet. Dès que j'ai parlé de lui, elle s'est mise à pleurer…

– Ça ne m'étonne pas : tout le monde aimait mon frère.

– C'est elle qui a découvert son corps dans la cour. Ça ne devait pas être joli joli à voir… »

Sadge reste interdit. Ce type, qu'il paye pour être à son service, le désarçonne sans cesse par son impassible désinvolture, il se comporte un peu comme s'il lui était lui-même redevable de quelque chose.

Fargo pique une olive en balayant la salle d'un regard plein de morgue.

« Je l'ai un peu cuisinée et elle a fini par se rappeler un détail intéressant : ce jour-là, il y avait une voiture de sport, garée sur le bateau de l'immeuble, là où il est interdit de stationner. Elle ne se souvient pas du modèle, mais de la couleur : c'était une voiture jaune, ce qui restreint la recherche. Ferrari et Porsche en ont sorti quelques-unes… Vous, ça ne vous dit rien, une voiture de sport jaune ?

– Non.

– En même temps, vous n'êtes pas particulièrement performant quand il s'agit de vous souvenir des choses…

– C'est sûr. Sinon, j'ai découvert que j'avais noué une relation avec une bonne sœur en 2007, mais je ne sais pas comment la retrouver. Elle n'est pas dans mes contacts téléphoniques… Vous n'auriez pas un tuyau ?

– Vous pouvez toujours vous adresser au diocèse… Mais bon, des bonnes sœurs, ils en ont des palanquées, de tous les âges et de toutes les formes… »

31 juillet

Retrouver les couloirs de l'hôpital est un plaisir pour Sadge. C'est la première fois qu'il y revient. Une émotion particulière l'étreint à la vue des murs familiers en pierre jaune et des arcades qui donnent sur le jardin. C'est ici qu'il est né une deuxième fois et c'est ici qu'il retrouvera ses souvenirs.

Comme il est arrivé en avance, Sadge en profite pour appeler Chevalier, qui l'invite à boire un café dans la salle de repos du personnel, déserte. Son ami s'enquiert des dernières nouvelles, et Sadge évite de mentionner le délit de fuite. Il se contente de raconter ses retrouvailles inespérées avec Catherine et la désolante rupture qui a suivi.

« Et toi, Vincent ? »

Chevalier semble ravi de lui parler de sa vie avec Marco, son nouvel amour. En l'écoutant détailler les joies de son quotidien, Sadge comprend qu'il a trouvé en ce Marco un parfait ersatz de Fabienne, c'est-à-dire un véritable dictateur lui ayant taillé sur mesure une existence petite-bourgeoise tout aussi inspirante que celle qu'il avait jadis avec sa femme. Chevalier file doux et rêve petit, tout en vantant les mérites de son tyran domestique. Sadge s'attendait à la description d'une existence palpitante, faite de voyages au bout du monde, de rencontres culturelles débridées… Chevalier lui dessine au contraire une vie pépère, étriquée à mourir. Comme si son compagnon et lui-même jouaient à ressembler à un couple des années cinquante, bien comme il faut.

Sadge trouve que son ami Vincent est devenu plutôt ennuyeux. Il regarde sa montre.

« Oh, je suis en retard ! J'ai rendez-vous chez le médecin. Je file. À bientôt ! »

Sadge est reçu par le professeur Feigelson, qui fait aussitôt appeler le psychologue, celui qui ressemble à Fernandel et aime Bowie. Quand il entre dans la pièce, Sadge lui adresse un signe de connivence et le type vient s'asseoir à côté de lui, comme un avocat le ferait avec son client, dans le bureau d'un juge d'instruction.

« Monsieur Sadge, je ne vous cache pas que votre situation nous a donné du fil à retordre… »

Tandis que le professeur attrape un dossier, Sadge se demande si le fait d'être un cas complexe constitue une qualité ou plutôt un motif de reproche.

« Voilà. Vos derniers examens nous révèlent une microlésion fronto-temporale, ce qui explique votre perte de mémoire. »

Devant le silence interrogatif de son patient, le docteur poursuit.

« En fait, nous faisions fausse route : au début, en cherchant une explication à votre amnésie, nous avions envisagé la piste la plus probable, c'est-à-dire celle d'un banal choc post-traumatique. Mais devant la persistance de vos symptômes, nous avons exploré l'hypothèse d'une cause physiologique. Et c'est précisément celle que nous venons d'identifier… »

Sadge se réjouit pour ces hommes de science qui se sont penchés sur son cas, ils vont enfin pouvoir passer à autre chose.

« Qu'est-ce que cela signifie, docteur ? On va m'opérer ? On va devoir m'ouvrir le crâne ? »

Quel effet ça lui fera, pense-t-il, de retrouver seize ans de sa vie d'un coup, en se réveillant de l'intervention ? Il comprendra tout, saura tout. Sera-t-il déçu ?

La veille, il a visionné le DVD que lui a prêté Catherine et qu'il regarde par petits bouts, pour l'économiser. Il est tombé sur un dîner chez ses parents, il y a près de vingt ans, heureux de revoir son père, toujours aussi raide dans ses tentatives d'humour ratées. Il a guetté Catherine, a retrouvé son attitude discrète et ses silences timides. Soudain il a entendu une voix d'enfant qui le réclamait. La caméra a panoté brusquement et il a aperçu Nicolas, tout blond, qui rouspétait : « Allez, papa ! Moi je veux filmer ! »

Il a figé l'image et s'est approché du téléviseur pour embrasser son petit garçon, puis il a essuyé l'écran embué de sa manche.

Le docteur échange un bref regard de connivence avec le psy.

« Malheureusement non, monsieur Sadge. Nous n'allons pas vous opérer, cette lésion n'est pas opérable… Par conséquent votre amnésie est définitive.

– Ah. »

Sadge se sent vidé.

En sortant de son rendez-vous, il se renseigne pour savoir si Éloi est toujours hospitalisé, et finit par le trouver dans le service d'orthopédie, installé comme un pacha, seul dans une chambre.

Éloi lui tend la main, avec son air sérieux de ministre. Sadge éprouve une bouffée de bonheur en retrouvant son compagnon d'infortune.

« Tu ne portes pas la montre que je t'ai offerte ?

– Je l'ai vendue. À un infirmier. J'ai fait une bonne affaire, tu serais fier de moi. »

Éloi voit bien que Sadge est désappointé.

« Tu sais ce qu'on dit : vous, les Blancs, vous avez des montres, et nous les Africains, on a le temps… »

Sadge sourit.

« Comment vas-tu, mon cher Éloi ?

– Je vais bientôt sortir… »

Il soulève son drap de façon un peu théâtrale et lui montre la prothèse à son pied gauche. Sadge est interloqué.

« Mais… tu peux quand même marcher ?

– Oui.

– Et… tu vas pouvoir conduire ?

– Une voiture automatique. Je peux te dire que j'ai hâte de retrouver mon taxi, mes clients et le bon air pollué de Paris ! »

Sadge, plein de tristesse, ne sait que dire.

« Je suis vraiment désolé pour toi, Éloi…

– Ne le sois pas, je le suis bien assez tout seul… Et toi, ta mémoire ?

– On vient de m'annoncer que je ne la retrouverai jamais. »

Sadge pense qu'ils ont tous les deux perdu un morceau d'eux-mêmes. Il n'en dit rien, car ils doivent sans doute être persuadés l'un comme l'autre que leur propre malheur est le pire des deux. On ne peut s'empêcher d'établir d'inutiles comparaisons entre les souffrances endurées, dans le but de se valoriser, de se plaindre ou de se rassurer. Il sait bien qu'on ne peut jamais tout à fait comprendre la douleur des autres.

« Et sinon, comment ça se passe pour toi, dehors ?

– Bof : je suis censé présenter une nouvelle émission mais je m'en sens incapable. Mon fils est devenu un inconnu à qui je n'ai rien à dire… Et puis j'ai vécu avec deux femmes en même temps, mais maintenant je suis seul… »

Éloi sourit.

« Ça ferait un bon film. »

Il note son numéro de téléphone et le donne à Sadge.

« Si t'as besoin d'un taxi, appelle-moi. »

Dans les couloirs qui le mènent à la sortie, Sadge songe avec une pointe d'amertume qu'il ne reverra sans doute jamais Éloi.

Dehors il décide de marcher un peu ; on approche de l'heure du déjeuner. Aux terrasses des brasseries, les serveurs commencent à s'activer. Il n'y a pas beaucoup de monde dans les rues. Pour une fois, il est en avance sur les autres, il pourrait s'asseoir dans le premier restaurant venu, être servi tout de suite, de manière privilégiée, choisir sa table, inaugurer le plat du jour, avant que la marée des travailleurs affamés ne déferle. Mais il passe son chemin, indifférent aux bonnes odeurs de viande grillée, d'oignon et de pain chaud.

Alors ça y est, le couperet est tombé : il ne retrouvera jamais ce pan de sa vie qui contenait une multitude de sensations vécues, de sagesses acquises, ainsi que tout un bouquet d'émotions, de colères, de pensées, de regrets, de paysages et de rencontres, de petits et grands trésors qu'il a cueillis au long du chemin, comme autant de fruits mûrs, et qui resteront à jamais enfouis dans le sable de l'oubli. On lui a garanti que c'était définitif, irrévocable, irréversible, irréparable. Inopérable.

Il se promène en humant l'air léger de cette journée triste et banale. Il s'assied sur un banc et passe en revue ce qu'il a perdu : son intimité avec Catherine, ce que son père lui a dit avant de mourir, des moments de joie avec son fils, leur voyage à Cuba, l'impression que ça fait d'avoir quarante ans, la première peur de vieillir, puis la suivante.

Désormais il sera un estropié invisible et souffrira tout seul du morceau de lui-même dont il a été amputé.

À peine est-il arrivé au bureau que Versini l'emmène au restaurant pour lui faire part des dernières idées concernant l'émission de rentrée. Sadge écoute son ami, c'est reposant de laisser les autres prendre en charge la conversation.

« Ça va ? Tu as ta tête des mauvais jours, lui dit Versini à la fin de son exposé.

– Je reviens de l'hôpital : ils m'ont dit que je ne retrouverai jamais la mémoire. »

Versini avale deux bouchées consécutives de viande en mâchant vite, comme si ça l'aidait à réfléchir.

« Et ça t'a fait quoi ?

– Rien.

– Tu l'as dit à Catherine ?

– Non. De toute façon, on a rompu, c'est mieux pour tout le monde…

– Écoute, Éric, tes proches ne sont pas fautifs de ce qui t'arrive, et toi non plus, d'ailleurs… Alors arrête d'en vouloir à tout le monde. Laisse-toi aider, au lieu de toujours faire ton orgueilleux. T'attends de ta famille des réactions qu'ils ne peuvent pas avoir… Accepte plutôt ce qu'ils ont à te donner. Catherine et toi, vous vous aimez, c'est évident ! Ça n'a pas de prix, ça, alors je ne sais pas, moi, démerde-toi… »

Sadge sourit tristement en repensant au film qu'il a regardé hier… Cette vie toute simple, qui commençait juste, lui manque beaucoup. Nicolas qui courait partout et l'attendait chaque soir, comme le Messie : quand il introduisait sa clé dans la porte d'entrée, il le devinait qui lâchait tout pour venir se jeter dans ses bras. Il le regardait débouler du bout du couloir, avec sur le visage une expression qui le lavait de tous ses soucis. Nicolas se précipitait et se serrait contre lui, comme si sa vie dépendait de cette étreinte.

C'était l'époque excitante où la télévision était reine. Personne ne contestait sa suprématie. Les animateurs faisaient la une des journaux, les nouvelles émissions étaient des événements nationaux. Aujourd'hui il a l'impression de se promener dans un champ de ruines… La télé a perdu de son lustre, personne ne croit plus à rien, ne se réjouit de rien. La société est devenue cynique, moins gaie, moins naïve, moins charmante…

Et puis trop de choses le rendent amer, le naufrage de son mariage, le suicide d'Alain.

Versini pose sa fourchette.

« Tu sais quoi ? Je pense que c'est plutôt une bonne nouvelle, cette amnésie définitive. Maintenant tu vas pouvoir te concentrer sur l'avenir. Le passé, tu sais…

– Dis donc, Gilles, à ce propos, est-ce que je t'ai déjà parlé d'une certaine sœur Aude ?

– Non. C'est qui, une religieuse ?

– Apparemment, oui. »

Versini ricane.

« Je ne te vois pas trop parler bondieuseries avec une bonne sœur ! »

Ils finissent leurs plats en silence. Sadge ferraille du bout de son couteau contre une aile de poulet récalcitrante. De temps en temps un maître d'hôtel onctueux vient leur demander si « tout se passe bien ». Comment réagirait-il s'il lui détaillait ses problèmes ? se dit Sadge.

« Tu as cinquante et un ans, mon vieux, t'as réussi, t'es à l'abri du besoin. Alors profite un peu au lieu de te réfugier dans la nostalgie ! Quand t'étais jeune je peux te dire que t'étais beaucoup plus angoissé que maintenant. T'avais tout un tas de peurs ridicules. En vieillissant tu t'es détendu… Alors relâche-toi un bon coup et sois plus indulgent avec toi-même. Je sais que c'est facile à dire, mais bon… »

Sadge observe son ami qui sauce consciencieusement son assiette comme s'il avait eu faim toute sa vie, et il a une bouffée de tendresse pour ce type avec lequel il voyage depuis si longtemps et sur lequel il n'aurait pas misé un kopeck.

À cet instant Versini reçoit un appel, il adresse à Sadge un signe d'excuse, se lève et va poursuivre sa conversation dans la rue. Sadge le regarde faire de grands gestes en parlant sur le trottoir. Il sourit. Ce type est vraiment un clown qui vit chaque moment à fond, sans arrière-pensées, sans recul. Il ne juge pas sa vie, il se contente de l'expérimenter, sans la remettre en question.

Sadge reprend son duel avec l'aile de poulet et trouve du plaisir à s'attaquer méthodiquement aux derniers petits lambeaux de viande qui se réfugient entre les os. Il se dit que ça doit ressembler à ça, le métier de chirurgien, sauf que pour eux la chair est crue. Et vivante. Une dame d'un certain âge, blonde, décolorée, ridée, décoiffée, vêtue d'un leggins panthère et d'une sorte de blouse à franges sans forme, d'une désagréable couleur mauve, s'approche de lui à pas furtifs, un sourire commercial au visage. Elle mâche ostensiblement un chewing-gum. Encore une fan en quête de selfie. À sa dégaine, il suppose qu'il s'agit d'une cagole niçoise.

« Bonjour, je me présente, Brigitte Miraille. C'est moi qui produis *Mes nuits sont plus belles que vos jours*... »

Sadge est étonné. Il connaît la réputation de cette productrice qui a aligné de nombreux succès tout au long de sa carrière, il ne lui aurait jamais imaginé un look aussi vulgaire.

« Alors voilà, et pardon d'être brutale, Éric, mais je vais vous dire une chose : si vous restez avec Versini, vous allez stagner. Il a été très bon à son époque, je ne le conteste pas, mais il manque d'envergure. Moi je crois en vous et je veux vous produire. Je sais exactement comment vous faire grandir et vous faire devenir le plus grand journaliste de la télé... »

Un instant, le cœur de Sadge palpite à cette perspective. Il jette un coup d'œil à Versini par la fenêtre et se rappelle qu'ils n'ont toujours pas trouvé un concept d'émission digne de ce nom pour la rentrée.

« Je vous laisse ma carte à tout hasard... Réfléchissez bien, Éric. On peut faire de grandes choses, ensemble. »

Sadge, amusé et flatté, la regarde repartir comme elle est venue, l'air de rien. Elle tire derrière elle un affreux chihuahua beige qui tremble de toutes ses forces.

Il revient à son assiette et soudain, comme une fleur qui éclot, il sent un déclic se produire en lui. Et il décide d'être heureux, tout simplement. À partir de maintenant, il va embrasser sa nouvelle existence, allégée de seize ans, sans ruminer d'inutiles regrets. Le temps est venu pour lui de jouir de la vie. Ce programme est droit et limpide, et tout s'éclaire à cette lumière qui s'impose à lui en douceur.

Mais le délit de fuite ? Comment vivre avec une pareille épine dans le cœur ?

En reconnaissant que son amnésie définitive est la punition officielle pour son crime : il a été condamné à la privation incompressible de seize ans de sa vie. Cette peine couvre largement sa dette, lui semble-t-il…

Il a payé, il est donc libre de circuler librement.

Sans compter que Versini a raison : est-il seulement coupable d'un crime dont il ne sait rien ? Qu'en est-il des réalités qu'il ignore ? Avant d'apprendre sa mort, il pensait que son père était vivant. Et de fait, il l'était. Il n'éprouvait aucun chagrin, ne se sentait aucunement orphelin. Il aurait pu continuer à vivre sans que son père soit mort pour lui. Il en va de même pour le délit de fuite. Sans parler de la prescription, droit fondamental à l'oubli : pourquoi ne bénéficierait-il pas de ce principe, valable pour tous ?

On lui apporte son café gourmand et il détaille avec satisfaction la mini-crème brûlée et le petit financier. Mais ce qui attise le plus sa convoitise, c'est un chou à la crème joufflu qui lui fait les yeux doux et lui rappelle certaines joies de son enfance.

Lui revient alors une ancienne conversation qu'il avait eue avec Alain. Il devait avoir quatorze ans, ils étaient chez leurs grands-parents, à Étretat, il faisait gris et ils s'ennuyaient ferme depuis que le Peugeot 103 était tombé en panne. Finies, les randonnées sur la falaise, à effrayer les touristes effarouchés en roulant au bord des précipices. Tandis que leur grand-mère cueillait des mûres pour faire sa fameuse gelée, les deux garçons passaient le temps en lançant sans passion des galets dans la mer.

« J'ai des bonnes notes partout, mais je suis nul, et j'ai aucune imagination… j'ai pas d'idées, comme toi », avait-il déclaré à son frère.

Alain l'avait regardé avec indifférence, avant de viser avec un galet un vieux bout de bois qui flottait sur l'eau.

« Écoute, mon vieux, si tu gâches pas tes talents comme je l'ai fait, t'iras loin. Moi, c'est différent, je suis un branleur, mais toi, un jour, tu seras un grand. »

Ces phrases, jetées sans emphase, l'avaient profondément marqué. Et aujourd'hui, dans cet établissement élégant où règne une ambiance dans laquelle s'entremêlent promesses de plaisirs épicuriens, énergie excitante des affaires et luxe tranquille, il se demande encore une fois si cette présence mystérieuse, cette autorité invisible qui a pris le contrôle d'une partie de ses pensées et de ses émotions, ne serait pas Alain lui-même.

Il est tout disposé à croire aux forces de l'esprit et à la présence des morts dans sa vie, qui viendraient occuper les méandres de sa conscience et même influencer son discernement. Si c'est vrai, alors que cherche à lui dire Alain en réveillant de vieux souvenirs et en s'immisçant sans aucune gêne dans ses raisonnements intimes ? S'amuse-t-il avec lui pour tromper son ennui d'âme suicidée ? Ou bien l'aide-t-il à trouver un sens aux étranges soubresauts qui le traversent ? Ce qui est sûr, c'est que depuis son réveil dans le monde nouveau, il ne contrôle plus rien, au contraire, il est convaincu d'être un pantin. Il ne sert à rien de protester ou de se rebeller, il lui suffit d'attendre, de jouer son rôle et d'accepter la suite, bien docilement.

Mais, pour la première fois depuis longtemps, seul à cette table, il en vient à considérer son avenir comme une plage ensoleillée sur laquelle il a le droit de gambader à sa guise, affranchi de toute influence. À cette perspective, l'appétit lui revient. Oui, Versini a raison, il était en dépression, c'est seulement maintenant qu'il s'en rend compte.

Justement, voilà son ami qui revient, en s'époussetant.

« Putain, il y a un de ces vents !… »

Sadge sourit malgré lui et Versini l'interroge du regard.

« J'ai dit une connerie ?

– Non, j'ai réfléchi et… il me tarde de retourner à l'antenne.

– Dis donc, fais-moi penser à te laisser plus souvent seul au restaurant ! »

L'après-midi même, épaulé par Tout et Son Contraire et l'équipe du développement, Versini expose à Sadge les deux dernières pistes qu'ils ont imaginées pour sa nouvelle émission.

« La première est un magazine qui s'appellerait *Sur le gril*. On s'est inspirés d'une vieille émission américaine inventée par Dean Martin, *Roast*, qui consistait à mettre un invité célèbre sur le gril sans qu'il ait le droit de se défendre… Il y a là une vraie promesse de spectacle qui nous semble intéressante. Même si ce sera sûrement très difficile d'avoir des invités français qui acceptent de jouer le jeu… »

Versini se tait, dans l'attente d'une réaction de Sadge.

« Et l'autre ?

– C'est *Le Grand Duel*. Le concept est de mettre face à face sur le plateau deux personnalités ou deux groupes qui ne sont pas d'accord sur un sujet d'actualité brûlant. Là encore, on privilégie le spectaculaire… Je suis d'accord, ce n'est pas révolutionnaire, mais en télé, c'est comme en littérature, tout a déjà été fait. Qu'est-ce que tu en dis ? »

Ils sont tous suspendus aux lèvres de Sadge et celui-ci savoure une impression de puissance.

« Moi aussi, j'ai un projet à vous soumettre. »

Versini paraît nerveux.

« Quoi, t'as bossé de ton côté ? Sans nous le dire ?

– Non, j'ai eu l'idée ce matin, en sortant de l'hôpital. »

Il ménage son effet.

« Les médecins me prédisaient que j'allais retrouver la mémoire, mais finalement ils m'ont annoncé que c'était foutu. »

Tout et Son Contraire balbutient de vagues condoléances, mais Sadge les interrompt d'un geste.

« Je ne vous raconte pas ça pour attirer votre compassion, mais pour vous expliquer mon idée qui repose précisément sur mon amnésie… Alors voilà : l'idée serait de piquer son concept à Montesquieu, d'ailleurs l'émission pourrait s'intituler *Lettres persanes* : imaginez qu'un journaliste de la télévision se soit absenté malgré lui pendant seize ans dans un pays si reculé qu'il ne sait rien de ce qui s'est passé en France. Il revient aujourd'hui chez lui et trouve la société transformée. Alors, quand il interviewe des personnalités, il leur pose les questions les plus naïves qui soient, comme seul un étranger ou un enfant peuvent oser le faire. Il porte sur eux un regard neuf et se permet de dire franchement tout ce qui l'étonne. Et c'est justement cette naïveté, cette fraîcheur candide qui vont faire le sel de l'émission… Son amnésie lui donne un avantage sur ses invités, qui, eux, sont obsédés par leur actualité immédiate. Que ce soit un homme politique qui s'est renié, un nouveau chanteur dont il ne sait rien, une star de la mode… personne ne l'impressionne. Il demande ce qu'il veut. »

Versini semble perplexe. Sadge poursuit.

« On va construire un décor très 2001, avec une grande photo des avions percutant les Twin Towers, et plein d'objets démodés, des billets en francs, des vieux tickets de métro… »

Versini soupire.

« Mais alors tu vas être obligé de révéler ton amnésie ? Je te rappelle qu'on a quand même tout fait pour la cacher…

– Évidemment ! Je vais faire mon coming out, en public et en direct, le soir de la première. Et crois-moi, ça va faire du bruit… »

Tout et Son Contraire applaudissent exagérément et Versini sent le besoin de reprendre la main.

« Au lieu de ricaner bêtement, voyez donc si le titre *Lettres persanes* est disponible dans nos classes et d'ici là, secret absolu. Pas un mot à quiconque, compris ? »

Tout le monde s'amuse de ce soudain accès d'autoritarisme qui ne trompe personne.

Une fois les uns et les autres repartis à leurs occupations, Sadge décide de profiter un peu du silence régnant à présent dans son bureau. Il se doute que les semaines à venir seront aussi trépidantes et bruyantes qu'une tempête furieuse. Il repense au mystère de sœur Aude et décide de mieux chercher dans ses contacts téléphoniques. Toujours pas de *Aude*, de *Sœur Aude*, *Aude sœur*, *Mère Aude*, *Révérende Aude*, *Moniale*, *Religieuse*, *Nonne Aude* ou même de *Bonne sœur*… Il regarde à *Diocèse, Évêché, Paroisse* et même *Vatican*. Cette dernière idée le fait sourire. Il s'imagine appeler le pape François : « Auriez-vous l'obligeance de m'indiquer toutes les sœurs Aude que vous avez en magasin ? »

Tout d'un coup, en se promenant dans les *V*, son œil est attiré par un prénom solitaire, qui flotte, non loin de *Sylvie Vartan* et de *Gilles Versini*.

Valérie.

Que c'est bête ! Il n'avait même pas pensé à regarder ce prénom, quand il cherchait la fillette de la photo. C'était trop simple.

Il hésite un peu et pose son index sur le numéro qui s'affiche, puis attend, le cœur battant.

Une voix enjouée l'interpelle, avec un léger accent du Sud-Ouest.

« Salut, Éric ! Dis donc, ça fait un bail que tu ne m'as pas appelée ! Je commençais à me demander si tu ne m'avais pas oubliée ! »

Sadge est frappé par la gaieté de cette voix.

« Bonjour. Euh… Vous allez, enfin tu vas sans doute être étonnée par ce que je vais te dire, mais en fait je ne sais pas qui tu es. »

Et il explique à cette inconnue comment il a perdu la mémoire.

« Donc tu ne te rappelles pas du tout de moi ?

– Non. Désolé…

– Eh bien, tu n'es pas au bout de tes surprises ! »

2 août

Valérie a donné rendez-vous à Sadge devant le Lutetia. Elle est en retard. Il fait près de trente degrés en cette fin de matinée caniculaire et l'air est lourd. Sadge a mis une casquette et des lunettes de soleil pour ne pas être reconnu. De toute façon il n'y a pas grand monde dans le quartier, à part quelques grappes de Chinois ternes, qui passent silencieusement, et un groupe d'Américains qui parlent fort, avec leurs voix criardes.

On lui tape sur l'épaule amicalement. Sadge se retourne et découvre un homme fluet, anormalement bronzé. Il doit avoir dans les soixante ans, mais paraît plus âgé. Il est tiré à quatre épingles, et son visage est étonnamment lisse pour son âge.

« Salut, mon Éric ! Quel plaisir de te voir ! Tu déjeunais au Lutetia ? Moi aussi, figure-toi ! J'étais avec Noémie… Tu la connais, une vraie bombe atomique ! »

Et il rit, comme s'il se complaisait à être lui-même. Sadge éprouve la satisfaction d'avoir reconnu tout seul Serge Dubuffet, le publicitaire. Ils se connaissent sans doute, comme deux célébrités parisiennes qui se croisent rive gauche.

« Salut, Serge ! Tu vas bien ? »

L'autre lui jette un regard de biais.

« Dis donc, je t'en veux : tu ne viens plus jamais à mes soirées privées !

– Tu sais, j'ai été très occupé…

– Ttt, ttt ! On a tous des vies de dingues, c'est pas une excuse… Quand même, on s'amusait bien, non ?

– Certainement…

– Écoute, ça tombe bien, samedi je fais justement une petite fête chez moi… Allez, viens, te fais pas prier ! Tu y feras de belles rencontres, tu me connais ! »

Et Dubuffet lui adresse un clin d'œil appuyé.

Tout d'un coup Sadge se demande s'il n'a pas participé à des orgies avec ce vieux libidineux. Une vision précise et crue s'impose à lui, un enchevêtrement de corps, de peaux flasques, d'odeurs et de parfums capiteux, de sexes de toutes formes, de bourrelets et de rides, de frottements secs, de craquements d'articulations, de râles et de cris, de soupirs et de bruits mouillés, de poils sombres et de chairs blafardes… Un dégoût nauséeux s'empare de lui.

« Pardon, pardon d'être en retard ! Bonjour, Éric, bonjour, monsieur ! »

Sadge reconnaît l'accent chantant de Valérie. Il se retourne et se trouve nez à nez avec une religieuse en habit. Un peu étonné, Dubuffet s'éclipse d'un pas alerte et discret. Sadge est gêné à l'idée d'avoir été vu en compagnie d'une bonne sœur.

Valérie est-elle sœur Aude ?

La femme qui se tient devant lui a quarante-cinq ans environ et c'est vrai que son visage ressemble un peu à celui de la photo. Elle affiche un sourire éclatant.

« Valérie ?

– Oui, c'est moi. Enfin, je m'appelais Valérie jusqu'à ce que j'entre dans les ordres. Maintenant, mon nom de religieuse, c'est sœur Aude. Je suis ta sœur. »

Sadge trouve ce propos intrusif.

« Tu sais, je préfère te prévenir tout de suite, je ne suis pas très croyant… »

La petite femme voilée sourit toujours, comme si chaque instant de sa vie était un enchantement.

« Oh, je sais, je sais… Ça n'empêche que je suis quand même ta sœur. »

Cette insistance bigote agace Sadge. Pour qui se prend cette nonnette, qui veut lui imposer sa croyance ? Bientôt va-t-elle aussi lui affirmer qu'ils sont frères « en Christ » ? Et pourquoi ne pas se mettre à genoux et prier ensemble sur le trottoir, devant tout le monde ? Sadge déteste les prosélytes en tous genres, et surtout ceux qui exercent leur art avec une bonne humeur suspecte.

« Pardon de te dire ça, mais c'est un tout petit peu agaçant, quand les… gens d'Église font tout pour imposer leurs convictions aux autres sans même leur demander leur avis. Je te le redis, je ne suis pas croyant et par conséquent je ne te considère pas comme ma sœur. Ma mère a bien essayé une fois ou deux de me faire avaler sa soupe catho, mais ça n'a pas marché… Je suis… Godproof, tu comprends ? »

La bonne sœur continue de sourire de manière bien exaspérante, comme si aucun argument ne pouvait l'ébranler.

« Tu n'as pas compris : je m'appelle Valérie Bricon-Sadge, je suis la fille de ton père… Je suis donc vraiment ta sœur… Ou ta demi-sœur si tu préfères. »

Sadge sort la photo de sa poche.

« C'est toi, là ?

– Oui, c'était avec papa, à Saint-Paul-de-Vence. Je me rappelle très bien ce jour-là… »

Sadge reste interdit. Elle a appelé son père « papa ». Et avec un accent toulousain, en plus. Tout cela sonne aussi vrai qu'une arnaque au téléphone.

« Mais alors, c'est la main de papa, là, sur ton épaule ? C'est pas la mienne ?

– Ben non… C'est vrai que t'as les mêmes patoches de bûcheron que papa.

– Mais… comment c'est possible ? »

Sœur Aude prend une grande inspiration.

« Papa a rencontré maman pendant un voyage. Ils sont tombés follement amoureux et je suis le fruit de cette histoire d'amour. Papa m'a reconnue, m'a donné son nom et m'a élevée, comme il a pu. Moi, j'ai toujours su que vous existiez, Alain et toi. Papa ne nous a jamais caché votre existence. Vous étiez la famille "officielle" et je vous ai longtemps envié ce statut privilégié, tu peux me croire ! »

Sadge est abasourdi par la simplicité de cette révélation extraordinaire.

« C'est pour ça que papa partait "travailler" tous les Noëls pendant deux semaines à l'étranger ? En fait il passait ses vacances avec vous, c'est ça ? »

Il n'en revient pas, il revisite tous les mensonges et les petites hypocrisies auxquelles son père s'est livré pour protéger son secret. Quel beau salopard, en effet ! Le vieux beau préférait fêter Noël avec sa « vraie » famille, sa famille de cœur composée de sa poule et de sa petite bâtarde, laquelle sourit bêtement comme si elle était fière d'exister ! Il n'a peut-être jamais été très proche de son père, mais au moins il le croyait honnête. Voilà encore un pan de sa vie qui s'affaisse lamentablement en le laissant impuissant et furieux.

« Je vois bien que tu es troublé, Éric… Tu veux qu'on aille boire quelque chose ? D'autant plus qu'il fait horriblement chaud. »

Sadge regarde la petite bonne femme.

« Non, merci. Sans façon. »

Il tourne les talons, saute dans un taxi désœuvré et s'enfuit comme il peut.

5 août

Aujourd'hui, c'est son anniversaire et Sadge a proposé à Nicolas un dîner « entre hommes ».

Depuis leurs retrouvailles à l'hôpital, il n'a enregistré avec son fils qu'une succession de spectaculaires ratages. Il se demande d'ailleurs pourquoi Nicolas accepte encore de le voir. Il s'est promis de n'aborder aucun des sujets qui pourraient l'irriter, notamment ceux qui concernent son avenir. Versini a recommandé à son associé de se détendre, de rester naturel et de faire parler son fils le plus possible.

En allant le chercher, Sadge espérait croiser Catherine, mais Nicolas l'attend déjà en bas de l'immeuble, avec son air mou. Catherine ne se montre même pas à la fenêtre pour les regarder partir.

En chemin, ils ne se disent rien, Sadge ne trouvant aucune question astucieuse à poser à son fils. Il se maudit en constatant qu'il reproduit inconsciemment l'exemple de son père, qui cherchait toujours l'occasion de « se montrer intelligent ».

Il a réservé une table dans le nouveau restaurant japonais de Cyril Lignac, que Nathalie lui a conseillé. L'endroit est petit, chaleureux, raffiné, et on y rencontre parfois des célébrités ; un lieu que détesterait Fargo. Ici, l'ambiance bruyante oppose un contraste saisissant avec le désolant silence qui régnait il y a encore un instant dans la voiture. C'est le chef qui les accueille en personne. Sadge fait semblant de le reconnaître et se laisse même embrasser.

« Alors, comme ça, on se fait une soirée entre hommes ? Bien joué, les mecs ! Suivez-moi, ce soir vous allez vous régaler… »

Un garçon sympathique leur apporte une bouteille.

« Cadeau du chef ! »

Il fait goûter le vin à Nicolas, qui le hume comme s'il s'y connaissait. « Il est magnifique », finit-il par dire d'un air grave, après un long silence. Le serveur hoche la tête d'un air satisfait, sert rapidement Sadge et, sans un mot, replonge dans le joyeux brouhaha de la salle.

Arrive un homme au visage inexpressif, accompagné d'une ravissante jeune femme.

« Bonsoir, Éric ! Je te présente Malène… »

Sadge se lève, embrasse le type et la blonde, qui sent bon. Il est maintenant rompu à ces simagrées. Une fois qu'ils sont repartis, il interroge Nicolas.

« Qui c'est ?

– Ben quand même ! C'est François Damiens.

– Et c'est qui ? »

Nicolas sourit enfin.

« Je ne vois pas comment tu vas animer une émission si tu ne sais même pas qui est François Damiens !

– Justement… »

Il raconte à Nicolas son nouveau concept.

« Tu vas révéler au grand public que t'as tout oublié ? Tu crois que c'est une bonne idée ? »

À leur deuxième bouteille, Nicolas a les joues rouges et Sadge parle plus fort et plus lentement. Il se sent détendu, alors il se laisse aller à quelques déclarations définitives, comme si cette soirée virile était propice aux révélations. On dirait qu'il se sent enfin responsable de l'éducation de son rejeton. Pour l'impressionner, il ressort quelques vieilles théories d'Alain.

« Les femmes rêvent toutes d'avoir un homme, mais dès qu'elles en tiennent un, elles n'ont plus qu'une idée en tête : lui couper les couilles dès que possible… Je n'ai jamais compris ce besoin. Mais attention : elles veulent quand même qu'il reste viril après l'opération ! C'est pas formidable, ça ? Donc, un petit conseil : ne laisse aucune femme te faire ça, tu m'entends ? J'ai bien peur que pour moi, ce ne soit trop tard… »

Il considère le décor autour de lui.

« Tu vois, j'ai toujours rêvé d'un petit bistro à moi, un endroit simple, sans prétention… »

Nicolas sourit.

« Alain aussi, c'était son rêve. »

Dans la voiture, Sadge se tait enfin. À côté de lui, Nicolas regarde les rues défiler par la fenêtre. À un carrefour désert, Sadge croit entendre un coup de sifflet. Bientôt son rétroviseur est inondé d'éblouissantes lumières rouges et bleues. On frappe à sa fenêtre. C'est une jeune policière, un peu boudinée dans son uniforme.

« Bonsoir, monsieur. Papiers du véhicule et permis de conduire, s'il vous plaît.

– Bonsoir, mademoiselle.

– Madame.

– Pardon, madame. Qu'est-ce que j'ai fait ?

– Vos papiers s'il vous plaît… »

Sadge obtempère. Nicolas rit fort.

« Vous n'avez pas le droit de l'arrêter, c'est son anniversaire !... »

La policière leur jette un regard désabusé.

« Monsieur, veuillez souffler dans l'éthylotest, s'il vous plaît. »

Sadge expire péniblement dans l'appareil et la policière lui demande de sortir. D'autres agents s'approchent et les embarquent dans leur fourgon. Nicolas ne dit rien. Sadge essaye en vain de capter son regard pour échanger avec lui quelque chose qui ressemblerait à un début de connivence entre eux. On entend des appels sur le talkie-walkie. La policière qui les a arrêtés est assise devant et détaille à son collègue la meilleure façon de cuisiner un couscous de la mer.

Une fois arrivés au poste, une femme sèche enregistre leurs identités avec une lenteur interminable, comme si elle savourait l'instant. Elle toise Sadge.

« C'est pas parce qu'il est connu, qu'il passe à la télé, qu'il fréquente du beau linge, qu'il va pas être traité comme un simple citoyen... »

Sadge hésite à lui faire remarquer qu'il n'a sollicité aucun traitement de faveur. On le fouille.

« S'il est sage, il aura peut-être la chance que j'appelle pas mes copains journalistes qui rêveraient de faire une belle photo de lui, demain matin à la première heure, pas rasé et pas dormi, après une nuit au mitard... »

Elle rit pour elle-même, d'une voix rocailleuse de fumeuse, et on les place en cellule de dégrisement, une sorte de cage vitrée. Dans celle d'à côté, un clochard lance des invectives à la cantonade. Sadge l'entend déclamer des phrases grandiloquentes à propos des droits des braves citoyens de la République comme lui, qui payent leurs impôts. Sadge est assis avec Nicolas sur une banquette, l'air piteux. Il s'attendait à ce que le commissariat grouille de personnages hauts en couleur, de malfrats menottés et de prostituées récalcitrantes au verbe fleuri, comme dans les films. Il semblerait qu'il soit la seule distraction de la soirée. En effet, les policiers viennent l'observer chacun leur tour, comme s'il était une attraction de foire, avant de retourner vaquer mollement à leurs affaires. Il y en a même un qui dort, assis dans un coin, la bouche ouverte.

« Quand elle va apprendre que t'as passé la nuit au poste à cause de moi, ta mère va me tuer… »

Nicolas ne réagit pas. Sadge se dit qu'il pourrait peut-être appeler Fargo pour les sortir de là, mais l'idée de se montrer au détective dans cette situation humiliante l'en décourage.

« Pourquoi tu m'aimes plus ? »

Sadge sursaute.

« Pardon ?

– Qu'est-ce que je t'ai fait ? »

Sadge est dégrisé d'un coup.

« Mais enfin, je t'aime, Nicolas !

– Non. Depuis ton accident, tu te comportes comme si tu m'en voulais de quelque chose…

– Mais pas du tout !

– Je te déçois… tu me l'as dit d'ailleurs… De toute façon, tu me supportes plus.

– Mais non !… c'est juste que je suis un peu perdu et que je n'arrive pas à oublier l'époque où t'étais un enfant, c'est tout… Je crois que je ne m'attendais pas à celui que t'es devenu…

– Tu ne sais pas qui je suis. »

Sadge ne sait pas quoi répondre.

« Moi non plus, j'aime pas qui tu es, si tu veux savoir. T'es devenu un *people*… Regarde : tu t'es même senti obligé de m'emmener dans un resto branché, pour bien me montrer que tu connaissais des célébrités…

– Pas du tout ! Je les connais même pas, ces gens ! »

Nicolas rit ironiquement.

« Tu sais, avant ton amnésie, tu ne les connaissais pas plus que maintenant, ces VIP de mes deux ! Mais tu raffolais déjà des mondanités, comme si t'avais besoin de te valoriser…

– Peut-être que j'étais comme ça. Mais ce n'est plus du tout le cas.

– Tu parles ! Regarde ton train de vie ! Les restos où tu claques trois cents euros comme si c'était un pourboire ! Et ta grosse bagnole ! Je t'assure, si c'était pas obscène, on pourrait en rire…

– En fait, si je comprends bien, t'as profité de ces seize dernières années pour devenir un vrai petit taliban ! »

Pour atténuer un peu sa pique, Sadge sourit. Mais Nicolas ne semble même pas l'avoir entendu.

« Alain, tu racontes que tu l'aimais, et tout… Mais en fait tu le méprisais.

– Pourquoi tu dis ça ?

– C'est lui qui le pensait. Eh bien, tu vois, lui, sous ses airs, c'était un mec vraiment profond, qui avait des rêves et aussi des doutes et des faiblesses ! C'est quoi, tes rêves, à toi ? Gagner plus ? Être encore plus connu ? »

Cela agace terriblement Sadge qu'Alain soit un modèle pour Nicolas, alors que lui-même ne l'est visiblement pas. Une solide jalousie, accompagnée d'une colère sourde, l'envahit. Il essaye de se moquer de lui-même en se disant qu'il est jaloux d'un mort. Mais en réalité il est jaloux d'un mythe.

« Je comprends que tu détestes ce personnage que tu me décris. Figure-toi que je le déteste aussi. Mais je t'affirme que je ne le suis plus. Je suis de nouveau l'homme de trente-cinq ans que j'étais et le père que t'as connu quand t'étais petit. Et moi aussi, j'ai des rêves, des doutes et des faiblesses, je te rassure… Cette vie remplie de distractions artificielles me rebute, pour tout te dire.

– Tu n'arrêtes pas de me parler de mes sept ans, mais moi, je ne me souviens pas de toi à cette époque. Moi, celui que je connais, c'est Éric Sadge, le "grand" journaliste ! Celui qui passe son temps à côtoyer les célébrités de ce monde ! »

Indécis, désemparé, Sadge ne répond pas.

« Si, je me rappelle que t'étais fier de moi quand j'étais petit… »

Sadge a la présence d'esprit de ne pas répondre.

« T'avais un regard encourageant… mais ça, c'est bien fini.

– T'as tort : je suis toujours fier de toi.

– Comment tu peux être fier ? Tu sais même pas qui je suis ! »

Sadge hésite.

« L'autre jour, après que tu es venu au bureau, j'ai un peu honte de te l'avouer, mais… je t'ai suivi dans la rue. J'ai découvert ton activité de bénévole auprès des sans-abri… Et ça m'a épaté. »

Nicolas reste muré dans son silence.

« Pourquoi tu t'occupes d'eux ? »

Nicolas hausse les épaules.

« Je sais pas… avec eux au moins, je me sens vivre.

– Eh bien, moi, tu vois, je serais bien incapable de faire ce que tu fais. Les sans-abri m'intimident.

– Ce sont eux qui ont peur de nous, pas l'inverse. Tu le saurais si tu avais daigné en approcher un… »

Tout d'un coup ils entendent un raffut impressionnant dans la cellule d'à côté. On dirait que le clochard donne et reçoit des coups. Il gueule comme un cochon, tandis que les agents l'invectivent dans un fracas terrible. Sadge et Nicolas se lèvent, se hissent sur la banquette, mais ne sont pas assez grands pour apercevoir quoi que ce soit.

« Monte sur mon dos, de là-haut tu me diras ce qui se passe… »

Avec agilité, Nicolas s'installe à califourchon sur les épaules de son père. Sadge ploie sous l'effort sans protester, trop occupé à garder son fragile équilibre, à l'étroit sur le banc. Il savoure la sensation délicieuse et familière de porter son garçon sur son dos.

« Alors ?

– Ben c'est le vieux qui s'excite tout seul. Les flics tentent de le calmer mais il a l'air enragé… »

Soudain Sadge sent un vertige s'emparer de lui et il tombe mollement à terre, entraînant Nicolas dans sa chute.

« Papa ! Papa ! Qu'est-ce qui t'arrive ? Au secours ! Mon père fait un malaise ! »

Juste avant de mourir, Sadge a le temps de croiser une dernière fois le regard inquiet de son fils.

Il est réveillé par un jeune pompier tout en muscles, qui lui parle d'une voix douce et rassurante avec un accent du Nord.

« C'est rien de grave, m'sieur. Je crois que vous avez fait une attaque de panique. En tout cas, c'est pas cardiaque, même si ça y ressemble. À votre âge, il faut vous ménager…

– C'est ce que tout le monde me dit.

– Et essayez de réduire votre consommation d'alcool, si vous pouvez. »

Nicolas se penche sur son père.

« Tu m'as fait une de ces peurs, papa ! »

Entendre Nicolas l'appeler papa change beaucoup de choses pour Sadge, comme si maintenant tout allait pouvoir commencer.

À côté, leur voisin ronfle comme un bienheureux.

Au petit matin, Sadge dépose Nicolas en bas de chez lui. Son fils se penche et l'embrasse franchement sur la joue.

« Bon ben, bon anniversaire, alors…

– On s'en souviendra, de celui-là. »

Nicolas lui fait un clin d'œil.

Sadge rentre chez lui, dans l'appartement qu'il vient de louer. Les cartons de déménagement traînent encore partout. Il se sent sale et fourbu. Il se prépare un café et va prendre une douche. Puis il s'assied à la table de sa cuisine et ouvre une grande boîte sur laquelle est inscrit au feutre rouge : *Souvenirs épars*. Il y trouve des photos, des coupures de presse, une vieille carte d'embarquement d'Air France, des chéquiers usagés. Son œil est attiré par une photo qui montre Versini, le sourire triomphant, au volant d'une somptueuse voiture de sport jaune, qu'il ne connaît pas.

31 août

L'émission débute dans deux heures. Le décor est très réussi. Sadge et Versini sont sur le plateau, qui grouille de techniciens. Ce sont pour la plupart des hommes mûrs, habillés comme des adolescents d'autrefois, qui parlent un jargon technique bien à eux, tout en exécutant des gestes lents et précis. Ils s'abritent derrière une méthode et un flegme à toute épreuve. Versini s'inquiète à l'idée que tout ne soit pas prêt, mais plus il s'agite, plus les techniciens semblent faire de la résistance. Dans un coin, il y en a même un qui dévore un sandwich méticuleusement.

Sadge reste calme, malgré la présence stressante de Lamentin qui furète partout, fébrile, en essayant de paraître détendu et de bonne humeur.

Cela fait une semaine que Sadge se voit affiché dans tout Paris : une photo majestueuse de lui, en noir et blanc, avec le titre de son émission, *Lettres persanes*, et le slogan suivant : *Le magazine d'info qui donne un petit coup de jeune à l'interview.*

Cela lui a fait tout drôle de croiser son visage sur les murs et dans les abribus, et dans presque tous les quotidiens nationaux. Toujours cette même image de lui en beau ténébreux, au regard intense et plein de mystère… Sadge ne s'habitue pas à sa gueule de vieux. Il sait pourtant que pour un journaliste, cette maturité est synonyme d'expérience… Ce soir les gens vont être surpris. Versini le prend à part.

« J'ai eu une idée diabolique : et si tu annonçais que ta mémoire pouvait revenir à tout moment pendant l'émission ? Ça rajouterait une pincée de dramaturgie, non ? »

Sadge hausse les épaules. Lorsqu'il lui a posé la question, il y a trois semaines, Versini lui a confirmé sans hésitation qu'il avait eu une Porsche jaune jusqu'à l'année dernière. « Je sais, c'est un peu ridicule, mais qu'est-ce que tu veux, on fait ce qu'on peut quand arrive la crise de la cinquantaine… »

Sadge se sent détaché de la frénésie qui l'entoure. Les maquilleuses sont affairées, l'assistant plateau vient le trouver sans cesse pour s'assurer qu'il n'a besoin de rien, la responsable de la communication promène des annonceurs dans les couloirs, les attachés de presse patientent comme des gardes du corps devant la loge de leurs protégés, ne laissant entrer personne, ou presque. Le directeur général, accompagné de sa cohorte de conseillers, descend saluer les équipes.

Sadge sourit en observant toute cette agitation, il a décidé de s'inspirer du flegme d'Alain pour traverser cette épreuve. D'ailleurs il a secrètement demandé à son frère aîné de veiller sur lui lors de la première. Pour se rassurer, il se dit que tout ce cirque n'a pas d'importance, après tout, ce n'est que de la télévision.

Il se concentre sur ses fiches, relit le conducteur de l'émission, comme le skieur de compétition se remémore avant sa course le tracé du slalom géant.

Dans les instants qui précèdent le lancement du générique, écoutant ce qu'il croit être une intuition inspirée de son frère, il décide d'enlever sa cravate et de s'asseoir sur le bord du bureau pour dire son monologue d'introduction. Versini déboule sur le plateau en protestant contre ces changements de dernière minute qui déstabilisent tout le monde. Après un instant d'hésitation, le réalisateur entérine le choix de Sadge, en disant que cette petite initiative donne un peu de magie et de spontanéité à une émission qu'il juge trop produite, préparée, répétée.

À vingt et une heures pétantes, Sadge se recoiffe machinalement. En face de lui le rouge de la caméra s'allume.

« Bonsoir à tous et bienvenue dans cette nouvelle émission, intitulée *Lettres persanes*, en hommage au célèbre ouvrage de Montesquieu. La plupart d'entre vous me connaissent bien. Et pourtant, ça ne se voit pas, mais je suis un homme neuf. Je vous rassure, je n'ai ni subi d'opération de chirurgie esthétique, ni suivi de cure de désintoxication d'aucune sorte… »

Nicolas, affalé sur un canapé dans la loge son père, le regarde sur l'écran de contrôle en grignotant des fraises Tagada.

« Il y a trois mois, j'ai eu un accident de voiture sans gravité, mais qui m'a tout de même sonné au point d'être transporté inconscient à l'hôpital. Le lendemain je me suis réveillé en parfaite santé… sauf que j'étais atteint d'une forme d'amnésie qui m'a fait oublier plusieurs années de ma vie. À peu près seize, pour être précis, ce qui veut dire que mes derniers souvenirs remontent… au 24 septembre 2001 ! »

Assis en régie à côté du réalisateur, Versini ne peut réprimer un petit tremblement nerveux de la jambe gauche.

« Imaginez le choc pour moi : pendant toutes ces années, que j'ai totalement oubliées, je me suis séparé de ma femme, mon fils, qui avait sept ans, est devenu un adulte, mon père et mon frère sont morts. Et tout cela, je l'ai appris à l'hôpital, il y a quelques semaines seulement… »

Catherine, assise dans son salon, un verre de vin à la main, l'écoute.

« Pendant ces seize années, le monde a beaucoup changé. Internet et les réseaux sociaux, ainsi que les smartphones, ont transformé la vie des Français… Durant cette période, plusieurs présidents de la République se sont succédé. De nouveaux chanteurs, acteurs, footballeurs sont apparus et ont occupé le devant de la scène médiatique. D'autres sont morts… Et tout ça, je ne le savais pas. Bref, c'est comme si j'étais parti pour un très, très long voyage et que j'étais revenu avec un regard neuf… Vous vous demandez pourquoi je vous raconte tout ça ? »

Versini jette un coup d'œil discret à Lamentin qui semble plus tendu que jamais.

« Eh bien, parce que c'est précisément ce qui m'a donné l'idée de cette nouvelle émission. Je vais recevoir des personnalités du monde politique, du spectacle et des affaires, à qui je vais pouvoir poser toutes les questions qu'un étranger se poserait en les rencontrant pour la première fois… C'est pourquoi je vous remercie d'accueillir comme il se doit mon tout premier invité, Nicolas Hulot… »

Le ministre de la Transition écologique entre sur le plateau, un peu raide, sous les applaudissements du public.

« Nicolas Hulot, tout d'abord un grand merci d'avoir eu le courage d'inaugurer cette première de *Lettres persanes*… »

Le ministre acquiesce, crispé, en se demandant à quelle sauce il va être mangé. Son œil droit cligne malgré lui.

« Je suis particulièrement heureux de vous avoir comme premier invité, car pour l'étranger que je suis devenu, vous représentez l'une des plus grosses surprises qu'on puisse imaginer : quand je vous ai quitté, et pour moi c'était hier, vous portiez une combinaison de pilote et vous survoliez en ULM des terres inconnues pour *Ushuaïa*. Vous étiez l'un des grands animateurs de TF1… et aujourd'hui je vous retrouve ministre d'État. Vous portez un costume, vous ne vous baladez plus en hélico ou en pirogue, mais en voiture avec chauffeur, vous ne discutez plus avec des Indiens d'Amazonie, mais avec des politiques… La seule chose qui n'ait pas vraiment changé chez vous, c'est votre coiffure. »

Nicolas Hulot sourit.

« Tout à l'heure je vous demanderai ce qui, selon vous, est le plus féroce, la nature sauvage ou l'univers de la politique… Mais revenons au regard que vous portez sur le monde : entre ces deux Nicolas Hulot, l'animateur et le ministre…

– Je me considérais comme un journaliste plutôt que comme un animateur.

– D'accord, entre le journaliste et le ministre, un changement d'époque considérable a eu lieu : quand vous présentiez *Ushuaïa*, personne n'avait de téléphone portable, les réseaux sociaux n'existaient pas et, pour communiquer, les gens devaient se rencontrer en chair et en os… Aujourd'hui, la plupart des relations humaines sont virtuelles et même le romantisme se monétise : les applications de rencontres amoureuses font fureur, l'amour est une denrée sponsorisée… À l'époque du Nicolas Hulot en ULM, le réchauffement climatique était un concept abstrait, les gens qui passaient à la télévision avaient du talent, on disait qu'on pensait, même si ça en dérangeait quelques-uns, et les pompiers pouvaient entrer dans n'importe quelle banlieue pour éteindre un incendie… Aujourd'hui, le réchauffement de la planète est une réalité que seul Trump ignore, les stars du petit écran sont les candidats des émissions de téléréalité, plus personne n'ose dire ce qu'il pense vraiment, de peur de choquer et d'être immédiatement conspué et banni, et les banlieues sont tellement défendues que vous oseriez à peine les survoler en ULM pour *Ushuaïa*. Alors dites-moi, en tant qu'homme, comment jugez-vous ces changements spectaculaires ? »

Plus tard, en compagnie de l'état-major de la chaîne au grand complet, on boit le champagne. Lamentin se promène, le regard pétillant et l'air modeste, comme s'il était le créateur du programme.

En attendant les chiffres d'audience, qui tomberont le lendemain à neuf heures cinq, on se congratule tant et plus. Si demain les chiffres sont mauvais, ce sera une autre affaire : il sera toujours temps de s'adresser rétrospectivement les plus sincères reproches et il y en aura sûrement un dans le tas pour lancer un désolant : « Je l'avais bien dit ! »

Mais pour l'heure, on trinque et on trouve l'émission formidablement réussie. Tout et Son Contraire félicitent Sadge, tandis que Nicolas boit coupe sur coupe en s'empiffrant de petits-fours. Lamentin s'approche de Sadge.

« C'est vraiment une très bonne idée qu'on a eue ! On va remercier tes médecins de n'avoir pas réussi à te guérir !

– On verra les résultats demain…

– Tu as raison, ne nous emballons pas, mais ça a quand même donné de bons moments de télévision. Je crois que Nicolas Hulot était scotché. Et Stromae aussi… Ce soir tu as apporté un vent de fraîcheur et d'impertinence à la chaîne, qui en a bien besoin !

– C'est Montesquieu qu'il faut remercier… »

Le lendemain, c'est un triomphe : Sadge a pulvérisé les records sur cette case horaire disputée. Son téléphone se met à vibrer et sa messagerie se remplit de textos de félicitations dithyrambiques.

La presse du jour salue l'originalité du concept, le talent de Sadge, l'esprit « très service public » de l'émission.

Sadge nous a donné envie de (re)lire Montesquieu.

Pour une fois, un titre d'émission qui n'est pas en anglais !

Lettres persanes a trouvé un nouveau ton qui démode les talk-shows existants. Un coup de maître !

Certains émettent des doutes sur l'authenticité de l'amnésie de Sadge, mais le succès est tel qu'on se désintéresse vite de ces fâcheux.

Versini lui annonce que François Bayrou et Marine Le Pen ont fait savoir qu'ils seraient d'accord pour participer à la prochaine émission.

« Ça tombe mal, ce sont deux personnalités qui ne disent rien de nouveau depuis mes derniers souvenirs… Je les ai retrouvés exactement tels que je les avais laissés, il y a seize ans.

– Qu'est-ce que je leur dis ?

– Eh bien, que malheureusement, je me rappelle d'eux. »

Mais dans l'après-midi, plusieurs sites relaient une même information qui porte en elle le délicieux parfum du scandale.

> *Lettres persanes* : Éric Sadge accusé de plagiat ! Un concept identique avait été déposé plusieurs semaines avant la première d'hier. Affaire à suivre.
>
> Par ailleurs on apprend que la société de production de monsieur Sadge serait particulièrement lente quand il s'agit de régler leurs cachets aux intermittents… On sait désormais qu'Éric Sadge est amnésique, peut-être a-t-il seulement « oublié » de payer ?

L'article est repris partout, accompagné d'une photo de Sadge souriant de façon méprisante, qui le fait passer pour un être fourbe.

C'est une douche froide. Sadge est catastrophé par l'ampleur que prend cette rumeur, qui alimente tous les talk-shows de début de soirée. Il se sent humilié, c'est une sensation horrible, une sorte de viol virtuel. Il déboule dans le bureau de Versini, qu'il trouve calme et souriant.

« C'est quoi, ces conneries ?

– La routine. Dès qu'on a du succès, dans ce pays, on crée des envieux… Et puis la foule adore conspuer ce qu'elle a adoré la veille. Mais t'en fais pas, ça va se dégonfler aussi vite que c'est apparu…

– Tout ça, ce sont des belles phrases, mais c'est quand même moi qui suis en première ligne, là !

– Qu'est-ce que tu veux ? Ce sont les risques du métier. En attendant, ça nous fait un très bon buzz sur les réseaux sociaux. T'as vu ? On est en tête des conversations…

– Mais je me fous du buzz ! Je veux rétablir la vérité ! Tu sais très bien que je n'ai piqué l'idée à personne ! Et puis c'est quoi, cette histoire de paiement ?

– Ça, j'avoue, c'est à cause de moi : c'est un connard de cadreur qui a travaillé comme un cochon et que j'ai décidé de faire patienter, histoire de l'emmerder. Mais t'inquiète, on va le payer…

– Et pour l'accusation de plagiat, qu'est-ce qu'on fait ?

– Rien.

– Mais je dois répondre, donner une interview !

– Surtout pas. Plus tu en parleras, plus tu donneras de l'importance au problème, et plus tu paraîtras suspect…

– Alors je ne fais rien et je me laisse cracher dessus sans rien dire, c'est ça ? »

Versini soupire.

« Écoute : tu veux te soulager ou bien gagner cette bataille médiatique ? Bon, alors laisse-moi faire, d'ailleurs j'ai ma petite idée sur d'où ça vient, cette merde. Pour le moment, s'il te plaît, ne va pas sur les réseaux sociaux, ne lis pas la presse, oublie cette histoire, fais-toi discret et patiente jusqu'à ce que ça se dégonfle tout seul. »

Sadge comprend pourquoi Versini est content de n'être plus connu.

4 septembre

Fargo l'a convoqué au premier étage du café de l'Alma en plein après-midi. À cette heure, on ne croise que des banquiers furtifs et rarement les gens des médias.

Le patron, un homme charpenté, s'approche d'eux et pose délicatement sa grosse main sur le bord de leur table, comme pour se reposer un instant.

« Qu'est-ce que je vous sers ? »

Sadge commande un thé au lait. Fargo regarde sa montre, l'air déçu.

« Il est un peu tôt pour un Jack Daniels… Donnez-moi un Perrier, s'il vous plaît. »

L'homme repart avec cette commande minable, qu'il semble considérer avec le plus profond mépris.

« Dites donc, ça a l'air d'être un vrai succès, votre show.

– En réalité, je vis un enfer ! On m'accuse de plagiat alors que j'ai eu l'idée de cette émission à cause de ce qui m'était arrivé ! J'ai au moins quatre témoins, c'est rageant ! »

Fargo le regarde, l'air de dire « j'en parlerai à mon cheval ».

« J'imagine que c'est le revers de la médaille médiatique…

– Et vous, qu'est-ce que vous me conseilleriez de faire pour éteindre cet incendie ?

– Je suis un ancien flic, pas un attaché de presse… »

Devant la mine déconfite de son client, il ne s'arrête pas là.

« Laissez couler, monsieur Sadge. Vous savez, au fond, tout le monde s'en fout… Vous devriez plutôt chercher à qui profite le crime.

– À qui profite le crime ?

– Qui a intérêt à vous nuire ? Qui veut votre place ? »

Fargo se mouche bruyamment, puis étudie attentivement le contenu de son Kleenex. Sadge oscille de nouveau entre une forme de dégoût et une certaine admiration pour les manières décomplexées de cet homme.

« Bon, je ne suis pas mécontent parce que la concierge a fini par se souvenir du nom de cette famille qui habitait au même étage que votre frère, de l'autre côté de la cour. Velasquez, ou Velasco… Ça vous dit quelque chose ? »

Sadge secoue la tête.

« Rien du tout. Je vous rappelle, au cas où vous l'auriez oublié, que je suis définitivement amnésique.

– Je sais, je sais… La concierge pense qu'ils ont déménagé parce que ça faisait un bout de temps qu'elle ne les voyait plus. Leurs fenêtres donnaient sur celle d'où votre frère s'est jeté. Avec un peu de chance ils auront vu quelque chose ce jour-là… »

Sadge tente un commentaire sarcastique.

« C'est fou, le temps que ça prend ! Dans les séries américaines, les enquêtes se résolvent toutes en quarante-cinq minutes… »

Fargo reste imperméable à cette remarque et poursuit son compte-rendu.

« Le problème, c'est que leur appartement fait partie d'un autre immeuble dont l'entrée est située dans une rue adjacente. C'est une adresse avec digicode, sans concierge. Il va falloir que je poireaute pour dégoter la moindre information. »

Sadge n'a pas touché à son thé ; il remue la cuiller inlassablement dans la tasse sans jamais se décider à y tremper ses lèvres.

Fargo hèle le patron.

« Finalement je vais me laisser tenter par un petit bourbon… »

L'homme semble soulagé, comme s'il avait enfin affaire à un être raisonnable.

« Et pour cette histoire de voiture de sport jaune ?… »

C'est la première fois que Sadge voit Fargo sourire, cela lui donne un air pervers.

« J'ai quelque chose. »

Sadge ne lui a pas parlé de la photo de Versini qu'il a trouvée chez lui, sans doute dans l'espoir un peu vain de protéger son ami.

« Dans mon métier, vous voyez, il ne faut pas être trop créatif, contrairement au vôtre. Il suffit d'aller au plus simple, en commençant par l'entourage de la victime. Et où ai-je dégoté une Porsche 911 jaune, comme par hasard ? Dans votre société : elle était enregistrée au nom de monsieur Gilbert Versini… »

Sadge réfléchit.

« Vous pensez qu'il a joué un rôle dans cette affaire ? »

Fargo s'envoie une rasade d'alcool sans sourciller, avec une satisfaction qui fait plaisir à voir.

« Pas certain… Quand j'ai montré des photos à la concierge, elle n'était plus trop sûre d'elle : ça pouvait être cette voiture, ou pas… C'est vrai qu'il n'y a pas qu'une seule bagnole de sport jaune dans Paris… Par contre, ce qui est étrange, c'est qu'elle n'a pas reconnu Versini.

– C'est tout de même une drôle de coïncidence, cette voiture jaune, non ? »

Fargo avale une nouvelle gorgée de whisky.

« Je vous l'accorde. En tout cas, ne vous mêlez pas de ça pour l'instant, laissez-moi enquêter de mon côté et ne risquez surtout pas de mettre en danger votre relation avec Versini, qui n'y est peut-être pour rien… Quand on y verra plus clair, on avisera. »

Dévoré par le doute, Sadge rentre chez lui pour fouiller méthodiquement ses archives, à la recherche de nouveaux indices. Il détaille la photo sur laquelle Versini a l'air si content de lui, un vrai petit coq, tout fiérot, un mioche grandi trop vite, le cul posé dans ce bolide de frimeur, symbole éclatant d'une virilité de façade. Puis il passe en revue toutes les coupures de presse qui retracent sa carrière, sans rien noter de nouveau. Il retrouve une de ses photos de classe et son bulletin de 1976, dont la lecture le distrait un instant. Il finit par dénicher un exemplaire de *La Croix*, journal qu'il ne lit pas souvent. Il l'a gardé pour un article qui raconte de façon émouvante la cérémonie d'enterrement d'Alain et *l'éloge funèbre déchirant de son frère, le célèbre homme de télévision*. À la fin du papier, le journaliste n'a pu s'empêcher un trait d'ironie : *Le curé de Saint-Léon a rapporté qu'Éric Sadge avait profité de l'occasion pour se confesser… Un redoutable intervieweur au confessionnal ? C'est le monde à l'envers !*

6 septembre

Sadge a invité Montgolfier à déjeuner. C'est son ancien patron, le mentor qui a fait de lui le journaliste connu qu'il est aujourd'hui. Montgolfier est à la retraite depuis quelques années et conseille désormais en free-lance des producteurs sur la meilleure façon de vendre leurs idées aux diffuseurs. Il connaît tout le monde et nombreux sont ceux qui lui doivent leur succès.

Sadge est curieux de revoir cet homme. Mais comme il ne se souvient pas de lui, il a demandé à Nathalie de lui préparer une fiche : « C'est un énarque qui semble être né dans l'audiovisuel, avoir tout vu, tout connu. Il tutoie plusieurs présidents de la République, connaît personnellement la plupart des politiques, des journalistes, des animateurs, des metteurs en scène et des artistes, et même un grand nombre de candidats de la téléréalité. Il s'intéresse à tous les programmes, des magazines d'information aux jeux, de la fiction aux variétés. C'est un véritable homme de télévision, comme on n'en fait plus. »

Après s'être renseigné, Sadge a réservé au Plaza Athénée, un endroit désuet et cérémonieux, qui plaît apparemment aux plus anciens.

Montgolfier le rejoint à sa table. Il est grand et mince, un peu voûté et encore beau. Derrière un masque impassible de vieux crocodile, son regard gris pétille. Son visage est raviné par les rides, qui coulent de chaque côté de son grand nez. Il a une magnifique tignasse argentée. Sadge aimerait beaucoup se souvenir de lui et de leur passé commun.

Montgolfier hèle le maître d'hôtel, qui accourt comme un chien de chasse parfaitement dressé. L'homme se penche pour recueillir la commande. Montgolfier s'adresse à lui, le regard dans le vide, comme perdu dans ses pensées.

« Raymond, nous allons prendre votre poulet entier à la broche… » Il jette un coup d'œil à Sadge. « Ils ont le meilleur poulet de Paris ici. Vous me suivez dans cette aventure, n'est-ce pas, Éric ? »

Sadge se laisse faire, trop heureux de se retrouver dans la position du débutant qui lui est familière. Pour lui et ses trente-cinq ans d'âge mental, prendre conseil auprès d'un aîné est une chose rassurante et naturelle.

Il est impatient de demander son avis au grand homme à propos de son problème de plagiat, mais il doit d'abord écouter poliment l'interminable monologue du vieux, qui en profite pour étaler ses souvenirs.

« Peu après que j'ai été nommé à la tête de France Télévisions, en toute discrétion, j'ai fait venir un cabinet de chasseurs de têtes et je leur ai dit : "Voilà, je dois malheureusement déjà quitter mon poste pour des raisons personnelles. Cela ne doit surtout pas se savoir. Mais j'ai promis, avant de partir, de trouver mon successeur. Je vous demande donc, dans le plus grand secret, de me proposer une liste de candidats sérieux." Ils ont fait le tour du métier et sont revenus, quelques semaines plus tard, avec le produit de leur chasse. Je leur ai alors annoncé que finalement j'allais rester en fonction et j'ai réglé leur facture. Et bien sûr j'ai gardé précieusement la liste qu'ils m'avaient apportée. Je l'ai mise au coffre : je savais désormais qui étaient mes ennemis, c'est-à-dire ceux dans Paris qui voulaient mon job… »

Montgolfier a un sourire sardonique. Puis il raconte à Sadge comment il l'a repéré.

« Vous aviez envie de réussir, vous péroriez un peu, c'est vrai, mais vous saviez aussi écouter et obéir, ce que ne savent plus faire les jeunes d'aujourd'hui… C'est très important ça, dans la vie, de savoir obéir. Il y a peu de gens qui en sont capables… »

Après quoi, il parle des stars qu'il a bien connues, comme Johnny qui l'appelait au milieu de la nuit pour lui demander conseil. Ensuite il passe en revue le nouveau gouvernement, puis les différents dirigeants des chaînes de télévision, qu'il étrille un à un en quelques phrases assassines, avec la verve pleine de charme de celui qui n'a plus peur de personne.

Sadge profite d'une minuscule accalmie pour tenter sa chance.

« Au fait, je voulais vous parler d'une question qui me tracasse un peu…

– Attendez, attendez mon ami : voici notre poulet ! »

Le poulet arrive effectivement, en majesté. Montgolfier en dévore la plus grande partie, sans que Sadge ait l'occasion d'exposer son problème, puis il commande une tarte au citron « meringuée, n'est-ce pas Raymond ? ».

Il sourit à Sadge.

« Depuis que je suis devenu un dinosaure gâteux, j'ai la dent sucrée. »

Sadge dément fermement ce jugement sous l'œil impavide du vieux reptile, désormais imperméable à la flatterie.

Maintenant le sage lui explique pourquoi, contrairement à ce que tout le monde raconte, la télévision n'est pas morte, malgré l'arrivée de Netflix, d'Amazon et autres morts de faim.

« On l'oublie toujours, mais la télé, c'est *po-pulaire*. C'est le seul divertissement gratuit qui divertisse et instruise pendant trois heures, chaque jour, 70 % des Français, c'est-à-dire des gens qui n'ont jamais voyagé et qui lisent autant que vous calculez, autrement dit quand c'est absolument nécessaire… D'ailleurs plus personne ne lit. C'est fini, la lecture, c'est un truc d'une autre époque… Enfin bon, le problème, c'est que ce sont toujours des snobs et des forts en thème qui dirigent la télé, alors qu'ils ne la regardent jamais. Les politiques non plus n'y comprennent rien, pour eux c'est juste un truc qui sert à se faire élire, une fois de temps en temps. »

Sadge acquiesce, écoute, relance la conversation, sans jamais perdre de vue le but de son déjeuner.

Quand l'addition arrive, Montgolfier fait mine de vouloir payer, mais se laisse vite inviter, avec une pudeur de cabotin. Sadge règle la note en se disant que c'est foutu pour cette fois. Pour obtenir un conseil, il devra revenir manger un poulet.

« Alors, mon ami, vous vouliez parler de votre affaire de plagiat ? »

Sadge sursaute. Il peut enfin s'expliquer et s'attribue au passage la question de Fargo, qui lui semble pleine d'esprit : à qui profite le crime ?

« Est-ce que vous pensez que ça pourrait être Drucker qui me mettrait des bâtons dans les roues ? J'ai cru comprendre qu'il aurait bien aimé animer une émission comme *Lettres persanes*…

– Si c’était le cas, mon ami, vous seriez déjà mort. Non… Drucker vous aime bien, il ne dit pas de mal de vous. À l’inverse, s’il disait du bien, je m’inquiéterais… »

Montgolfier réfléchit un long moment. Sadge est pendu à ses lèvres, dans l’attente d’une révélation. Le vieil homme a fermé les yeux et Sadge se demande s’il n’est pas en train de faire sa petite sieste digestive. Si c’est le cas, faut-il le réveiller ?

Finalement Montgolfier se gratte la gorge. Signe de dénouement.

« Vous savez quoi, mon ami ? Je crois que je vais me laisser tenter par un petit calvados. Vous m’accompagnez, bien sûr ? »

Raymond apporte le nécessaire, comme s’il n’attendait que ça. Montgolfier hume son verre avec gourmandise.

« Vous me demandiez à qui profite le crime ? »

Sadge a l’impression de déjeuner avec Hercule Poirot, qui prendrait tout son temps.

À cet instant Michel Drucker vient les saluer. Il est accompagné de Laurent Ruquier. Montgolfier se laisse embrasser sans se lever, comme un grand-père impotent.

« Justement avec Éric on parlait de toi, Michel…

– Ah bon ? Et pour dire du mal, j’espère ?

– Pas du tout, nous disions au contraire combien nous t’aimions. Et vous deux, que faisiez-vous ensemble ? Toujours à comploter ? »

Ruquier sourit malicieusement.

« Pas du tout, nous déjeunons ensemble une fois par mois. C’est plus un rendez-vous amical qu’un déjeuner politique… »

Une fois qu’ils sont partis, Montgolfier se lève.

« Je dois filer, mon ami. Merci pour l'excellent déjeuner. »

Voyant la mine déçue de son protégé, il semble pris d'une soudaine pitié.

« À qui profite le crime… Vous avez pensé à Versini ? Je me suis toujours demandé pourquoi vous vous étiez associé avec lui…

– Versini ? Mais j'ai toute confiance en lui ! C'est comme un frère pour moi !

– Et Caïn et Abel ? Relisez vos classiques, cher ami…

– Mais pourquoi Versini ? C'est pas dans son intérêt de torpiller une émission qu'il produit…

– Parce que, avec votre amnésie, vous ne vous rappelez pas combien il a souffert de votre subite ascension, au moment même où lui tombait dans l'oubli… »

Sadge regarde le grand homme s'en aller tranquillement, intéressé par chaque chose, indifférent à tout. Il décide de rester là encore un peu et de chercher sa vérité dans son calvados. Il ne peut s'empêcher de repenser à cette voiture de sport jaune, aux sarcasmes amers de Versini à propos de la célébrité et à son indifférence désinvolte devant la cuisante accusation de plagiat qui le fait tant souffrir.

Et pour la première fois, il doute de son ami.

15 septembre

C'est Nicolas qui a poussé son père à reprendre contact avec sa mère.

Assis devant elle au restaurant, Sadge se lance d'emblée, avant qu'une conversation anodine n'ait le temps de s'installer.

« J'ai quitté Vanessa. Je l'ai quittée parce que je ne veux vivre avec personne d'autre que toi. D'ailleurs, je ne comprendrai jamais comment j'ai pu provoquer notre séparation. C'était une grave erreur, je le sais, je le sens dans ma chair. Mon amnésie m'aura au moins permis de comprendre ça. J'ai beau avoir oublié beaucoup de choses, je sais que je t'aime. J'imagine que pour toi, ce que je dis là peut paraître inattendu et précipité, mais pour moi, c'est limpide. Alors je t'attendrai, le temps qu'il faudra… »

Catherine se montre distante, comme si ces paroles ne la concernaient plus. Elle lui répond qu'elle a besoin d'y réfléchir. Sadge est heurté par sa froideur et le lui dit.

« Écoute, Éric, t'es gentil, tu débarques dans ma vie après des années en me disant que tu m'aimes… Ensuite tu tardes à rompre avec Vanessa, comme si tu hésitais entre deux femmes, la jeune et la vieille… Et puis maintenant que t'es prêt, moi je devrais tout lâcher, éperdue de reconnaissance, et me jeter dans tes bras ? C'est pas aussi simple ! »

Après cet échange, Sadge rentre chez lui, terriblement abattu. Il s'allonge tout habillé sur son lit et fume pour se sentir moins seul.

Plus tard dans l'après-midi, il se rend à son bureau. Il n'a pas osé avouer à Versini les doutes qu'il a désormais à son endroit après le déjeuner avec Montgolfier. L'affaire du supposé plagiat s'est tassée, personne n'en parle plus. C'est Versini qui aborde de nouveau le sujet.

« Je crois savoir d'où est venue l'accusation… »

Sadge lève un sourcil interrogatif.

« Je suis à peu près sûr que c'est Pâque-Simon. C'est typique de lui, ça. Il a plein de copains journalistes complaisants qui sont toujours prêts à écrire n'importe quoi pour lui faire plaisir…

– Tu crois ?

– Je crois que c'est ta punition pour ne pas l'avoir reconnu, l'autre fois. »

Il s'avère que Versini a raison. Deux jours plus tard, ils reçoivent une lettre ampoulée de l'avocat qui représente Pâque-Simon. Il prétend que son client a *conçu et imaginé un programme en tous points similaire à* Lettres persanes *et qu'il a déposé ce concept à l'INPI, le 3 août 2017.*

« On en a parlé avant cette date ! C'est lui qui nous a copiés ! Mais comment a-t-il su qu'on travaillait sur cette idée ?

– C'est forcément quelqu'un de chez nous qui a parlé… »

Sadge suspecte immédiatement le directeur du développement, ce pédant qui doit aimer briller dans les dîners en ville en s'attribuant les idées qu'il n'a pas eues.

L'avocat réclame des dommages et intérêts astronomiques ou, s'ils préfèrent, une part de coproduction de 50 % au bénéfice de son client, avec la citation de son nom au générique, en tant que coauteur du concept.

Sadge est ulcéré.

« Il n'a peur de rien, ce chacal ! »

Versini ne se départ pas d'une attitude fataliste.

« C'est du Pâque-Simon tout craché, ça. Cette merdouille rêve de s'associer avec toi depuis toujours et voilà le moyen qu'il a trouvé… Il a commencé par salir ta réputation et maintenant il espère recueillir les fruits de son stratagème, en se présentant en plus comme ton sauveur… »

Cet opportunisme cynique met Sadge dans un état de rage comme il n'en a jamais connu. Il vrombit littéralement de haine et se convainc que s'il venait à croiser Pâque-Simon, il serait capable de le tuer à mains nues. Il élabore mille scénarios dans lesquels il se venge du petit homme, le salit à son tour et le transforme en un paria rejeté de tous.

Il essaye de se calmer et n'y parvient pas, au point qu'il s'en inquiète. Serait-il devenu violent ? Est-il vraiment capable de tuer ? Il appelle Nabey.

« Monsieur Sadge, ce qui vous arrive est tout à fait normal. Vous canalisez votre colère dans des fantasmes de meurtre et c'est un processus sain, figurez-vous. Ça ne fait pas de vous un meurtrier potentiel pour autant. Vous savez, le problème de la plupart des tueurs ou violeurs en série, c'est qu'ils ne disposent justement pas de cette capacité de fantasmer : dès qu'ils éprouvent une pulsion ou un désir violent, ils ne peuvent faire autrement que de passer à l'acte. Ils n'ont pas ce sas de décompression… Dormez tranquille, monsieur Sadge. »

30 septembre

Deux semaines ont passé. Catherine a écrit une lettre à Sadge, qu'il reçoit au bureau. Versini est là quand il la décachette et la lit.

Sadge sourit malgré lui et Versini pousse un cri de victoire ; il ne peut s'empêcher d'étreindre son ami.

Le lendemain, il refait ses valises. Depuis son réveil à l'hôpital, c'est la quatrième fois qu'il déménage. À son âge, c'est fatigant.

Devant la porte de Catherine, il sonne, tout intimidé.

Elle lui ouvre et ils se regardent en souriant, puis elle s'efface devant lui avec une sorte de pudeur pleine d'humilité, et l'invite à entrer.

« Je t'ai fait de la place dans le placard. »

Elle lui prépare un café, qu'il sirote poliment. Nicolas est sorti.

« Je file au journal… Voilà les clés. N'oublie pas de fermer la fenêtre du salon avant de partir, sinon le chat des voisins vient chez nous et laisse des poils partout. »

Elle le regarde, touchée de le voir si désorienté.

« Ce soir, si tu veux, on ira dîner quelque part tous les deux. Ça te va ? »

Elle dépose un petit baiser frais sur sa bouche et disparaît.

Il range ses affaires à côté de celles de sa femme. Une fois qu'il en a terminé, il se promène dans l'appartement. Il visite la cuisine, ouvre les tiroirs, inspecte les placards, tâchant de repérer où se trouve chaque chose. Il mémorise les informations essentielles qui lui permettront de naviguer dans son nouvel environnement. Il examine le contenu du réfrigérateur pour s'imprégner des habitudes alimentaires de la maison. Il hume, observe, note mille détails qui le renseignent sur sa famille. Il reconnaît la simplicité de Catherine, sa façon sobre d'envisager la vie. Il essaye ses clés, ouvre la porte de service, trouve le vide-ordure, le local à poubelles.

Puis il s'assied dans le canapé et respire profondément, en éprouvant le sentiment apaisant d'être parvenu à quelque chose, d'avoir surmonté une ultime épreuve. Il est comme Ulysse, il savoure l'idée d'être enfin rentré chez lui, d'avoir retrouvé sa vie. Il n'aura plus besoin d'errer, d'attendre, de se morfondre. Il se dit qu'il manque seulement un bon chien pour lui faire la fête, un vieux labrador aussi fatigué que lui. Il part travailler. Dans l'escalier, il se rappelle à temps qu'il doit fermer la porte-fenêtre du salon.

7 octobre

Comme chaque matin quand il ouvre les yeux, Sadge a l'impression de s'être réveillé à l'instant précis où il allait justement entrer dans un sommeil réparateur. Il est pris dans les débris d'un rêve, à se demander où il est. Il se retourne et voit Catherine qui dort à côté de lui. Il vérifie si par hasard sa mémoire ne serait pas revenue, puis détaille le décor de sa nouvelle existence, le fauteuil en bois sur lequel il a jeté hâtivement ses vêtements, la veille au soir, sa table de nuit et la lampe de chevet que Catherine lui a achetée. À côté, il y a l'édition de poche de *L'Étranger*, qu'il n'a pas relu depuis le lycée.

Personne ne parvient à comprendre sa solitude. Cela fait plusieurs jours qu'il fait semblant d'être à sa place, sans qu'aucun de ses proches remarque ses innombrables efforts. Peut-être est-il normal de se sentir seul partout et avec tout le monde ? Les autres sont-ils comme lui, isolés au milieu des leurs ? Une fois de plus, il constate qu'on ne peut vraiment connaître qui que ce soit.

Il se demande s'il réussira à élucider l'inquiétant secret de la voiture jaune qui plane au-dessus de lui comme un mauvais présage. Comment Versini peut-il être mêlé à la mort d'Alain ?

On est samedi, jour de gaieté. Nicolas dort encore. Il l'a entendu rentrer au milieu de la nuit et s'attarder dans la cuisine. Il a été tenté de le rejoindre, dans l'espoir de bavarder un peu avec lui, mais au dernier moment, il n'a pas osé. Maintenant il prépare le petit déjeuner en bâillant. Catherine, en peignoir, lui explique comment se déroulaient leurs samedis jadis, car il tient beaucoup à vivre « comme avant », au temps où tout était « normal ».

« Tu faisais le ménage…

– C'est une blague ?

– Pas du tout. Tu pourras demander à Nicolas.

– Et toi, pendant ce temps ?

– Je m'occupais du linge, je préparais le déjeuner, entre autres. Parfois je me délassais en regardant mon mari épousseter de-ci, de-là… Tu es très excitant quand tu t'y mets, tu sais !

– Et après le déjeuner, on faisait quoi ?

– On allait faire les courses au supermarché.

– Ah ouais ? On avait vraiment des week-ends super-sexy, dis-moi ! »

Catherine hausse les épaules, sans faire de commentaires.

Sadge sent un vif agacement sourdre en lui. Dans un mouvement d'humeur, il vide sa tasse dans l'évier et se lance dans une séance de nettoyage frénétique en espérant canaliser la colère qui est en train de l'embraser à la vitesse d'un feu de forêt. Il sent le regard de sa femme planté dans son dos.

« Je passerai tout à l'heure inspecter ton travail : ça a intérêt à être impeccable ! »

Sadge sourit malgré lui en reconnaissant là l'humour ironique de Catherine. Mais il ne se retourne pas, pour qu'elle n'ait pas la satisfaction d'avoir fait mouche. Elle s'approche de lui, câline.

« Tu ne bouderais pas un peu, par hasard ?

– Et ton fils, il ne fait rien pour aider dans cette maison ?

– Tu n'auras qu'à lui demander toi-même. Je te souhaite bon courage ! »

Il s'abîme dans sa tâche et se rappelle quand il jouait à cache-cache avec Nicolas et que celui-ci se dissimulait sous la table basse en oubliant qu'elle était transparente. Puis, sans raison, il pense à Fargo qui enquête en ce moment même sur la voiture jaune et cela réveille sa mauvaise humeur.

Après le ménage, Sadge rejoint Catherine dans la salle de bains. Il l'enlace et lui propose de faire l'amour. Elle soupire, crispée, et décline l'invitation. Il se dit qu'il doit insister un peu. « Laisse-moi t'offrir un week-end super-sexy… », murmure-t-il en plaisantant. Elle le regarde, droit dans les yeux.

« Écoute, Éric, il faut que tu comprennes que je n'ai pas envie aussi souvent que toi. Tu ne veux pas l'entendre, mais nous n'avons plus trente ans… Tu sais, je trouve déjà qu'on le fait beaucoup pour notre âge. T'as qu'à te renseigner autour de toi, tu verras… »

Sadge est vexé, peut-être avait-il surestimé les pouvoirs extraordinaires de son charme. Il se regarde dans la glace et constate une fois de plus avec consternation combien il est décati. Sous son ample chemise, la chair est molle et le poil est gris. Il a des seins de singe, roses et velus, et d'innombrables rides sur le front. Lui non plus ne se trouve pas désirable.

Ils se rendent au supermarché, c'est lui qui conduit. Catherine le guide, agacée qu'il ne connaisse plus le chemin. Il se sent complètement inadapté à sa nouvelle vie, et cela ne fait que commencer. Dans les rayons de la grande surface, tout a changé : il y a des fruits exotiques et des rayons entiers dédiés aux produits bio. Il y a même un présentoir à sushis. Il chausse ses lunettes pour déchiffrer les prix en euros. Quand il les traduit en francs, Catherine lève les yeux au ciel.

En parcourant les allées désespérantes, il s'étonne du décalage qu'il y a désormais entre sa vie publique, qui se révèle assez palpitante, et sa vie privée, si plate, terne, ennuyeuse, étriquée. Il lui semble qu'autrefois c'était l'inverse : l'aventure, c'était sa vie intime, et la routine était professionnelle.

Une jeune fille pimpante lui demande de faire un selfie avec elle et Sadge s'en trouve vaguement réconforté.

Le soir même, alors qu'il s'apprête à sortir, Nicolas vient lui demander de l'argent. Toutes les rancœurs de sa journée refont surface et il reproche à son fils de se laisser vivre sans donner le moindre coup de main. Nicolas le regarde, impassible, ce qui l'irrite d'autant plus. Il a envie de le prendre par les épaules et de le secouer. Catherine ouvre son sac et tend deux billets à son fils.

« Ne sois pas trop dur, Éric. Nicolas aussi a besoin de décompresser…

– Décompresser ? Décompresser de quoi ? »

Il se rend compte qu'il a crié. Nicolas et Catherine le regardent en silence, interdits par la violence de sa réaction. Sadge capitule. « Excusez-moi, j'ai dû être un père particulièrement nul pour obtenir ce résultat… »

Devant leurs mines consternées, il laisse éclater sa colère.

« Quoi ? Qu'est-ce qu'il y a ? Je vous énerve, c'est ça ? Et moi, vous croyez que ça m'amuse de ne rien me rappeler ? Vous me regardez comme une bête étrange et vous vous croyez formidables parce que vous m'indiquez où se trouve le putain de sel ! Vous croyez que ça me fait plaisir de vous voir me faire la charité ? Laissez-moi me démerder tout seul et allez vous faire FOUTRE avec votre compassion à deux balles ! »

Il s'engouffre dans sa chambre et claque la porte. Il se laisse tomber sur son lit.

Encore un moment de raté, et par sa faute.

Sur ce, il s'endort.

9 octobre

Le lundi suivant, Sadge retourne voir Nabey.

« Le fait d'être retourné vivre avec votre famille n'a réveillé aucun souvenir inédit en vous ?

– Ma mémoire ne reviendra pas, on m'a trouvé une lésion au cerveau. Il ne me reste plus qu'à tout accepter, sans discuter, et à faire semblant de connaître ces gens avec qui j'habite.

– Vous parlez de votre famille en disant "ces gens", comme s'il s'agissait d'inconnus… Vous connaissez votre femme, tout de même ?

– Non, elle a changé, elle aussi. Maintenant elle joue à la vieille. D'ailleurs elle n'arrête pas de me rappeler, au cas où je l'aurais oublié, que nous sommes proches du troisième âge… Avouez que pour un type de trente-cinq ans comme moi, en pleine possession de ses moyens, c'est raide !

– Je vous sens en colère.

– On le serait à moins !

– Monsieur Sadge, ne succombez pas à la tentation de vous replier sur vous-même ou de vous victimiser, ce n'est pas dans votre intérêt. Et "ces gens", comme vous les appelez, que vous croyez ne plus connaître, sous prétexte qu'ils ont vécu seize ans sans vous…

– C'est exactement ça.

– … eh bien vous êtes face à deux hypothèses, monsieur Sadge : soit on ne peut jamais connaître personne, et dans ce cas c'était déjà vrai il y a seize ans et votre amnésie n'y a rien changé. Soit, comme je le pressens, on est capable de connaître l'autre, et alors ces gens que vous aimez, vous les aimez justement parce que vous les connaissez. Et vous les connaissez parce que vous les aimez…

– Je ne comprends rien.

– Ce que je veux dire, c'est que ce n'est pas du domaine de la perspicacité ou du savoir ou même de l'intelligence… Cette connaissance de l'autre est une expérience vécue au plus profond de vous-même. Autrement dit, vous n'avez pas besoin de savoir ce qu'a fait votre femme ces dernières années, parce que vous *êtes* votre femme. Vous *êtes* votre fils. »

Sadge hausse les épaules. Ce qui est certain, c'est qu'il est incompris, même par son psy. Personne ne voit le travail surhumain qu'il livre pour survivre à l'aujourd'hui, lui qui est resté à quai, en 2001. Mais à quoi bon gloser sur cette situation ? Rien ne bouge, personne ne viendra le sauver, pas même ce psychiatre impuissant qu'il a de nouveau envie de gifler pour vérifier qu'il n'est pas un robot, mais bien un être de chair et de sang, capable de souffrir et de s'indigner.

« Dites-moi, docteur : est-ce que j'ai tué quelqu'un ?

– Pourquoi vous me posez une question aussi incongrue ?

– J'essaye de comprendre pourquoi je suis si malheureux. »

Nabey réfléchit un instant.

« Je peux vous assurer que vous ne m'avez jamais parlé d'aucune chose de la sorte.

– Vous ne pensez pas que je puisse avoir commis un crime, sans vous l'avoir dit ?

– Non, je ne le crois pas.

– Est-ce qu'à une époque, je n'ai pas eu envie de tout lâcher et de m'enfuir ?

– Non.

– Je n'ai pas eu de pensées suicidaires ? Vous ne m'avez j'avais prescrit d'antidépresseurs ?

– Non plus. »

Sadge soupire et cherche une autre voie.

« Faisons une hypothèse : et si, inconsciemment, j'avais perdu la mémoire pour fuir une souffrance de ce type ? Vous savez, il y a des gens qui vivent des années en ayant involontairement oublié leur viol…

– Monsieur Sadge, je ne pense pas que vous ayez voulu échapper à vos souvenirs, si c'est là votre question. Vous n'aviez pas de raisons de perdre la mémoire. Vous avez eu un accident. Cela relève de la médecine, pas de la psychologie… »

Les deux hommes se regardent. On entend au loin le cri désespéré d'une sirène.

« Je viens de relire *L'Étranger* de Camus et je suis tombé sur un passage qui semble avoir été écrit exprès pour moi… Je vous le lis, ce n'est pas long. Meursault, le héros, a été mis en prison : “Au début de ma détention, pourtant, ce qui a été le plus dur, c'est que j'avais des pensées d'homme libre. Par exemple, l'envie me prenait d'être sur une plage et de descendre vers la mer. À imaginer le bruit des premières vagues sous la plante de mes pieds, l'entrée du corps dans l'eau et la délivrance que j'y trouvais, je sentais tout d'un coup combien les murs de ma prison étaient rapprochés. Mais cela dura quelques mois. Ensuite, je n'avais que des pensées de prisonnier. J'attendais la promenade quotidienne que je faisais dans la cour ou la visite de mon avocat. Je m'arrangeais très bien avec le reste de mon temps. J'ai souvent pensé alors que si l'on m'avait fait vivre dans un tronc d'arbre sec, sans autre occupation que de regarder la fleur du ciel au-dessus de ma tête, je m'y serais peu à peu habitué. J'aurais attendu des passages d'oiseaux ou des rencontres de nuages comme j'attendais ici les curieuses cravates de mon avocat et comme, dans un autre monde, je patientais jusqu'au samedi pour étreindre le corps de Marie." »

Sadge lève les yeux et regarde Nabey, comme s'il attendait son approbation.

« C'est très exactement ce que je ressens.

– Vous devriez lire cet extrait à vos proches. Peut-être cela les aiderait-il à mieux percevoir votre état d'esprit.

– Vous savez, moi aussi je suis en train de m'habituer à mes pensées de prisonnier, j'accepte ma nouvelle vie, docilement, comme un mouton. Je me déçois moi-même…

– Mais, monsieur Sadge, n'est-ce pas la condition de chacun d'entre nous ? Nous sommes tous enfermés, vingt-quatre heures sur vingt-quatre, dans un corps que nous n'avons pas choisi et qui, de surcroît, se détériore un peu plus chaque jour. Nous pouvons protester, bien sûr, mais à quoi bon ? Nos enfants grandissent et puis nous quittent, sans même se retourner. Nous pouvons nous en plaindre – nous ne nous en privons pas, du reste – et puis nous finissons par nous résigner à leur ingratitude. Nos parents meurent sans nous demander notre avis, nos collaborateurs nous déçoivent. Nos rêves rétrécissent pour faire place à des désirs plus petits… Et toutes les choses que nous aimons changent et disparaissent.

– C’est gai !
– C’est la vie.
– Alors, selon vous, nous n’avons le choix de rien ?
– Je n’ai pas dit ça. »

Sadge attend la suite. Nabey finit par sortir de son silence de reptile.

« Comme l’étranger, nous avons le choix d’aimer les murs de notre prison. »

Quand il arrive au bureau, Versini l’attend, bouillonnant d’impatience et d’excitation.

« Pâque-Simon a bien copié notre idée pour pouvoir la déposer quelques jours avant nous à l’INPI !

– Je m’en doute, mais comment tu peux en être sûr ?

– Je sais comment il a fait : Tout et Son Contraire, ces deux imbéciles, ont déjeuné au Cochon qui rit, le lendemain du jour où tu as eu l’idée de *Lettres persanes*…

– Et alors ?

– Comme ils étaient excités par le projet, ils ont passé leur déjeuner à en parler entre eux et à imaginer des rubriques possibles. Ils ont jacassé, quoi, sans faire attention…

– Et quelqu’un les a entendus ?

– Il n’y a que toi, qui es amnésique, et ces deux imbéciles pour ne pas savoir que le Cochon qui rit est tenu par le frère de Pâque-Simon. Quand tu veux faire passer un message à Pâque-Simon, ou même à la présidence de France Télévisions, tu déjeunes au Cochon qui rit, tu t’arranges pour dire ce que t’as à dire… et t’es sûr que le message sera délivré. Voilà. Ces deux benêts ont parlé, Pâque-Simon a eu vent de l’idée, il a dû torcher son dossier et courir le déposer à toute vitesse pour être sûr d'avoir l'antériorité.

– Il a vraiment l'esprit tordu…

– Il sait très bien faire ce genre de chose. Ce qui m'ennuie, c'est que juridiquement c'est improuvable et qu'il pourrait gagner contre nous devant un tribunal. »

La rage de Sadge renaît de ses cendres.

« On va les virer, ces deux cons ! Et qu'ils viennent pas me réclamer leurs indemnités ! »

Versini soupire.

« Mais non, on va pas les virer ! Ils ont fait une erreur de jeunesse, comme on en a tous fait… C'était involontaire.

– Et pourquoi on ne les virerait pas ?

– Parce que ce sont deux bons gars qui bossent beaucoup et croient au projet. Ils ont péché par excès d'enthousiasme, voilà tout…

– Moi je m'en fous, de leur excès d'enthousiasme, je les dégage ! Ils m'ont causé trop de tort !

– Non seulement on va pas les foutre dehors, mais c'est toi qui vas leur annoncer que tu as décidé de leur donner une deuxième chance. Et tu verras qu'ils te seront attachés pour la vie. »

Quand Sadge convoque les deux blancs-becs, ils se présentent, tout contrits. Il leur annonce d'emblée la bonne nouvelle de sa clémence et ils n'en reviennent pas. Dans l'après-midi il entend remonter depuis les couloirs le bruit de son extraordinaire magnanimité. Même Nathalie, pourtant avare de mots, vient lui faire savoir qu'elle est fière de travailler pour un chef aussi bienveillant.

Ces marques de reconnaissance lui confirment qu'il est devenu un patron tyrannique.

10 octobre

Sadge a décidé de rencontrer le curé qui avait célébré la messe d'enterrement d'Alain : la première fois, il est passé devant l'église Saint-Léon en voiture, sans s'arrêter, comme un repris de justice en cavale. La deuxième fois, il s'est garé à proximité et a observé le bâtiment en briques jaunes, dénué de charme. La troisième fois, il est entré dans l'église. Il n'y avait personne, sauf un homme chétif qui balayait avec nonchalance le fond de la nef. Il a trouvé le panneau d'affichage qu'il cherchait sur lequel étaient indiqués les jours et horaires de confession avec le curé.

Et aujourd'hui, le cœur battant, le souffle court et les mains moites, il attend son tour, inconfortablement assis sur une toute petite chaise en bois. Il y a trois dames avant lui, qui patientent pour passer à confesse. Il les regarde, chacune à leur tour, pénétrer dans la petite cahute en bois clair, tandis que l'ampoule verte devient rouge. Les confessions des vieilles paraissent interminables… Qu'ont-elles donc à se reprocher, ces idiotes ? D'avoir mangé deux fois du dessert ? D'avoir dit du mal de leur voisine ou donné un coup de pied au chat ? Peut-être qu'il se trompe et que ce sont en fait de redoutables criminelles, des empoisonneuses machiavéliques, dignes des romans d'Agatha Christie… Ces considérations le distraient, alors que son heure approche dangereusement.

Quand son tour se présente enfin, il a envie de s'enfuir. Il attend un peu, avec l'espoir qu'une dernière vieille, au cabas rempli de péchés, lui chipe sa place, ou que le curé, lassé de patienter, sorte de sa cabane à confidences et s'en retourne d'un pas élastique vers la sacristie.

Mais personne ne semble vouloir sauver Sadge de lui-même. Alors il pénètre dans la cabine où plane une odeur de vieille et d'encaustique. Il s'attendait à s'agenouiller avec dévotion devant un austère grillage, devinant derrière, dans une pénombre solennelle, le profil noble et sévère d'un prêtre empli d'autorité… Au lieu de quoi, il se retrouve nez à nez avec un homme débonnaire, assis en pleine lumière.

« Prenez place, monsieur. »

Sadge obtempère. Le bonhomme le couvre d'un regard bienveillant, presque souriant.

« Je vous attendais.

– Ah bon ? Vous m'avez surpris en train de rôder autour de votre église une fois ou deux, c'est ça ?

– J'ai un petit péché mignon, c'est que j'aime bien regarder la télévision. J'ai vu votre émission et j'ai suivi, comme des millions de téléspectateurs, la révélation de votre amnésie. Et je me suis dit que tôt ou tard, vous chercheriez à me voir…

– Qu'est-ce qui vous a fait penser ça ?

– Votre dernière confession. »

Sadge ravale sa salive. Le vieux n'a pas l'air d'un farceur, il ne dit plus rien, il attend sa proie, comme un prédateur expérimenté.

« Et que vous ai-je dit lors de cette confession, mon père ?

– Que vous aviez tué votre frère.

– Pardon ?

– Le jour des funérailles, vous êtes venu me trouver. Vous vouliez vous confesser. Vous étiez tourmenté. Nous nous sommes installés un peu à l'écart, dans un coin de la sacristie, et vous m'avez raconté que vous vous étiez disputé avec votre frère aîné au sujet d'un délit de fuite qu'il avait décidé de révéler au grand jour. Vous en êtes venus aux mains, comme au temps de votre enfance. La fenêtre était grande ouverte et votre frère, en essayant de vous repousser, a basculé dans le vide. Tout s'est passé en un éclair et il est mort sur le coup. C'était un accident, vous avez paniqué et vous êtes parti… Voilà ce que vous m'avez confessé.

– Et vous n'avez rien dit à la police ?

– Non.

– Pourquoi ?

– Je n'ai pas le droit de briser le secret de la confession. Je ne suis que l'intermédiaire entre celui qui vient déposer ses fautes et Dieu qui les prend sur lui… Mais je ne vous cache pas que pour moi, qui reçois toutes ces blessures, c'est souvent une croix bien lourde à porter. »

Sadge est interloqué.

« Mais alors… je suis pardonné ?

– Je vous ai donné l'absolution, oui.

– Pourquoi ?

– Parce que vous étiez sincèrement repentant. L'êtes-vous toujours ? Vous seul le savez.

– Mais qu'est-ce que j'en sais, moi ! Je ne me rappelle rien ! Et maintenant, j'apprends que je serais un meurtrier ?… »

Sadge se lève sans demander son reste et s'en va. Dehors, il essaye de respirer à grandes goulées, car il suffoque. Il a l'impression d'être ivre, que le monde vacille. Il ne sait pas ce qu'il doit faire. Il envisage de courir à Roissy acheter le premier billet d'avion disponible, et de s'envoler loin, pour ne plus revenir. Il rêve d'aller enterrer sa honte quelque part au bout du monde, en Afrique peut-être, ou même en Australie, qui sait, dans un pays où personne ne le connaît encore.

Il rentre chez lui et commence à faire sa valise. Cette activité le réconforte : il a au moins le sentiment d'avoir pris une décision. Il met son passeport et un peu de liquide dans la poche de sa veste. Il se dépêche pour ne pas prendre le risque de croiser Catherine ou Nicolas. Il griffonne un mot pour sa femme. Le temps presse.

> Mon amour, je suis parti. Je ne suis pas un type bien, ni l'homme que tu croyais. Ne me regrette pas. Pardon d'être revenu et de repartir à nouveau. Ce sera la dernière fois. Tire un trait sur moi et sois heureuse. Dis à Nicolas que je l'ai aimé, petit et grand.

Il fourre son mot dans une enveloppe et la dispose, bien en évidence, sur la table basse. Puis il s'arrête dans l'entrée pour contempler une dernière fois le décor de sa vie.

Il est un fratricide.

Où pourra-t-il jamais se reposer en sachant cela ? Dans quel trou perdu pourra-t-il enterrer sa détresse ? Comment a-t-il pu vivre ces dernières années, comme si de rien n'était ? Quelle sorte de monstre est-il ? Il aura fallu cette foutue amnésie pour lui révéler la noirceur dont il est capable… Mais comment a-t-il pu se perdre à ce point ? Tout d'un coup, il se demande si son accident de voiture n'était pas une tentative de suicide ratée.

Il décide d'appeler Nabey sur-le-champ. Lui seul sera en mesure de lui expliquer comment on peut se transformer en meurtrier. Il compose son numéro et raccroche aussitôt.

Et s'il appelait son fidèle Versini pour tout lui avouer ?

Il entend une clé dans la porte. Il a tout juste le temps de saisir l'enveloppe qu'il venait de poser sur la table, de l'enfoncer dans la poche arrière de son jean, avant que Nicolas ne fasse son entrée.

« Tu bosses pas ?

– Euh… non.

– Je me dépêche, je vais me changer pour le foot. »

Nicolas s'enfonce dans le couloir. Sadge réfléchit. Il est idiot de fuir. Il doit se dénoncer, c'est la seule chose à faire. Tans pis pour sa réputation, pour sa notoriété, pour son succès. Même si Nicolas aura à souffrir de cette révélation, un jour il sera fier de son père qui aura eu le courage d'affronter les conséquences de ses actes.

Debout dans le salon, il imagine la suite : la stupéfaction atterrée de Catherine, de Versini, de Marie… La déception générale du public, immense, à la hauteur de son crime et de son impardonnable silence.

Il sait exactement dans quel commissariat il va se rendre, celui situé près de chez ses parents. Il y était allé, à l'âge de quinze ans, quand on lui avait volé sa mobylette. C'est le seul qu'il connaisse et cela le rassure un peu. Ce soir il dormira en cellule et il aura la conscience tranquille.

Il se sent calme, tandis qu'il conduit vers son but sans se presser.

Un doute le traverse cependant : et si son vrai devoir d'homme, de mari, de père, n'était pas, au contraire, de se taire, de garder pour lui cette vérité si lourde à porter ? Se livrer ressemble certes à un acte de courage, mais n'est-ce pas plutôt une preuve de grande lâcheté ? Se constituer prisonnier, c'est trahir et abandonner tous ceux qui comptent sur lui… Comment fera Versini pour remonter la pente sans son animateur vedette ? Et ses collaborateurs, qui ont des familles à nourrir, qui dépendent de lui et de son succès pour assurer leurs fins de mois ? Sans parler de sa notoriété construite sur des années d'exigence éditoriale. À quoi cela servira-t-il de ruiner ce bel édifice ?

Il se gare en face du commissariat. Le hasard veut qu'il trouve une belle place.

N'est-il pas méprisable de ravager tout ce qu'il a bâti, et qui d'ailleurs ne lui appartient pas, pour apaiser sa conscience à bon compte ? N'est-ce pas faire preuve d'un égoïsme redoutable ?

Il sait bien que ces arguments sont ses derniers couinements de froussard, avant de franchir le pas. La vérité, c'est qu'il a peur d'aller en taule, de se retrouver enfermé avec des fauves et de ne pas réussir à survivre à la jungle qui règne en prison. Il a peur de la violence, de la promiscuité, de la crasse, du désespoir…

Ce n'est pas le moment de flancher.

Il sort de sa voiture, ferme soigneusement la portière à clé et, avec un certain panache, s'avance vers le policier en faction sur le trottoir.

Soudain, il pense à Catherine et s'arrête, comme irrésolu. La pauvre… A-t-il le droit de détruire son tout nouveau bonheur, alors qu'elle n'est pour rien dans toute cette lamentable affaire ? Elle n'a vraiment pas mérité cela, elle qui a eu le courage de bousculer sa vie pour lui faire une place à côté d'elle, elle qui a pris le risque de l'aimer à nouveau et accepté de souffrir, comme un corps gelé souffre quand on le réchauffe. Pourquoi devrait-elle payer ?

Et Nicolas ? Lui non plus n'a rien demandé. Il commençait tout juste à reconstruire une relation avec son père… Que sait Sadge des dégâts qu'il pourrait causer à son fils ?

N'est-ce pas à lui de porter seul sa croix ? N'est-ce pas sa dignité d'homme que d'endurer sa peine en silence, sans entraîner des innocents dans sa chute ? C'est très certainement pour cette raison qu'il s'est tu jusque-là.

D'ailleurs, du haut de quel orgueil juge-t-il la situation ? Pour qui se prend-il exactement ? Pour un martyr ? Ou un saint peut-être ?

Il a un sourire de dédain pour ces beaux raisonnements qui sont de bien pitoyables excuses. Elles ne l'empêcheront pas de faire ce qui est juste. Et rien n'entravera sa détermination. Alain n'aurait pas flanché, lui !

Tiens, Alain… cela faisait longtemps.

Alain qui l'épie sans cesse, tapi dans les limbes de sa conscience. Alain le mentor, le héros de sa jeunesse, Alain le téméraire, Alain le drôle, le préféré, le charmant…

Alain, le bourreau de son enfance, qui l'aura martyrisé, depuis le jour de sa naissance jusqu'à aujourd'hui, sans répit…

Alain lui aura fait payer, jusqu'au dernier centime, le fait d'être né et de l'avoir ainsi détrôné du poste enviable d'enfant unique, après seulement quatre petites années d'un bonheur inégalé, sans concurrence, à boire seul, à grandes goulées, des barriques entières d'amour maternel. Alain lui en aura voulu jusqu'à la mort d'avoir piétiné son privilège, de lui avoir démontré que cette belle tranquillité, sur laquelle il avait construit les premières années de sa vie, n'était qu'une dérisoire illusion… Désormais il serait obligé de dépenser des trésors d'ingéniosité et d'énergie pour attirer l'attention de ses parents, tenir son rang d'aîné, en essayant de faire oublier le charme si différent du nouvel enfant, ce blondinet trop gentil pour n'être pas suspect.

Il se rappelle les innombrables fois où Alain se battait avec lui. Profitant de sa supériorité physique, celui-ci finissait toujours par s'imposer en s'asseyant sur le torse de sa victime et en l'immobilisant, un genou posé sur chaque bras. Sadge n'était qu'un mioche, il étouffait sous le poids de son frère, mais l'expérience lui avait appris à simuler l'indifférence pour accéder plus vite au moment salvateur où Alain allait enfin se décider à se lever et à le libérer de son angoissante étreinte. Quand, au contraire, il gigotait, suppliait, criait, pleurait, envahi par une terreur boueuse, morveuse, suffocante, Alain avait sur le visage un rictus particulier, un sourire cruel et satisfait, comme s'il jouissait de sa toute-puissance enfin retrouvée. Une fois le petit maté, dominé, humilié, il le laissait repartir en lui criant joyeusement : « Tu sais, j'aurai toujours quatre ans de plus que toi, petit con ! »

C'était Alain qui avait inoculé à Sadge toutes ses peurs. Sous la coupe de ce despote en culottes courtes, Sadge n'en menait pas large et avait appris chaque jour de son enfance à fermer sa gueule, à rire hypocritement aux facéties de son frère et à accepter ses jeux les plus tordus. Alain avait enseigné le vertige à son petit frère en l'obligeant à marcher sur la rambarde du balcon, au troisième étage. C'est lui encore qui l'avait fait devenir claustrophobe et lui avait donné la peur du noir en l'enfermant un nombre incalculable de fois dans le minuscule cagibi au fond du couloir, soi-disant pour jouer aux espions. Il se plaisait à raconter à son petit frère que le monde n'était peuplé que de pédophiles, de violeurs et de tziganes obsédés par leur envie de kidnapper les petits garçons comme lui. Selon Alain, les avions s'écrasaient toujours dans les montagnes et les rares survivants étaient alors obligés de se dévorer entre eux. Pour preuve, il lui montrait les photos en noir et blanc dans *Paris Match*.

Jaloux de n'être pas doué pour les études, Alain dénigrait celles de son frère, lui démontrant avec un souverain mépris qu'il ne servait à rien de posséder un diplôme si on n'était pas capable, comme il l'était lui-même, de casser la gueule au premier qui vous regardait de travers. Sadge avait poussé tant bien que mal dans l'ombre de ce manipulateur génial qui veillait à ce qu'il ne déploie jamais ses ailes.

Un jour, cependant, Alain avait poussé le bouchon trop loin en obligeant Sadge, qui n'avait que douze ans, à conduire la voiture de leur mère. À la première manœuvre, l'aile gauche s'était abîmée contre le mur du garage et Sadge avait dû passer aux aveux. Convoqué dans le bureau paternel, il s'y était rendu, la mort dans l'âme, épouvanté à l'idée de finir en pension où il aurait affaire à des tortionnaires bien plus cruels que son frère. Pour se défendre, il avait rejeté la faute sur Alain en disant que c'était lui qui l'avait forcé à commettre cette terrible faute, ce qui était du reste l'exacte vérité. Son père lui avait jeté un regard de profond dédain, un regard qu'il n'oublierait jamais. « Apprends que chez moi, on n'aime pas les mouchards. » En sortant du bureau, il avait croisé Alain qui attendait son tour pour se faire engueuler et qui lui avait fait au passage une grimace grotesque. De retour dans sa chambre, il avait cherché dans son vieux Larousse délabré le mot *mouchard*. En découvrant sa définition, il avait éclaté en sanglots.

> Dénonciateur, indicateur, mouton, cafard, rapporteur. « On fait de la critique quand on ne peut faire de l'art, de même qu'on se met mouchard quand on ne peut pas être soldat. » Gustave Flaubert.

Il avait compris qu'il venait à jamais de perdre l'estime de son père. De ce jour, Alain n'avait pas manqué une occasion de lui rappeler sa qualité de mouchard. Ce mot était devenu pour Sadge une flétrissure impossible à cicatriser. Il serait pour toujours le mouchard, comme un enfant violé sera pour toujours un enfant violé. Cette légende personnelle était désormais inscrite, telle une infamie, au fronton du blason familial et aucun diplôme, aucun succès professionnel ne pourrait jamais effacer cette tache honteuse.

Alain avait pourtant incontestablement aimé son petit frère, mais d'un amour terrible, possessif et ravageur, un amour suffisamment grand pour masquer la haine viscérale qu'il éprouvait pour cet être que, à défaut d'avoir empêché de naître, il aurait bien aimé voir disparaître. Alors, seulement, il aurait pleuré son frère, sincèrement, sans arrière-pensées, avec un chagrin limpide d'enfant.

Sadge prend clairement conscience là, sur ce bout de trottoir face au commissariat, qu'il est soulagé d'avoir tué son frère. C'est le même soulagement qu'il a ressenti le jour où Catherine lui a appris la mort d'Alain, un sentiment de délivrance qu'il a essayé de refouler, mais qui s'impose à lui aujourd'hui dans toute sa simplicité. Il en a honte, mais il est libéré.

Sadge regarde le gardien de la paix en faction, puis appelle Fargo.

« Bonjour, c'est Éric Sadge. Écoutez, j'ai réfléchi et… je voulais vous dire de laisser tomber l'enquête. Vous avez fait un travail formidable et je sais que vous étiez sur le point d'aboutir, mais voilà, je ne souhaite pas poursuivre… Bien sûr je vous paierai la totalité de ce que je vous dois… »

Fargo se montre contrarié, il venait justement de retrouver en Alsace la trace des voisins qui habitaient en face de chez Alain.

« C'est dommage, j'en conviens, mais on s'arrête là. Merci pour tout. »

Sur ce, il fait demi-tour et retourne à sa voiture.

Après tout, il a une émission à préparer pour la fin de la semaine.

10 novembre

L'audience de l'émission ne cesse de progresser de façon éhontée. Sadge tient là un rare succès. Versini, transporté d'aise, dirige les opérations dans les moindres détails, tel un chef d'orchestre. Et les invités les plus prestigieux se pressent désormais à *Lettres persanes*. Lorsqu'il a reçu Bernard Tapie, celui-ci s'est précipité dans le premier silence disponible pour justifier sa position face à la justice dans l'affaire du Crédit lyonnais, en développant ses arguments effilés comme des lames et manipulés avec sa faconde habituelle. Sadge l'a laissé batailler seul, avant de lui demander :

« Je n'ai pas vécu les seize dernières années, entre-temps la société française a évolué, tout a changé ou presque, mais vous, je vous retrouve tel que je vous ai laissé, au même endroit, à dire les mêmes choses… Tout bouge autour de vous, mais vous semblez être le seul à faire du surplace, comme ces acteurs de boulevard qui vieillissent tout au long de leur vie en jouant le même rôle, ce rôle qui un jour les a faits rois… Ou ces candidats de la téléréalité qui, une fois éliminés, demandent à revenir pour se faire éliminer de nouveau, condamnés à l'éviction perpétuelle… Vous n'avez pas envie de parler d'autre chose, pour une fois ? »

Sadge pense qu'il a bien fait de ne pas se dénoncer, même si dans le silence de la nuit, il lui arrive d'être hanté par des images de son frère qui viennent nourrir son remords et troubler son repos. Parfois, le spectre du cadavre d'Alain, inerte et silencieux, flotte au-dessus de son lit. D'autres fois, il se voit en train de précipiter son frère du septième étage et imagine des variantes plus ou moins sordides en se demandant si Alain s'est rendu compte qu'il était en train de mourir.

Pour retarder la confrontation nocturne avec ses démons, Sadge se couche de plus en plus tard et dort de moins en moins, redoutant le moment d'affronter son tourment intime. Quand il regarde Catherine dormir à ses côtés, il lui envie son innocence. Comme il aimerait pouvoir se reposer, lui aussi ! Il donnerait beaucoup pour revenir au 24 septembre 2001 et tout reprendre à zéro. Il se bâtirait une vie différente en évitant les flétrissures qui ont fini par défigurer son âme. Il sauverait son mariage, prêterait du fric à Alain, et la vie serait beaucoup plus simple.

Quelquefois, lors de ses insondables insomnies, il croit entendre une voix divine qui lui suggère dans un murmure d'avouer son crime. Il en prend la ferme résolution et parvient alors à s'endormir. Mais le lendemain, à la lumière du jour, il lit dans son incontestable succès une impérieuse invitation à se taire.

Alors il attend.

Sa culpabilité est devenue une amie fidèle qui ne le quitte plus d'une semelle, telle une odeur tenace, ou un sifflement continu et obsédant au creux de l'oreille. Mais c'est aussi grâce à elle qu'il se montre plus ouvert aux autres et meilleur dans son travail. Par ailleurs, le manque de sommeil lui a creusé les traits et l'a rendu plus photogénique. Il a maintenant une fièvre dans le regard qui donne à ses interviews plus de profondeur. Il est en train de devenir un très bon journaliste.

Ce soir, en sortant d'une pizzeria où il a dîné avec Catherine, il est tenté de lui avouer, en pleine rue, entre deux autographes, comment il a tué Alain. « Tu sais Catherine, j'ai fait une chose épouvantable… » Mais ces mots, monstrueux, refusent de franchir le seuil de sa bouche.

Il regarde sa femme, indécis, puis se lance.

« Je crois que c'est Desnos qui a dit : "Un jour je te décevrai. Ce jour-là, j'aurai besoin de toi." Je pense souvent à cette citation… Parce que je me sens coupable. Tout le temps. »

Catherine soupire.

« Nous sommes tous coupables, tu sais… »

L'air est d'une fraîcheur piquante, Sadge est à deux doigts de se confesser, mais Catherine poursuit.

« Quand j'étais jeune, j'aspirais, sans même m'en rendre compte, à une sorte d'épanouissement spirituel, que j'appelais la beauté, la pureté, tout ça… Aujourd'hui que je me suis habituée à la vie, je vois bien que j'ai accepté des tas de compromis. Eh bien voilà ce dont je suis coupable : j'ai renoncé au beau pour m'accommoder du raisonnable… »

Sadge allume une cigarette et elle lève les yeux au ciel.

« Demain j'arrête, je te jure.

– Ça va ? Je te trouve tourmenté en ce moment… C'est ton émission qui te préoccupe ? »

Sadge expire une bouffée de fumée.

« J'ai un truc à t'avouer… »

Catherine semble inquiète tout d'un coup.

« Tu sais, sœur Aude…

– Ta copine bonne sœur ?

– Ouais… J'ai découvert que c'était ma demi-sœur.

– Comment ça ? »

Sadge lui raconte toute l'affaire et Catherine n'en revient pas.

« Et dire que je croyais connaître mon beau-père… »

Rentrés chez eux ils s'asseyent au salon et continuent de bavarder.

« Tu ne sais pas combien je suis heureuse de t'avoir retrouvé, mon chéri. »

Il sourit. Elle sourit en retour.

« Tu m'aimes ?

– Bien sûr que je t'aime.

– Tu sais, je te suis reconnaissante d'avoir tant insisté pour qu'on reprenne notre histoire. Tu m'as sortie de mon train-train et tu as réveillé la femme endormie que j'étais devenue…

– Comme la Belle au bois dormant.

– Tu ne crois pas si bien dire… »

Elle a un air grave qui impressionne Sadge. A-t-elle quelque chose à lui avouer, elle aussi ?

« Je te confesse qu'au début, je me méfiais de toi. Parce que ces dernières années, quand on déjeunait ensemble, j'avais vraiment l'impression d'être transparente, tu me parlais comme si tu regardais à travers moi, ou comme si tu pensais déjà à ton rendez-vous suivant. Tes yeux cherchaient toujours s'il n'y avait pas un fan ou deux dans les parages. Quand on te demandait un autographe, je te voyais rayonner… »

Elle le regarde avec une lueur d'ironie.

« Et puis t'étais devenu un peu cynique aussi… Peut-être parce que tu croyais que ça te donnait un genre, je ne sais pas… Voilà pourquoi je redoutais de refaire ma vie avec toi. »

Elle sourit.

« Eh bien, je me trompais sur toute la ligne, car j'ai retrouvé l'homme qui m'avait enchantée… »

Elle s'interrompt, comme gênée.

« Tu sais que… tu m'as érotisée de nouveau ? Je croyais être un peu morte de ce côté-là. »

Et elle rougit comme une jeune fille.

Sadge embrasse sa femme. Elle pose son verre et s'assied à califourchon sur lui. Sa langue explore la sienne, tandis qu'elle promène ses mains dans ses cheveux. Il sent une érection faire son chemin dans son pantalon. Catherine libère son sexe et le prend dans sa bouche. Ensuite elle retire sa culotte et se plante sur lui, tout en douceur.

Plus tard, au creux de la nuit, Sadge se dit que c'est sans doute le bon Dieu en personne qui lui envoie ces signaux concordants lui intimant de poursuivre sa vie sans se poser de questions, en se contentant d'essayer de rendre heureux ceux qui l'entourent.

13 novembre

Sadge a rappelé sœur Aude. Après une courte hésitation, elle a accepté de le revoir.

Et maintenant, il l'attend à la terrasse d'un café.

La rancœur qu'il avait à l'égard de sa sœur a disparu, mais il ne sait pas encore s'il a tout à fait pardonné à son père d'avoir aimé cette fille cachée.

Quand elle arrive, il se lève pour l'accueillir, mais elle est aussitôt accaparée par un serveur qui semble la connaître.

Il ne sait même pas comment appeler sa sœur. Ma sœur ? Aude ? Valérie ? Doit-il l'embrasser, lui tendre la main ?

Elle finit par s'asseoir en face de lui. Toujours ce même sourire limpide. Avant même qu'ils aient prononcé un mot, le garçon lui apporte un demi.

« Tiens, ma belle !

– Merci, Pascal ! »

Sadge retrouve avec plaisir sa voix aux accents chantants.

Ils se regardent un instant sans savoir par où commencer.

Pour briser la glace, il lui raconte les mésaventures causées par son amnésie. Aude fait mille commentaires touchants, ceux d'une sœur qui ne peut s'empêcher de protéger son aîné. Puis c'est à son tour d'évoquer sa vie, avec une volubilité charmante. Sadge reconnaît ici et là, dans les expressions du visage de cette étrangère, dans les intonations particulières de sa voix et certains gestes familiers, la filiation charnelle, évidente, avec son père. Leur lien de parenté s'impose, sans qu'il ait besoin d'arguments supplémentaires. C'est à la fois troublant, amusant, émouvant.

Aude a grandi en se considérant comme une fille illégitime, bien que son père l'ait officiellement reconnue.

« Je m'appelle Bricon-Sadge, du nom de mes deux parents. »

C'est la deuxième fois qu'elle lui dit cela. C'est une fierté, sans doute.

Sa mère était hôtesse de l'air, elle avait croisé leur père dans un avion et, à partir de là, ils n'avaient plus cessé de s'aimer. Son père leur avait acheté une maison près de Toulouse et, dès qu'il le pouvait, il venait les retrouver pour quelques jours. Il ne leur avait pas caché l'existence de sa famille « officielle » et Aude, c'est-à-dire Valérie, avait fantasmé toute son enfance sur ses deux grands frères, qu'elle brûlait de rencontrer un jour.

« Quand papa est mort, je suis montée à Paris pour assister à l'enterrement, en cachette de maman. Je me suis invitée à la cérémonie, comme une petite souris, et je vous ai vus en chair et en os. Comme vous étiez grands ! Et beaux ! Comme vous ressembliez à papa ! Surtout Alain ! Le pauvre… Ça m'a fait une peine infinie de savoir qu'il s'était suicidé sans que j'aie pu le rencontrer et, qui sait, lui donner une raison de rester parmi nous… »

Elle sourit tristement.

« J'étais dans mon coin, au fond de l'église. Il y avait un monde fou à cet enterrement. Jamais je ne me suis sentie aussi seule que ce jour-là, je n'avais pas le droit de me faire connaître, je l'avais promis à papa. »

Ses yeux se remplissent de larmes. Elle se mouche, boit une gorgée de bière. Sadge n'ose pas lui prendre la main, il ne sait pas les gestes qu'on a le droit d'avoir avec une sœur.

« Parfois, quand j'insistais, papa me parlait de vous. Il me racontait ce que vous faisiez, vos études, tout. J'ai su, comme ça, qu'Alain s'était cassé le bras en mobylette et que tu t'étais marié. Il aimait beaucoup ta femme… »

Elle rayonne de nouveau, comme à l'approche d'une confidence.

« Tu sais, papa avait un faible pour toi. Il disait toujours : "Éric est *vraiment* gentil…" Pour lui, c'était une qualité très importante. Et moi, le soir dans mon lit, je faisais ma prière en demandant d'être un jour au moins aussi gentille que mon frère. À douze ans, je lisais *Le Prince Éric* et j'imaginais que c'était toi… »

En découvrant le rire d'Aude, aussi grave que sa sœur est fluette, les derniers griefs de Sadge disparaissent, comme aspirés par un puissant siphon. Il se met à sourire, c'est plus fort que lui, et retient ses larmes aussi, en s'interrogeant sur la raison absurde pour laquelle il s'interdit toujours de pleurer quand il en a envie.

« Mais si tu n'avais pas le droit de nous approcher, comment on a pu se rencontrer ? J'ai retrouvé des notes qui parlent de nous et qui remontent à 2007…

– C'est toi qui m'as contactée.

– Moi ? Mais je ne savais même pas que t'existais…

– Sur son lit d'hôpital, papa t'a révélé son secret en te priant de n'en parler à personne, pas même à Alain. Ni à ta mère, bien sûr… »

Aude regarde son frère, comme pour guetter sa réaction.

« Quand on s'est vus la première fois, tu m'as dit que papa t'avait demandé de veiller sur moi, comme doit le faire un grand frère. »

Sadge se tait. Voilà qu'à cinquante et un ans, il vient enfin de rencontrer son père. Il sent monter en lui le souffle puissant d'une confiance nouvelle, celle que son papa vient de lui insuffler en déposant à ses pieds son trésor le plus cher et en lui confiant une responsabilité pour la vie. Il se sent terriblement fier d'avoir été celui que son père a choisi. Cela ne change pas sa vie, et pourtant cela change tout : il est un homme nouveau, investi d'une mission. Aude, qui l'observe, se met à pleurer avec lui en silence.

« On a obéi aux dernières volontés de papa, on ne l'a dit à personne. »

Sadge s'essuie le visage du revers de sa manche.

« Je suis tellement content, moi qui ai toujours rêvé d'être le grand frère de quelqu'un ! Est-ce que j'ai bien veillé sur toi, au moins ?

– Oh oui, quand maman est morte, il y a deux ans, tu as été là pour moi. Tu es venu à Toulouse pour l'enterrement… Par contre, à chaque fois que j'ai essayé de te convertir, tu t'es montré horriblement récalcitrant ! Un vrai bouffeur de curés ! »

Sadge se commande une bière lui aussi et trinque avec sa sœur.

« On dîne ? Tu as le temps ? »

La soirée se poursuit et il va d'émerveillement en émerveillement. C'est comme s'il réapprenait à vivre, cette sensation d'inédit est divine.

Et si cette rencontre était le miracle qu'il avait toujours attendu ?

Quand vient le moment de se quitter, le frère et la sœur s'approchent maladroitement l'un de l'autre et s'étreignent. Sadge sent entre ses bras le corps chétif d'Aude, tandis que les mains de sa sœur lui caressent les épaules. Il respire le parfum de ses cheveux, qui sentent la vanille, il aimerait se laisser aller à cette tendresse toute neuve, d'une saveur inconnue, mais ils se détachent déjà l'un de l'autre.

Ils se regardent et rient, vaguement gênés, les yeux brillants. Aude époussette son habit et Sadge se gratte la gorge. Après avoir tant parlé, voilà qu'ils ne savent plus quoi dire.

Ils se promettent de se revoir.

Sadge, le cœur serré, regarde sa sœur s'en aller. Son taxi arrive et se gare en silence à côté de lui. Il hésite à monter, et finalement se lance, court après Aude, la rattrape, lui tape sur l'épaule. Étonnée, elle se retourne et lui sourit immédiatement. Il l'étreint de nouveau et elle se fond contre lui. Ils rient encore, les paupières humides.

Ensuite, dans le taxi, il est content de confier son trop-plein d'émotion à un chauffeur pointilleux qui lui demande mille précisions inutiles à propos de l'itinéraire qu'il souhaite prendre pour rentrer chez lui.

15 novembre

Alors qu'il marche dans la rue de Grenelle, à la recherche d'un marchand de journaux, Sadge se souvient brusquement, avec une précision étonnante, du 13 novembre 2015, jour des attentats à Paris.

Vanessa était sortie dîner avec des amis pour le laisser regarder tranquillement le match France-Allemagne avec Nicolas. Celui-ci était allé acheter en vitesse des pizzas chez Momo : une américaine avec des tranches de chorizo pour lui-même et une quatre fromages pour son père. Sadge l'avait charrié pour son mauvais goût : comment pouvait-il apprécier ces rondelles de saucisse épicée, suintant le gras, qui gâchaient la saveur subtile de la pizza ? Nicolas avait haussé les épaules sans répondre à cette inutile provocation et avait englouti en deux bouchées une énorme part pour exprimer toute la dissidence dont il était capable.

La journée avait été ensoleillée, promettant une belle soirée de foot. Juste avant que le match ne commence, Sadge avait offert un billet de Loto à son fils.

« On est vendredi 13, si tu gagnes le gros lot, t'auras intérêt à me faire un beau cadeau ! »

Ils s'étaient regardés, heureux de partager ce petit moment entre garçons.

Il se souvient des deux déflagrations incompréhensibles, des textos affolés de Versini, pensant que son associé était au Stade de France. Vanessa était rentrée précipitamment à la maison et ils avaient regardé, hébétés, jusqu'aux premières lueurs du jour, le récit d'une horreur qui semblait sans fin sur BFM TV.

Tout d'un coup il s'arrête, interdit, au milieu du trottoir.

Comment peut-il se rappeler tout cela ? Ces événements font partie des seize années qu'il a définitivement oubliées…

Mais alors les médecins se sont trompés ! Il est en train de retrouver la mémoire ! C'est extraordinaire…

Il n'est pas sûr d'y croire encore, mais voilà qu'affluent mille souvenirs enchevêtrés, qui lui sont restitués gratuitement, pêle-mêle. Tout lui revient ! Et ce qu'il voit est étonnant… Une multitude de scènes de sa vie se présentent à lui, toutes seules. Il ne réagit pas, de peur de déranger cette résurrection miraculeuse de son passé.

Nicolas a dix ans, ses cheveux sont encore blonds, mais plus foncés. Ils fêtent son anniversaire à New York avec Catherine, en faisant un tour en hélicoptère au-dessus de Manhattan. Nicolas est assis devant, un casque sur les oreilles, Catherine s'émerveille du panorama, et lui a le vertige, il est de plus inquiet que le pilote ait une crise cardiaque en plein vol, il se voit déjà tomber comme une pierre et s'écraser sur l'un des innombrables immeubles carrés qu'ils survolent avec lenteur.

Nicolas a quinze ans, son adolescence s'est imposée sans même qu'ils s'en aperçoivent. Les muscles de ses bras sont fuselés, son nez a grandi et son regard est désormais énigmatique. Sadge rigole sous cape avec lui après que Catherine les a surpris en train de siffler une bière en douce. Elle reproche à son mari de se montrer trop indulgent envers leur fils, de se comporter comme un enfant lui-même, et de la laisser assurer seule l'exercice ingrat de l'autorité, alors que Nicolas aurait aussi besoin de goûter à celle de son père.

Une Catherine inconnue lui apparaît, stressée, fatiguée, irritée. Quand il rentre de ses soirées de travail, elle l'attend, la bouche remplie de reproches longuement ruminés : il avait promis de l'accompagner à la clinique pour les examens respiratoires de Nicolas, et il a oublié. Il avait juré de s'occuper de la révision de la chaudière, et il a oublié. C'était leur anniversaire de mariage, et il a oublié. Elle regorge de griefs, d'autant plus énervants qu'ils sont justifiés.

Sa carrière a enfin décollé, et des scènes lui reviennent par flashs où il évite sa femme le plus possible. Elle s'est transformée en cactus ; dès qu'il la croise, à l'improviste, il s'y pique. Il voit Catherine essayer par tous les moyens de le retenir, de l'emprisonner dans une vie répétitive, faite de devoirs barbants et d'un avenir raisonnable. Elle ne lui parle que de choses pratiques et elle a toujours raison, c'est insupportable. Le charme de leur relation s'est fané et il se sent démuni en constatant ce silencieux naufrage dont il est aussi responsable. Il se revoit le jour où, avec une profonde tristesse, il a même redouté d'avoir à faire l'amour à sa femme. Lui qui patientait toute la semaine pour étreindre le corps de sa petite femme chérie, imaginant comment il allait la lutiner, voilà qu'il s'est mis à l'éviter. L'accumulation des ressentiments a étouffé sa pulsion vitale et il en est même venu à se demander s'il réussira à bander.

Cela le bouleverse.

Sur le plateau, Versini annonce à toute l'équipe la fin officielle de *Culture ? Vous avez dit culture !* On improvise un pot de départ, quelques larmes sont versées. La directrice de la chaîne est vite ivre, son haleine sent le champagne frelaté et elle a du mal à trouver ses mots. Plus tard, en esquissant un pas de danse, elle titube. Cela ne fait pas rire Sadge, car il s'inquiète déjà pour son avenir. Il a peur de finir seul sous les ponts, comme son père l'en menaçait si souvent pour l'inciter à mieux travailler à l'école. Quand il confie ses inquiétudes à Alain, celui-ci dit : « Tu vas pas nous faire pleurer, avec tout ton fric et tes diplômes. »

Son père est à l'hôpital et s'accroche à d'illusoires espoirs. Les métastases l'ont envahi, on en découvre de nouvelles à chaque examen. Sadge a compris depuis belle lurette que son père était foutu, mais celui-ci continue de plaisanter avec les infirmières, il ne peut s'empêcher de faire le beau, d'essayer de les séduire. C'est un spectacle émouvant et pathétique que celui de ces jeunes femmes faisant semblant d'être flattées pour berner le vieillard en bout de course. Alain n'est toujours pas venu rendre visite à son père et personne ne s'en offusque. Sadge endure seul les interminables après-midi d'un ennui accablant. Son père n'a jamais rien d'autre à lui demander que : « Comment va ton fils ? », et « Les affaires, ça marche ? » Après, il s'abîme dans ses pensées et n'écoute pas les réponses que lui donne poliment Sadge. Ça ne l'intéresse pas apparemment, c'est trop tard, il s'en fout, il va crever. Ce n'est pas maintenant qu'il va nouer une relation sincère avec son fils. Certes il le trouve bien gentil de venir lui rendre visite tous les jours dans ce mouroir, se dit Sadge, mais il n'oublie pas qu'il a affaire au mouchard. Sadge regarde sa mère, assise dans un coin. Elle tricote toute la journée, on se demande bien pour qui. Parfois elle lève la tête pour émettre un commentaire sans intérêt, histoire de déranger le silence.

Le jour où son père rend son dernier soupir, Sadge est absent. C'est Alain, comme par miracle, qui assiste à ce moment à la fois grave et léger. D'ailleurs il ne manque pas d'en faire la remarque à son frère quand celui-ci arrive à l'hôpital : « Heureusement que j'étais là ! » Alain prend longuement leur mère dans ses bras et la console avec une tendresse impudique. Une fois de plus, Sadge se sent exclu. Un animal rejeté par sa meute.

Comme il est le plus diplômé, sa mère lui demande d'écrire « un beau discours » pour la messe d'enterrement. Il y travaille deux jours et deux nuits d'affilée. En le prononçant à l'église, il ne peut réprimer un trémolo d'émotion dans la voix. Plus tard, dans la cuisine, en préparant une salade de pâtes, sa mère lui fait remarquer que cette marque de faiblesse pendant son éloge funèbre n'était pas du meilleur goût. Elle ajoute, le regard dans le vide : « Tu as vu ce pauvre Alain, comme il pleurait ? C'est fou comme il aimait son père ! »

Il a décidé de réussir. Il se met à fréquenter les nuits parisiennes. Il rencontre Vanessa dans un dîner en ville. Elle lui présente Montgolfier, c'est le coup de foudre professionnel. Un jour d'automne, voilà qu'il anime, grâce à son nouveau mentor, sa première émission à la radio.

Il invite Vanessa à déjeuner pour la remercier et sent chez elle une envie de lui. Pour la première fois il couche avec une femme dont il n'est pas amoureux. Ce n'est pas désagréable.

C'est l'époque où il sort de plus en plus, commence à avoir ses habitudes dans les établissements huppés. Il se lie d'amitié avec Serge Dubuffet, le publicitaire du moment. Il accepte de passer un week-end à la campagne, chez lui, parce qu'il y aura des gens influents. Le premier soir il voit apparaître au seuil de sa chambre une très jolie fille, qui lui dit d'une voix grave et hautaine : « C'est le maître de maison qui m'envoie. » Il ne sait pas ce qu'elle lui veut. Sans ajouter d'inutiles paroles, elle s'approche et lui administre une longue et délicieuse fellation. Le dimanche soir, il rentre chez lui, le cœur triste. Il rappelle Vanessa et se jette dans ses bras pour se consoler de ces deux jours de débauche et de solitude infinie.

Il déjeune chez Alain, le trouve agressif et aigri. En vieillissant, son grand frère s'est mis à en vouloir à la terre entière : même Marie, d'après lui, ne s'intéresse qu'à son fric. Son père était un vieux con, mort sans avoir jamais rien compris à la vie. Sa mère est une femme sans personnalité qui ne l'a jamais défendu. Ses collègues s'avèrent des incapables, ennuyeux à mourir. Ses amis ? « C'est pas compliqué, y en a pas un qui ne m'ait pas trahi ! » Alain boit trop et Sadge se maudit d'avoir apporté un magnum de bourgogne. Alain regarde son frère d'un œil mauvais et le prévient qu'il va révéler au grand public leur délit de fuite. « Il est temps que ça sorte et je peux te dire que ça va me faire du bien ! » Sadge calme son frère en lui rappelant toutes les bonnes raisons qu'ils ont eues de se taire. Alain l'écoute attentivement, en vidant plusieurs verres. « J'en ai rien à foutre, je vais le dire, que ça te plaise ou non. » Sadge ressent la même sensation d'étouffement et de terreur qu'il éprouvait quand Alain s'asseyait sur lui, de tout son poids. Il s'approche de son frère et lui donne un coup de poing dans le ventre. C'est la première fois qu'il frappe quelqu'un et il se dit que c'était plus facile que prévu. Il contemple avec jubilation le visage surpris d'Alain, ses yeux exorbités par l'étonnement et la douleur. Grisé par sa force, il le pousse, Alain trébuche, cherche à s'accrocher de façon dérisoire à la rambarde de la fenêtre, avant de tomber à la renverse dans le vide. La dernière image que Sadge garde d'Alain vivant, c'est son air ahuri. Il se précipite pour retenir son frère, mais c'est trop tard, il ne réussit qu'à saisir son mollet un bref instant. Alain tombe avec une rapidité étonnante, lourd comme un plomb. En touchant le sol, il ne fait pas de bruit. Sadge voit sa tête éclater comme une pastèque et projeter du sang et des morceaux de cervelle sur les petits pavés jaunes de la cour intérieure.

Sadge hurle.

Il se réveille en sursaut, ouvre les yeux, désorienté, bouleversé, confus.

Catherine dort à côté de lui. Tout est paisible. Il est cinq heures du matin.

Il a encore rêvé.

Il est en nage. Il se lève en faisant attention de ne pas déranger Catherine. Dans la cuisine, il avale un verre d'eau à grande goulées.

Il revisite son cauchemar en s'émerveillant de ses troublantes précisions. Tous les détails, vraisemblables, lui donnent rétrospectivement des frissons.

Mais alors, a-t-il retrouvé la mémoire ?

Non, toujours rien de nouveau entre le 24 septembre 2001 et le 12 mai 2017.

Il sait d'où lui viennent les souvenirs du soir de l'attentat du Bataclan : il a vu, il y a deux jours, un documentaire qui retraçait la chronologie exacte des tragiques événements. Tout le reste n'est qu'une invention cruelle de son esprit, des fantasmes aux accents bouleversants de vérité : son père sur son lit d'hôpital, la mort atroce d'Alain, l'adolescence de Nicolas, le week-end coquin chez Dubuffet…

Il se recouche.

Malgré le soulagement qu'il éprouve de savoir qu'il a rêvé, le glaive de la culpabilité s'enfonce tout de même en lui, le clouant comme chaque matin à son lit. Comme chaque matin, il en a le souffle coupé et il se demande si cette masse qui pèse sur lui et l'empêche de respirer deviendra un jour un tout petit peu supportable.

Plus tard, dans la matinée, Fargo l'appelle pour lui annoncer qu'il part en Alsace. Il va rencontrer la famille qui habitait dans l'appartement en face de celui d'Alain. Sadge est estomaqué par l'obstination de ce flic. Il essaye de l'en dissuader de nouveau, mais l'autre ne veut rien entendre.

Il va devoir vivre avec cette inquiétude supplémentaire au ventre. Il commence déjà à redouter le moment inévitable où Fargo découvrira la vérité. Il se met à sursauter à chaque coup de téléphone, avec l'impression que son crime clignote comme un néon au-dessus de sa tête, au vu et au su de tous.

Dans les jours qui suivent, chaque fois qu'il croise un policier dans la rue, il pense que celui-ci vient l'arrêter. D'ailleurs un matin, deux motards de la gendarmerie se présentent en uniforme au siège de l'entreprise et Sadge court bêtement se cacher dans les toilettes. Il attend un moment, assis sur le trône comme un couillon, en s'imaginant qu'on le cherche partout. « Il était là il y a une minute, je ne comprends pas… » Il se voit déjà menotté, humilié devant tous ses collaborateurs. Quand il n'y a plus aucun bruit suspect, il ouvre la porte et jette un regard prudent dans le couloir désert, il entend seulement le ronronnement sans imagination d'une photocopieuse. Alors il s'aventure dans les bureaux, il n'y a pas grand monde, c'est l'heure du déjeuner. Il finit par croiser Versini dans le hall d'entrée, tout content de lui.

« Ils voulaient récupérer les rushes de l'interview de l'islamiste repenti…

– Tu leur as donnés ?

– J'aurais bien voulu… mais je n'ai pas pu, vu qu'ils se promènent en ce moment même sur le porte-bagages du stagiaire régie. Quand j'ai compris que les gendarmes envisageaient de perquisitionner, j'ai demandé à notre petit gars d'aller faire un tour à vélo et de ne pas revenir avant cinq heures… »

Les jours passent, sans accrocs. Fargo ne donne pas de nouvelles. Sadge se détend et finit presque par l'oublier. Les symptômes stridents de sa culpabilité commencent à s'atténuer. Mais il se rend compte qu'il boit de plus en plus, il s'enfile désormais trois à quatre verres de vin à chaque repas. L'après-midi, il est comme assommé, mais il préfère encore cet état d'harassement aux aigreurs que lui procure la honte.

Il est à la fois émerveillé et déçu que ni Versini, ni Nicolas, ni même Catherine n'aient remarqué l'ampleur de sa détresse intime. C'est un vrai mystère que celui-là.

Il a l'impression d'être comme Dorian Gray, un être admiré de tous, tandis qu'à l'intérieur de lui vit un monstre immonde que lui seul connaît.

Un soir, fatigué de porter seul un tel poids, il décide de se délester d'un regret et révèle à Versini qu'il l'a un temps soupçonné dans l'affaire du plagiat. Il lui demande pardon.

Versini sourit.

« Je parie que c'est Montgolfier qui t'a mis cette idée en tête. Il ne m'a jamais aimé, celui-là, je n'ai jamais su pourquoi. Te fais pas de mouron, va : ce métier rend dingue et tu étais sous pression. Pour rien au monde je ne voudrais être à ta place, je te l'ai déjà dit ! »

Cette fois, Sadge le croit bien volontiers.

15 décembre

Ces dernières semaines, plus Sadge se débat, aux prises avec les soubresauts silencieux que lui inflige sa conscience, plus la malédiction du succès le poursuit de façon éclatante. On dirait que le sort s'acharne sur lui avec ironie, contredisant son mal-être intime par des honneurs faciles et bruyants qui l'éclaboussent quotidiennement.

Il est invité à l'Élysée en vue de présider une commission constituée de gens illustres, écrivains, philosophes et politiques, réunis pour plancher sur le thème de la « sincérité de l'information dans les médias ». Il arrive dans la cour du château sous les crépitements des photographes. Plus tard le président de la République en personne vient le saluer et lui pose amicalement la main sur l'épaule.

NBC le convie à New York pour discuter de l'adaptation américaine de *Lettres persanes*.

Pâque-Simon, qui avait obtenu une procédure en référé pour l'affaire du plagiat, est débouté par le tribunal qui a jugé le dossier du plaignant trop léger pour mériter des dommages et intérêts. Contre toute attente, Pâque-Simon renonce à faire appel. Cette affaire est définitivement close. À l'intense soulagement qu'il ressent à cette nouvelle, Sadge mesure combien cette injuste menace lui pesait.

Vanity Fair le consacre journaliste de l'année.

Ses audiences ne cessent de grimper, au point qu'il est sérieusement envisagé que son émission devienne bimensuelle.

Aujourd'hui, le président de la chaîne lui remet la Légion d'honneur dans les salons du septième étage, devant la vue somptueuse sur la Seine. Il ne se sent pas qualifié pour recevoir une telle distinction, mais il n'a pu s'y soustraire, le processus ayant été initié en catimini par Versini. Catherine assiste à la cérémonie, au premier rang. Nicolas fait l'indifférent mais semble tout de même un peu fier. Sadge est un imposteur, mais seuls Alain et lui le savent. Il prononce un discours dont il annonce qu'il sera bref, vu qu'il peut seulement remercier ceux dont il se souvient. Il en profite pour exprimer sa reconnaissance à Catherine, à Nicolas et à Versini, qu'on applaudit copieusement. En prononçant ces mots, il a l'impression de préparer la plaidoirie dont il aura besoin, le jour venu.

Une coupe de champagne tiède à la main, Sadge affronte une enfilade de félicitations. Il doit se rendre à l'évidence, il est incapable de lutter contre l'implacable machine à réussir qui s'est prise d'affection pour lui.

À l'issue de la cérémonie, plutôt que de rentrer avec Catherine et Nicolas, il décide de passer embrasser sa mère qu'il n'a pas vue depuis longtemps.

Quand il arrive, Marie-Hélène lui ouvre, manteau sur le dos, prête à partir.

« Je file, je vais rater mon train… Et au fait, félicitations ! La Légion d'honneur, tout de même ! C'est quelque chose ! Votre maman va être fière, si vous voyez ce que je veux dire ! »

Elle l'embrasse chaleureusement et Sadge la regarde descendre les escaliers quatre à quatre. Une fois la porte d'entrée refermée, il se sent terriblement seul dans le silence pesant de l'appartement. Il voit bien combien l'honneur qui vient de lui être fait est dérisoire. L'idée même de se présenter à sa mère, couvert de gloire, lui donne la nausée. Il arrache sa médaille, qui pendait mollement au revers de sa veste, et la jette, plein de dépit, sur le guéridon.

Au salon, il trouve la vieille, sagement assise dans son fauteuil.

Et elle le regarde et elle lui sourit.

Et ce sourire est plein de joie, de bonté, de bienveillance.

Ce regard est celui d'une mère qui sait, qui comprend, qui pardonne.

Il s'avance, s'agenouille devant elle, pose sa lourde tête sur ses genoux et pleure. Il pleure son grand frère disparu, ce garçon qui comptait tellement pour lui. Il pleure un frère qui lui manque parce qu'il était encombrant et pénible. Il pleure de n'avoir pas compris à temps qu'il était plus grand que son grand frère. Il pleure de ne pas lui avoir dit au revoir. Il pleure aussi sur son propre sort, sur cette vie si lourde à porter, si difficile à endurer. Une vie qui use, qui épuise, qui n'accorde aucun répit.

Sa mère pose ses mains noueuses sur les cheveux de son fils et les caresse, comme elle le faisait quand il était petit, lors des interminables voyages en DS – il avait mal au cœur car son père fumait le cigare, toutes fenêtres fermées.

Il raconte tout à sa mère, depuis le délit de fuite jusqu'à la mort d'Alain. Qu'il est bon d'avouer ! Ses larmes sont amères mais il respire enfin. Imperturbable, sa mère continue de promener ses doigts fragiles sur sa tête et répète après lui : « C'était un accident… Bien sûr, mon chéri. Allez, allez ! C'est fini maintenant, il ne faut plus pleurer… »

Il se désaltère à ses paroles, à ses caresses. Il écoute la voix réconfortante de la vieille femme qui lui dit que ce n'était pas de sa faute, que jamais il n'aurait voulu la disparition de son frère… Il entrevoit un passage, étroit et lumineux, vers un possible pardon.

Enfin apaisé, il se relève, époussette son pantalon, sourit à sa mère et l'embrasse avec tendresse. Pour la première fois de sa vie, il s'autorise à prendre son visage entre ses mains et elle se laisse faire, ses joues sont douces et molles.

Quand il lui annonce qu'il doit s'en aller, elle lui agrippe le bras.

« Il faut que je prenne ma douche. »

Il est embarrassé, mais sa mère se lève hardiment.

« Allez, hop, hop, hop ! On y va ! »

Il la suit, décontenancé. Arrivée dans la salle de bains, elle commence à se déshabiller. Il n'a jamais vu sa mère sans ses vêtements.

« Aidez-moi, voulez-vous ? Je n'arrive pas à déboutonner ma jupe. »

Sadge s'accroupit humblement et défait un à un les cinq boutons du vêtement en tweed. Il se concentre sur sa tâche en essayant de ne penser à rien d'autre. Libérée, la jupe glisse et s'affaisse par terre dans un bruissement léger. Il découvre les jambes blanches de sa mère, traversées de veinules violacées qui ressemblent à de petits serpents endormis.

« Allez, on se dépêche ! Faites couler l'eau, je n'aime pas attendre dans le froid… On voit bien que vous êtes nouveau, vous. »

Sadge actionne les robinets. Quand il se retourne, sa mère est nue devant lui. Il ne peut s'empêcher de regarder ses seins qui pendent, pâles et imposants, son ventre rebondi, sa touffe grise et clairsemée. Aucunement gênée, elle enjambe hardiment le rebord de la baignoire et saisit le pommeau de la douche avec lequel elle s'asperge. Elle prend un plaisir visible à la chaleur bienfaisante qui inonde son corps.

« Vous me savonnez le dos, s'il vous plaît ? »

Sadge trouve un gant de toilette, un savon qui sent comme celui de son enfance, et se met à frotter avec délicatesse la peau de sa mère. Elle se laisse faire, et il y a dans son abandon une forme de bonheur évident.

« Vous pouvez y aller, vous savez ! Je ne suis pas en sucre ! »

Tandis qu'il promène sa large main sur ses petites omoplates, il se sent plus proche de sa mère qu'il ne l'a jamais été, non pas à cause de l'intimité physique qu'elle lui impose innocemment, mais de l'étrange similitude de leurs mémoires défaillantes.

Il en vient à se demander s'il n'est pas devenu amnésique pour se rapprocher un peu de sa maman.

20 décembre

Et voilà qu'il se remémore de nouveau la journée du 13 novembre 2015, l'insouciance avant les attentats, le match de foot, la soirée atroce. Puis il est dans l'appartement d'Alain, au septième. Il fait beau. Il demande à sœur Aude de se déshabiller. Elle retire son vêtement et ça prend un certain temps. « Allez, grouille ! On n'a pas que ça à faire… » Ils sont dans la cuisine, la fenêtre est ouverte. Elle finit par être nue et il regarde sa poitrine laiteuse et ses tétons rose foncé ; elle a des poils sous les bras et c'est excitant. Sa toison est très sombre et fournie, et ses fesses étonnamment blanches et douces. Il la prend par-derrière, sur la table, sans qu'elle proteste. Alain ricane devant ce tableau lubrique. Sadge est furieux, ça ne se fait pas de regarder les gens comme ça. Il saute à la gorge de son frère et le pousse dans le vide. Aude le laisse faire, elle ne dit rien, elle s'est rhabillée comme par magie.

Sadge se réveille en sueur. Il est dégoûté par les détails glauques de son cauchemar. Le remords continue donc de le traquer, jusqu'aux derniers recoins de son inconscient.

Et pourtant, malgré cette culpabilité qui le tourmente quotidiennement, il se rend compte avec étonnement qu'il n'est pas malheureux. S'il était honnête, il dirait même qu'il ne peut se retenir d'être heureux, malgré tout.

Il fait cette autre découverte, surprenante : ses souffrances, aussi pénibles soient-elles, ne parviennent jamais à remettre en question son bonheur. Elles se présentent sous des formes variées et inattendues, sans s'annoncer, elles se jettent comme un sel brûlant sur ses blessures ouvertes, en s'exprimant dans toutes sortes de nuances plus ou moins intenses, mais elles ont une limite : elles n'empêchent pas Sadge de jouir de son équilibre personnel. Il se dit qu'il pourrait vivre dans un affreux Moyen Âge, à la merci de la lèpre, de la famine et des pires invasions, ou même dans un paradis artificiel moderne, au milieu de riches retraités en Floride, promenant leurs rhumatismes bronzés et leur ennui abyssal en voiturette de golf, il finirait quand même par constater qu'il ne parvient pas à être tout à fait malheureux.

C'est un enseignement déconcertant pour lui qui a passé son existence à redouter la douleur.

Il lui arrive encore de passer par des bas vertigineux et quelques hauts euphorisants, mais, malgré ces amplitudes spectaculaires qui peuvent se manifester au cours d'une même journée, rien ne réussit jamais à le détourner longtemps d'une félicité minimale, qui se débrouille toujours pour surnager dans ces mers tempétueuses, tel un insubmersible bouchon. L'existence de ce flotteur naturel, inscrit dans son programme intime, lui permet de tout surmonter : le deuil, la solitude, la déception qu'il ressent vis-à-vis de lui-même... et même la découverte de sa propre barbarie, qui sommeille en lui comme une bête sauvage, prête à bondir.

Il sait que rien n'effacera son crime. La seule chose qui pourrait le guérir, avec le temps qui blanchit tout, serait le pardon total, le vrai.

Il l'a déjà obtenu en partie d'un prêtre et de sa mère. D'une certaine façon il le reçoit aussi du destin qui le couvre de ses bontés.

Ce ne sont que les premières pierres de la rédemption tant espérée.

Dans l'après-midi, il retourne voir Marie. Il s'est décidé sur un coup de tête.

Elle le reçoit de nouveau dans sa cuisine. Toujours cet air tranquille, cette même simplicité. Devant cette femme si digne, il se sent tout modeste.

Il lui raconte ce qu'il sait, du délit de fuite jusqu'à sa dispute mortelle avec Alain.

Marie ne dit rien.

« Voilà… je suis venu te demander pardon. »

Le visage de Marie n'exprime aucune émotion. Elle soupire, se lève et va chercher une enveloppe qui était posée sur la commode. Elle la tend à son beau-frère. Puis elle dit, avec un calme terrible : « Je te remercie pour ton honnêteté, Éric. Mais maintenant je te demande de sortir de chez moi et si possible de ne plus revenir. »

Dehors, frappé en plein visage par un vent vif, Sadge décachette l'enveloppe. Il y trouve son chèque, déchiré en deux.

22 décembre

Nathalie vient frapper au bureau de Sadge, elle semble embêtée.

« Il y a un certain monsieur Fargo qui vous demande à l'accueil… Il n'était pas prévu dans l'agenda, je dis que vous n'êtes pas là ?

– Non, non, installez-le dans la salle de réunion, au troisième, j'arrive tout de suite. »

Alors voilà, le moment tant redouté est arrivé. Sadge s'attendait à être dévoré par l'inquiétude, mais il se sent étonnamment calme.

Fargo se tient debout devant la fenêtre, une grande enveloppe en papier kraft à la main, il observe le paysage et ne se retourne pas quand Sadge entre dans la pièce.

« Vous voyez la femme là-bas, dans l'immeuble d'en face ? On dirait qu'elle a besoin d'aide… »

Sadge s'approche pour regarder.

« Au deuxième… Le balcon en fer forgé. »

Il y a bien une jeune femme, une brune aux cheveux longs, l'air mélancolique.

« Qu'est-ce qui vous fait dire ça ?

– Une intuition. »

Sadge se tait. Son sort dépend désormais de cet homme étrange et agaçant.

Fargo se retourne enfin.

« Mais on ne peut pas sauver tout le monde, pas vrai ? »

Sadge s'assied.

« Monsieur Sadge, je sais comment votre frère est mort… »

Fargo observe son client, et celui-ci soutient son regard.

« Mais j'ai comme l'impression que je ne vais pas vous apprendre grand-chose… Est-ce que je me trompe ?

– Vous arrive-t-il de vous tromper, monsieur Fargo ? »

Le visage énigmatique du flic s'illumine d'un bref sourire.

« Vous commencez à bien me connaître. »

Il pose la grande enveloppe sur la table.

« Tout est là. »

Sans un mot, Sadge rédige un chèque. Fargo l'empoche, sans façon.

« Comment avez-vous su ?

– Que vous saviez ? Je l'ai deviné quand vous m'avez débarqué de l'enquête, du jour au lendemain, sans explication… ça m'a paru bizarre. Puis j'ai retrouvé les voisins de votre frère. Ils habitent à Colmar. J'ai eu de la chance parce qu'une des trois fillettes a vu deux hommes se disputer près de la fenêtre… Elle connaissait votre frère de vue, mais surtout elle a reconnu le “monsieur de la télévision”. Là, j'ai compris pourquoi vous m'aviez débranché de l'affaire. Heureusement pour la petite, sa sœur a cassé à ce moment-là un vase dans le salon et elle n'a pas vu la suite… »

Sadge n'a rien à ajouter.

« Vous aviez emprunté la voiture de Versini et c'est donc vous qui vous êtes garé sur le bateau, ce jour-là.

– Vous allez me dénoncer ? »

Fargo a l'air sincèrement surpris.

« Non, pourquoi ?

– Mais alors, pourquoi avoir poursuivi l'enquête ?

– Je vais toujours au bout de mes missions. C'est une question de satisfaction personnelle. »

Il salue Sadge et le laisse seul avec son enveloppe.

La jeune femme sur le balcon a disparu.

On frappe à la porte. Fargo aurait-il changé d'avis ?

C'est Roselyne, la chef comptable. Elle porte autour du cou une étole en vison qui lui donne l'air d'un professeur de ballet du Bolchoï.

« Si je peux me permettre de vous déranger un instant… »

Elle lui tend un contrat et un Bic. Sadge le signe.

« Très beau, votre vison, Roselyne ! »

Confuse, elle balbutie trois mots, on dirait qu'elle vient d'avaler un citron amer, tant son sourire ressemble à une grimace, puis elle s'enfuit.

En fin d'après-midi, dans un salon de l'Élysée, Sadge assiste à la première séance de la commission sur les médias qu'il a l'honneur de présider. Tandis qu'un rapporteur se lance dans une longue introduction circonstanciée, il contemple les hauts plafonds, les dorures, les lustres. Tout ici respire le prestige, le pouvoir, les privilèges, l'élite. Son père aurait tant aimé assister à cela.

Il vient de recevoir l'absolution du policier. Après celle de Dieu et de sa mère, il a obtenu celle de la société.

Mais qu'a-t-il à faire de Dieu et des hommes s'il ne parvient pas à se pardonner lui-même ?

27 décembre

« C'est sympa que tu sois venu, papa. »

Tout en conduisant, Nicolas étreint la main de son père par-dessus les jambes du garçon assis entre eux. Sadge aime bien l'odeur de vieux plastique qui plane dans l'habitacle de cet ancien camping-car orange et blanc des années soixante-dix.

Jérôme, le jeune homme au milieu d'eux deux, n'ose pas s'immiscer dans la conversation.

Ils roulent dans des rues étroites et Sadge frémit à chaque fois que Nicolas frôle une voiture en stationnement. Mais finalement il s'avère qu'il sait manœuvrer ce mastodonte avec dextérité. Ils se dirigent vers le bois de Boulogne et s'arrêtent d'abord devant une église.

« On va faire le plein de provisions. Jérôme, tu t'occupes du café ? Fais-le brûlant, on gèle, ce soir… Papa, toi tu viens avec moi. »

Nicolas saute sur le trottoir. Sadge, intrigué, le suit. Jérôme s'éloigne d'un pas traînant en portant trois immenses thermos dans ses grandes mains.

Quand il a appris que Nicolas était bénévole dans une association qui apporte du café aux travestis du bois de Boulogne, Sadge a proposé à son fils de l'accompagner une fois, pour voir. Deux mercredis par mois, de vingt-deux heures à quatre heures du matin,

Jérôme et Nicolas font halte à différents endroits. Ils ouvrent les portes du camping-car, qui se transforme en mini-cafétéria, font le service, écoutent les prostitués quand il s'agit d'écouter, et bavardent quand il s'agit de bavarder.

Nicolas sort de son blouson un lourd trousseau de clés et ouvre la porte d'un local où se trouvent des réserves de victuailles. Il donne ses instructions à Sadge, qui remplit deux sacs de gâteaux et de chips. Ils les chargent dans le véhicule et repartent.

Nicolas connaît le bois comme sa poche. Parfois les phares du camping-car lèchent de leur lumière jaune et caressante les silhouettes évanescentes de créatures qui surgissent des buissons obscurs. Sadge a l'impression de s'encanailler quand il aperçoit un sein, un bas résille, une cuisse nue sous une minijupe, jaillissant comme l'éclair depuis les profondeurs de l'obscurité.

Ils finissent par se garer au bord d'une longue route déserte.

« On s'arrête d'abord dans le coin des Latinos. Ensuite on ira chez les Brésiliennes. »

Dehors il n'y a personne. L'air glacé ne sent rien, tout est noir, sauf le ciel étoilé, d'où descend une sombre clarté. Quelques voitures passent lentement, d'autres à toute vitesse. Sadge, Jérôme et Nicolas s'affairent, disposent les gobelets en plastique, découpent les gâteaux et remplissent un saladier de préservatifs.

Sadge s'étonne du silence.

« Mais tu es sûr qu'ils vont venir ?

– On dit *elles*, papa, ce sont des dames. Ensuite ne t'inquiète pas, elles ne vont pas tarder. Elles ratent jamais leur petite pause café… »

En effet Sadge entend bientôt des éclats de voix qui s'approchent dans la nuit.

« Bonjour, mon chéri ! Mais dis donc, tu es venu avec une star, ce soir ! »

Un personnage immense, à la peau noire ultra-maquillée, se met à rire outrageusement. Nicolas, tout frêle à côté, rigole.

« Bonsoir, Simona, tu es magnifique ! »

Simona se rengorge, ouvre son manteau et dévoile un ensemble en lamé argenté. Sadge observe discrètement son corps élancé et son opulente poitrine. Sans sa voix grave, on pourrait croire qu'il s'agit d'une femme. Il lui tend un café fumant.

« Merci, mon chéri. Tu sais que tu es beaucoup plus beau en vrai qu'à la télé, toi ? »

Nicolas intervient.

« Éric a eu un accident de voiture…

– Pauvre de toi !

– … au cours duquel il a perdu la mémoire. Il a oublié les seize dernières années de sa vie.

– Pauvre, pauvre, pauvre de toi ! Viens ici que je te prenne dans mes bras… je vais te faire revenir la mémoire, moi, foi de Simona Pantera ! »

Simona rigole de plus belle. Sadge, un peu raide, se laisse étreindre.

D'autres figures du bois les rejoignent et s'installent sur les banquettes. Elles parlent fort, plaisantent entre elles, se racontent leurs dernières histoires. Sadge sert les boissons et les biscuits en essayant de passer inaperçu malgré l'exiguïté du lieu. Tout d'un coup Simona, qui domine le groupe par son bagou, lui demande de les rejoindre.

« Raconte ton histoire aux filles s'il te plaît. Ça nous intéresse. »

Sadge est intimidé, mais on lui sourit en signe d'encouragement. Alors il explique ses mésaventures.

Au contact de ces êtres extravagants, qui ont envie de légèreté, les mots lui viennent avec facilité, et il dresse un portrait amusant de lui-même, en se moquant de l'homme perdu qu'il est désormais. Le temps semble suspendu, et ces créatures, d'ordinaire si délurées, toujours promptes au sarcasme, sont pendues à ses lèvres, comme des petites filles subjuguées par un conte de fées.

L'une d'entre elles se lève et prend Sadge par les mains.

« Je vais prier pour toi, Éric, pour que tu sortes de cet enfer. »

Simona renchérit.

« Bonne idée, Tania ! C'est l'heure de la prière. »

Elle éteint les lumières et allume une petite bougie électrique qu'elle pose sur la table. Tout le monde baisse la tête et se recueille consciencieusement. Simona entonne un *Je vous salue Marie*, et les filles l'accompagnent de leurs voix basses et profondes.

Puis on s'embrasse une dernière fois, et les amies s'en retournent lentement à leur existence. Sadge, le cœur serré, les regarde s'enfoncer dans la nuit comme s'il s'agissait de ses propres enfants. Nicolas s'approche de lui.

« Je déteste les voir repartir dans cette jungle… Je me console en pensant que je les reverrai dans quinze jours, si tout va bien. »

À la fin de leur tournée, Sadge accompagne Nicolas jusqu'au dépôt où il doit rendre le camping-car. Ils roulent dans la banlieue silencieuse et il hésite à raconter à son fils la vérité au sujet de la mort d'Alain. Vingt fois il décide de briser le silence et vingt fois il se ravise à la dernière minute.

Nicolas manœuvre le véhicule et le gare entre une ancienne Jeep de l'armée américaine et un char français. Il range les clés dans la boîte à gants et sort lestement de la cabine, suivi de son père.

Une fois sur le trottoir, ils restent là tous les deux, en silence, dans la froidure du petit matin.

« Tu sais, sœur Aude ?

– Oui, ta bonne sœur trop sympa ?

– Eh bien c'est ma sœur.

– T'es devenu croyant, toi ?

– J'ai fait la même erreur que toi, quand elle m'a dit ça, elle aussi. Non, c'est vraiment ma sœur, la fille cachée de ton grand-père. »

Nicolas écoute le récit de son père avec son calme habituel. Sur sa lancée, Sadge poursuit ses confidences.

« Nicolas, j'ai aussi découvert une chose horrible, qu'il m'est presque impossible de te dire…

– Quoi ?

– C'est moi qui ai tué Alain. Par accident… »

Avec un flegme remarquable, Nicolas allume une cigarette.

« C'est-à-dire ? »

Nicolas est un homme de peu de paroles.

Tandis que le jour se lève avec lenteur, Sadge raconte à son fils ce qu'il a appris. Nicolas l'écoute avec attention.

« Donc, si je comprends bien, personne ne sait ce qui s'est vraiment passé. Tu étais le seul témoin de cette scène, et tu l'as oubliée…

– Et alors ?

– Ben alors, rien de tout ça n'existe vraiment, c'est tout.

– Si, ça existe puisque je l'ai confessé au prêtre de Saint-Léon. »

Nicolas allume une autre cigarette. Sadge en prend une aussi.

« Je dois aller me dénoncer… C'est ce qu'aurait voulu Alain.

– Mais non, enfin ! Qu'est-ce que tu racontes ?

– Si, je t'assure…

– Écoute, papa, qu'est-ce qui compte le plus : la faute que tu as "peut-être" commise et à laquelle tu ne peux rien changer, ou alors le bien que tu fais aujourd'hui et qui fait toute la différence ? Réfléchis deux minutes ! Maman et moi, on a besoin de toi, tu sais… Au fait, maman, elle est au courant ? »

Sadge secoue la tête.

« Putain ! Tu ne vas quand même pas tout foutre en l'air maintenant ! C'est pas possible, ça ! Et puis tu sais, Alain…

– Quoi, Alain ?

– Ben, c'était pas un saint non plus. Il faisait le malin mais il ne s'est jamais dénoncé…

– Nicolas, si je ne règle pas cette histoire, je ne pourrai jamais être un vrai père pour toi.

– C'est quand même dingue, toutes les conneries que tu peux dire ! »

Sadge jette sa cigarette au loin. Il fait presque jour maintenant, les étoiles s'effacent pour faire place à un ciel d'une infinie douceur.

« Tu serais d'accord pour m'accompagner au commissariat ? »

Nicolas soupire.

« Tu veux pas qu'on attende quelques jours, histoire de réfléchir un peu ? »

Sadge sourit tristement.

« Si je commence à réfléchir, je n'aurai plus le courage.

– Raison de plus ! Allons d'abord en parler à maman. Elle, elle saura ce qu'il faut faire… »

2018

13 mai

Dans le salon de coiffure de la rue de Grenelle, en attendant que sa coloration prenne, madame Genest lit à voix haute le dernier *Voici*. Toutes l'écoutent, tandis que Marie-Claude, une grande femme aux belles boucles blondes, coiffe madame Jansen.

« "Éric Sadge, le célèbre animateur de *Lettres persanes*, écope d'un an de prison avec sursis pour avoir accidentellement provoqué la mort de son frère, Alain Sadge."

– Moi je l'aime bien, Sadge… Je le trouve trop chou ! »

Madame Jocelier pousse un soupir, l'air pincé.

« Vous avez vu ce traitement de faveur ? Si c'était moi qui avais tué mon frère – et croyez-moi, c'est pas l'envie qui me manque –, j'aurais pris quinze ans, minimum minimorum ! Mais là, comme il est connu, on le traite avec des pincettes ! J'appelle ça une caresse, moi, cette peine avec sursis… C'est dégueulasse, oui ou oui ?

– "… après cette condamnation, à la suite de laquelle il n'a pas souhaité faire appel, il décide de mettre fin à sa carrière télévisuelle."

– Tu parles ! Prends-nous pour des billes, pardessus le marché ! Tu vas voir que dans six mois – un an à tout casser –, on va revoir sa gueule enfarinée sur une autre chaîne…

– Est-ce qu'on sait au moins pourquoi il l'a balancé par la fenêtre, son frangin ?

– C'est pas écrit… Mais il paraît qu'il lui faisait du chantage. Une histoire d'héritage, ou un truc comme ça.

– De toute façon, y a pas de fumée sans feu. »

La lecture se poursuit.

« "Éric Sadge a bénéficié d'un verdict clément parce qu'il s'est présenté de lui-même aux autorités. Souffrant d'une amnésie importante, qui lui a donné l'idée de *Lettres persanes*, sa dernière émission, le procès a soulevé de nombreux débats au sujet de sa responsabilité, du fait de sa mémoire défaillante…"

– En plus, l'idée de l'émission, il l'avait piquée à un autre. Il a aussi été condamné pour ça.

– Toutes ces vedettes, là, elles se croient toujours au-dessus des lois… C'est merveilleux, oui ou oui ?

– Il est con, ce mec : il va se dénoncer pour un crime dont il ne se souvient même pas !

– C'est tout de même bizarre de pas se rappeler un truc pareil ! Enfin, je dis ça, je dis rien…

– Mais comment il a su, alors, s'il avait tout oublié ? Ça ne serait pas une arnaque, son trou de mémoire, là ?

– C'est le curé qui l'a confessé qui le lui a dit.

– Mouais. Vous ne m'enlèverez pas de l'idée que tout ça, c'est louche. Même le curé est louche, oui ou oui ?

– "En sortant du tribunal, Éric Sadge a déclaré qu'il allait écrire un livre sur son histoire."

– Ben voyons ! Encore une façon de se faire du fric !

– Moi je l'achèterai, son livre, c'est sûr ! Je l'aime bien, Sadge… Mais vous ne serez pas obligée de le lire, madame Jansen.

– Ah ben ça, je suis pas près de l'acheter, moi, son bouquin… De toute manière, on connaît déjà la fin… »

Personne n'a rien à ajouter et on entend à la radio *Chanson pour une drôle de vie* de Véronique Sanson.

« Et vous, Marie-Claude, qu'est-ce que vous pensez de tout ça ? Vous ne dites rien…

– Moi, j'ai pas trop envie de commenter cette affaire…

– Pourquoi ? »

Marie-Claude soupire.

« Parce que Sadge, il a été très bien avec moi…

– Ah bon ! Vous le connaissez pour de vrai ?

– C'est vrai ? Il est sympa ?

– Il est drôle ?

– Il y a quelques années, son frère m'a renversée en voiture avant de prendre la fuite… Quelque temps après, Sadge m'a retrouvée et m'a fait un chèque pour me dédommager. C'est avec cet argent que j'ai pu me mettre à mon compte… On dira ce qu'on veut, mais Sadge, c'est un mec qui paye ses dettes.

– Je vous l'avais dit qu'il était trop chou !

– Alors c'était le frère, le salaud ?

– J'en sais rien.

– Pardon pour mon indiscrétion, Marie-Claude, mais… c'est depuis ce temps-là que vous marchez avec une canne ? J'osais pas vous demander…

– Personne n'ose jamais me demander… Ça vous va, comme longueur, madame Jansen ?

– Oui, oui, c'est parfait comme ça. »

Marie-Claude a un sourire mélancolique.

« Non, je boite depuis l'enfance. C'est d'ailleurs à cause de ma canne que j'ai trébuché et que j'ai été renversée. »

Plus personne ne dit rien. Marie-Claude soupire.

« Après ça, j'ai ouvert mon salon. Et j'ai changé de couleur de cheveux… Je suis devenue adulte, quoi !

– Ah bon ? Moi je vous ai toujours connue blonde !

– Avant j'avais les cheveux rouges… une vraie petite punkette anglaise !

– Alors là, je vous imagine pas du tout en rouge ! Mais alors pas du tout du tout !

– Heureusement, parce qu'elle est bien mieux en blonde, oui ou oui ? »

Marie-Claude a un petit sourire mélancolique.

« Que voulez-vous ? J'étais jeune. »

Remerciements

Je remercie Louis Gardel, Anne Giafferi, Guillaume Renouil, Thibault Demaison et Patricia Duez pour leurs conseils utiles, bienveillants, avisés.

Et Nathalie Ken pour avoir imprimé les innombrables versions de travail de ce roman.

RÉALISATION : IGS-CP À L'ISLE-D'ESPAGNAC
IMPRESSION : CPI FRANCE
DÉPÔT LÉGAL : JUILLET 2020. N° 143286 (3038941)
IMPRIMÉ EN FRANCE